人民共和國文化與文學叢書

五 編

李 怡 主編

第 25 冊

中國科幻小說史論

劉 媛 著

花木蘭文化事業有限公司

國家圖書館出版品預行編目資料

中國科幻小說史論／劉媛 著 ── 初版 ── 新北市：花木蘭文化
事業有限公司，2017〔民106〕
序2+ 目2+150 面；19×26 公分
（人民共和國文化與文學叢書 五編；第25冊）
ISBN 978-986-485-096-9（精裝）
1. 中國小說 2. 科幻小說 3. 文學評論

820.8 106013296

特邀編委（以姓氏筆畫為序）：

吳義勤 孟繁華 張　檸
張志忠 張清華 陳思和
陳曉明 程光煒 劉福春
（臺灣）宋如珊
（日本）岩佐昌暲
（新西蘭）王一燕
（澳大利亞）鄭　怡

ISBN-978-986-485-096-9
9 789864 850969

人民共和國文化與文學叢書
五　編　第二五冊 ISBN：978-986-485-096-9

中國科幻小說史論

作　　者 劉　媛
主　　編 李　怡
企　　劃 北京師範大學民國歷史文化與文學研究中心
　　　　　四川大學現代中國文化與文學研究中心
總 編 輯 杜潔祥
副總編輯 楊嘉樂
編　　輯 許郁翎、王　筑　美術編輯　陳逸婷
印　　刷 普羅文化出版廣告事業
出　　版 花木蘭文化事業有限公司
社　　長 高小娟
聯絡地址 235 新北市中和區中安街七二號十三樓
　　　　　電話：02-2923-1455／傳真：02-2923-1452
網　　址 http://www.huamulan.tw 信箱 hml810518@gmail.com
初　　版 2017 年9月
全書字數 136884 字
定　　價 五編30 冊（精裝）台幣56,000 元
版權所有・請勿翻印

中國科幻小說史論

劉媛 著

作者簡介

劉媛，1985 年出生於江蘇南京。2014 年畢業於蘇州大學文學院，獲文學博士學位。現任南京信息工程大學文學院講師，主要從事中國通俗文學研究。曾在《小說評論》、《文藝爭鳴》、《中國現代文學叢刊》等刊物發表學術論文多篇。

提　　要

　　這是學界第一部完整的探討中國科幻小說及科幻文化產業的專著。作者在大量第一手研究資料的基礎上鉤沉中國現當代科幻文學的代表作家與代表作品。通過對作品的剖析，總結出其在時代背景下的藝術特色，並廓清中國科幻小說發展的脈絡。從科幻小說的三個要素（幻想性、文學性、科學性）入手探討科幻小說的本土特點。結合通俗文學研究的大背景，探索中國當代科幻文化產業的發展特點，並對中國科幻文學產業發展提出了建議。

當代的意識與現代的質地——
《人民共和國文化與文學叢書》第五編引言

　　我們對當代批評有一個理所當然的期待：當代意識。甚至這個需要已經流行開來，成爲其他時期文學研究的一個追求目標：民國時期的文學乃至古代文學都不斷聲稱要體現「當代意識」。

　　這沒有問題。但是當代意識究竟是什麼？有時候卻含混不清。比如，當代意識是對當代特徵的維護和強調嗎？是不是應該體現出對當代歷史與當代生存方式本身的反省和批判？前些年德國漢學家顧彬對中國當代文學的批評引發了中國批評家的不滿——中國當代文學怎麼能夠被稱作「垃圾」呢？怎麼能夠用作家是否熟悉外語作爲文學才能的衡量標準呢？

　　顧彬的論證似乎有它不夠周全之處，尤其經過媒體的渲染與刻意擴大之後，本來的意義不大能夠看清楚了。但是，批評家們的自我辯護卻有更多值得懷疑之處——顧彬說現代文學是五糧液，當代文學是二鍋頭，我們的當代學者不以爲然，竭力證明當代文學已經發酵成爲五糧液了！其實，引起顧彬批評的重要緣由他說得很清楚：一大批當代作家「爲錢寫作」，利欲薰心。有時候，爭奪名分比創作更重要，有時候，在沒有任何作品的時候已經構思如何進入文學史了！我們不妨想一想，顧彬所論是不是大家心知肚明的事實呢？

　　不僅當代創作界存在嚴重的問題，我們當代評論界的「紅包批評」也已然是公開的事實。當代文學創作已經被各級組織納入到行政目標之中，以雄厚的資本保駕護航，向魯迅文學獎、茅盾文學獎發起一輪又一輪的衝鋒，各

級組織攜帶大筆資金到北京、上海，與中國作協、中國文聯合辦「作品研討會」，批評家魚貫入場，首先簽到，領取數量可觀的車馬費，忙碌不堪的批評家甚至已經來不及看完作品，聲稱太忙，在出租車上翻了翻書，然後盛讚封面設計就很好，作品的取名也相當棒！

當代造成這樣的局面都與我們的怯弱和欲望有關，有很多的禁忌我們不敢觸碰，我們是一個意識形態規則嚴厲的社會，也是一個人情網絡嚴密的社會，我們都在為此設立充足的理由：我本人無所謂，但是我還有老婆孩子呀！此理開路，還有什麼是不可以理解的呢！一切的讓步、妥協，一切的怯弱和圓滑，都有了「正常展開」的程序，最後，種種原本用來批評他人的墮落故事其實每個人都有份了。當然，我這裡並不是批評他人，同樣是在反省自己，更重要的是提醒一個不能忽略的事實：

中國當代文學技巧上的發達了，成熟了，據說現代漢語到這個時代已經前所未有的成型，但這樣的「發達」也伴隨著作家精神世界的模糊與自我偽飾。而且這種模糊、虛偽不是個別的、少數的，而是有相當面積的。所謂「當代意識」的批評不能不正視這一點，甚至我覺得承認這個基本現實應當是當代文學批評的首要前提。

因為當代文學藝術的這種「成熟」，我們往往會看輕民國時期現代作家的粗糙和蹣跚，其實要從當代詩歌語言藝術的角度取笑胡適的放腳詩是容易的，批評現代小說的文白夾雜也不難，甚至發現魯迅式的外文翻譯完全已經被今天的翻譯文學界所超越也有充足的理由。但是，平心而論，所有現代作家的這些缺陷和遺憾都不能掩飾他們精神世界的光彩——他們遠比當代作家更尊重自己的精神理想，也更敢於維護自己的信仰，體驗穿梭於人情世故之間，他們更習慣於堅守自己倔強的個性，總之，現代是質樸的，有時候也是簡單的，但是質樸與簡單的背後卻有著某種可以更多信賴的精神，這才是中國知識分子進入現代世界之後的更為健康的精神形式，我將之稱作「現代質地」，當代生活在現代漢語「前所未有」的成熟之外，更有「前所未有」的歷史境遇——包括思想改造、文攻武衛、市場經濟，我們似乎已經承受不起如此駁雜的歷史變遷，猶如賈平凹《廢都》中的莊之蝶，早已經離棄了「知識分子」的靈魂，換上了遊刃有餘的「文人」的外套，顧炎武引前人語：「一為文人，便不足觀」，林語堂也說：「做文可，做人亦可，做文人不可。」但問題是，我們都不得不身陷這麼一個「莊之蝶時代」，在這裡，從「知識分子」

演變爲「文人」恰恰是可能順理成章的。

在這個意義上，今天談論所謂「當代性」，這不能不引起更深一層的複雜思考，特別是反省；同樣，以逝去了的民國爲典型的「現代」，也並非離我們「當代」如此遙遠，與大家無關，至少還能夠提供某種自我精神的借鏡。在今天，所謂的批評的「當代意識」，就是應該理直氣壯地增加對當代的反思和批判，同時，也需要認同、銜接、和再造「現代的質地」。回到「現代」，才可能有眞正健康的「當代」。

人民共和國文學研究，我以爲這應當是一個思想的基礎。

序

　　相當長的時期內，科幻小說的創作與研究均是中國現當代類型小說的短項，2015 年，隨著劉慈欣獲得 73 屆世界科幻小說「雨果獎」，中國的科幻小說的創作與研究正在走向高峰。劉媛的這部論著是這股「科幻熱」中的一個音符。

　　與其他科幻小說研究論著相比較，劉媛的這部論著有兩大特點。一是致力於科幻小說的本土性研究。中國現當代類型小說有兩大源流，一是中國傳統小說，例如武俠小說、言情小說；二是外國引進，例如偵探小說、科幻小說。由於來源不同，文化價值、歷史發展、美學呈現均各有特色。用外國小說的思維分析科幻小說自當順水推舟，難就難在用本土化的思維分析科幻小說的中國化的進程。而科幻小說本土化的進程恰恰是中國科幻小說成熟的標誌。劉媛的這部論著從中國社會發展的角度，緊扣時代的變化來分析科幻小說進入中國後的沉浮轉合。啟蒙意識與烏托邦敘事和反烏托邦敘事、政治化傾向與文學性的缺失、兒童科普與成人化的轉變、科學精神的重建和生態意識的責任等等，科幻小說進入中國以後既不是凡爾納的「科幻享樂型」，也是不威爾斯的「科幻憂慮型」，它沿著中國社會的發展軌道前行，並從中展示出本土化特色。第二個特點是對科幻小說傳播機制的研究。科幻小說的傳播機制研究可以視作為科幻小說的外部研究。這部論著論述了中國科幻小說期刊、影視作品以及市場運行機制。與武俠小說的傳播機制比較起來，中國的科幻小說的傳播顯得薄弱，但卻始終處於運行之中。纖細、瘦弱，卻堅韌而頑強，是中國科幻小說的運行狀態。貼近中國科幻小說的實際狀態，致力於研究既有的科研成果薄弱之處，這正是這部論著的成績。

　　蘇州大學中國現當代通俗文學研究團隊，在范伯群教授的帶領下完成了《中國近現代通俗文學史》的撰寫，出版後受到很好的評價。但是這部文學史恰恰少了科幻小說研究。我們每談論這個欠缺，都深感遺憾。劉媛是全脫產攻讀博士學位。三年時間非常短促，好在可以全心全意地讀書和進行學術研究。正是出於這樣的考慮，劉媛進校時，我就讓其特別關注科幻小說，雖然是我們團隊研究的短板，集中時間、集中研究就可以補齊，全脫產學習正合適。後來與她商量博士論文選題的時候，她已讀了相當多的中國科幻小說作家作品，並有了不少心得體會，以中國科幻小說研究作為博士論文自然成章。由於《中國近現代通俗文學史》是史論的筆法，她的論文寫作思路也就延續著史論的展開。

　　三年的學習，劉媛的成長相當明顯。在每兩周的碩博士學術會上，她從稚嫩的發言到侃侃而談，說明她的學術根底的逐漸加厚，學術自信心的逐漸加強。攻讀學位，會使人從內而外脫胎換骨，在她身上非常明顯。

　　正值花木蘭文化事業有限公司組稿，她的博士論文得以出版，為她高興。

湯哲聲

2016 年 7 月於蘇州大學北小區教工宿舍

目

次

導　論

　　科幻小說作爲架起文學與科學兩種文化橋梁的藝術，作爲關注科技發展
對人類文化及更深層面影響的文學，是結合現代科技成就與文學意境的產
物，它不僅能觸發人類的想像力，更帶給人們以強烈的科學啓示。中國科幻
小說起源於十九世紀初，百年來科幻小說創作經歷了多段起伏，命運多舛。
長期遭受人們的誤解、冷落和歧視，八十年代後期開始，科幻小說進入了正
式軌道，並在九十年代後期至現在呈現飛速發展的態勢。一大批科幻作家發
表了大量深受讀者喜愛的科幻佳作，科幻市場也呈現出欣欣向榮的景象。但
總的來說，我們的科幻小說（包括港臺科幻小說）與國外相比，在創作水平
和創作數量上有明顯的差距。

　　本書從歷史、文學、傳播等多角度切入對中國科幻小說的創作活動的探
索，揭示中國科幻小說以至科幻產業的特點和問題。本書的研究對象是中國
現當代科幻小說。雖然對於科幻小說的定義仍有爭議，但是也要盡可能的在
此將文中所涉及的相關科幻小說的概念有一個較爲完整的說明。科幻小說是
西方傳入的小說文類，西方對科幻小說研究的歷史也較長，故應先對西方科
幻家的理論做出些認識，進而探討中國科幻小說的形成，最後參酌各家對科
幻小說的定義，藉由科幻小說要素的分析，歸納得出本書對科幻小說的定義。

　　科幻小說是一類不容易定義的文學作品，許多批評家都對科幻有自己的定
義，當代世界著名科幻文學研究專家達科‧蘇恩文的定義比較有影響，他把科
幻稱之爲：「一種文學類型或者說語言組織，它的充要條件在於疏離和認知之
間的在場與互動，它的主要策略是代替作者經驗環境的想像框架。」〔註 1〕達

〔註 1〕 Suvin, Darko, Positions and Suppositions in Science Ficition, London: Macmillan 1988, P37.

科·蘇恩文還提出了所謂的「新奇之處」，這種新奇之處有可能是新的物質，也有可能新在概念上。他認為科幻是試圖在一個陌生的世界中，以新視角來理解人類的生存狀態。其後的批評家們，諸如達米安·布羅德里克發展並精煉了達科·蘇恩文的觀點，提出科幻在19、20世紀的興盛反映了這一時代的文化、科學和技術的大繁榮。作家兼批評家德蘭克根據科幻的主題挑戰了對科幻定義的有效性，而提出科幻是「一個巨大的代碼傳統遊戲」。在克魯特和尼克斯的《科幻小說百科全書》中，布萊恩·斯坦布福德、克魯特和尼克斯三人合寫了一個「科幻的定義」條目，條目引用了16種各自言之成理的定義。對於科幻的定義還沒有達成一個全面的共識，在這些思想家中，只存在著一個基本的共同點是：科幻屬於一種涉及了與讀者實際生活的世界不同的世界觀的文化話語形式〔註2〕。

科幻小說定義的困難性在於科幻作品是一種跨門類的、極富廣延性的文學作品。Science Fiction（科幻小說）這一概念相關的一個核心術語「Science（科學）」本身還存在一個界定的問題。我們暫且在這裡越過「Science（科學）」這個術語的界定討論，直接探討科幻小說與慣常理解的「Science（科學）」含義之間的關係問題。從科幻小說的歷史上看，科幻作品最初是圍繞一些關於科學發展，從而產生了技術創新而展開的。在科幻小說這裡「科學」被定義為：發現、積累並公認的普遍真理或普遍定理的運用，已系統化和公式化了的知識。

基於對科學技術的不同對待方式，可以將科幻小說分為三大種類：第一種類別是科普類。將科幻小說當成是一種科普讀物的定義方式，在前蘇聯和中國享有廣泛的支持。中國大陸的科幻小說在二十世紀五六十年代，有長達20多年的科普性科幻小說創作期。科普性科幻小說將大量的科學知識穿插在簡單的人物故事之中，是對科學技術內容的通俗化，為了達到傳播科學的目的。這類科普類科幻小說還不是完全意義上的科幻小說，或者說只是科幻小說的初級階段。第二種是建構類，基於現有的科學知識，建構不屬於現實又基於現實的世界。英國科幻小說作家及評論家金絲麗·艾米斯指出，科幻小說是這樣一類敘述散文，它處理我們已知世界不大可能存在的狀態，但他的假設卻基於一些科技或「準科技」的革新，不論這些革新是人類創造的，還

〔註2〕 主要是科幻小說，不過近年來出現越來越多的其他形式，如電影，電視，遊戲等，豐富了這一文化話語形式的表達方式。

是機器人創造的。俄羅斯的著名兒童科幻小說家佈雷切夫認為：科幻小說，作為與現實主義文學之間的差別在於它描寫可能性，它感興趣的不單單是人類的個體，而是整個社會。科幻小說是建構一個不存在的世界，或即將要存在的世界。第三種是推測類。科幻描繪世界變化對人們所產生的影響，它可以把故事設想在過去、未來或者某些遙遠的空間，它關心的往往是科學或者技術變化給人類文明帶來的好處或危險，具有警示的意義。科幻作品將科學事實、科學方法對人類的影響及將來可能產生的影響反映出來。

　　以二元論的方式來分解可以將科幻作品分為「硬科幻」和「軟科幻」。科幻愛好者們常將科幻小說做出這樣的簡單劃分。英國科幻小說作家及評論家亞當・羅伯茨說到：「傳統的科學常識的應用，用來作為對一種審美對象的評判標準，這種做法根本就是愚蠢的，即使評判的標準始終一致。」〔註3〕但作為一種慣常的簡易的分類方式，還是有必要再討論一下。硬科幻是那些以物理學、化學、生物學、天文學等自然科學為基礎的，以描寫新技術新發明給人類社會帶來影響的科幻作品。硬科幻作品的核心思想是對科學精神的尊重和推崇。在手法上，硬科幻以追求科學（可能的）的細節或準確為特性，著眼於自然科學和技術的發展。硬科幻作品的共同特點是故事情節依靠技術來推動和解決。作者也會儘量讓故事中的科技與出版時已知的科技保持一致。例如儒勒・凡爾納這位硬科幻的代表作家的科幻作品中，所提及的各種事物是當時所不存在的。但是這些東西大都具有嚴密的科學根據，而且大多數都在後來出了實物。具有理工背景的科幻作家，通常比較注重科學根據，對科幻因素的描述與解釋也較為詳盡，令讀者不禁信以為真，這便是所謂硬科幻一派。相對於硬科幻，所謂軟科幻是以關注人文為重點的科幻作品，是情節和題材集中於哲學、心理學、政治學、社會學等的科幻小說的分支。軟科幻作品中科學技術和物理定律的重要性被降低了。因為它所涉及的題材往往被歸類為軟科學或人文學科，所以它被稱為「軟」科幻小說。其實這種分類是分別從嚴格意義上的科學與想像性的思想遊戲出發的一對概念。前一類科幻小說標榜小說中科學部分的真理性及正確性，這涉及的是科學的合理性，然而在被定義為「硬科幻」的小說中對科學正統的實質性越界，讀者反而會熟視無睹。

〔註3〕 亞當・羅伯茨（英）著，馬小悟譯：《科幻小說史》，北京：北京大學出版社，2010年，第27頁。

以陌生化效果與認知關係爲根據，還可以發現科幻小說與神話、民間故事之間的差別。陌生化文學的類型諸如神話、民間故事等都是具有陌生化特性的，卻不能被認定爲科幻小說，科幻小說是具有認知性的。如果陌生化與非認知性結合，那就是神話、民間故事；陌生化與認知性的結合，就是科幻小說。

在大致釐清科幻小說的定義之後，將介紹本書中會頻繁出現的專有名詞。這些名詞也構成了西方科幻小說流派的名稱。西方科幻小說經過了一百多年的歷史，可以說在創作上西方科幻是我們中國科幻小說的老師。西方對科幻小說的研究也走在我們前面，他們對科幻小說的研究比較深入，有較強的理論體系。國內現已有翻譯過來的相關著述，將西方科幻小說以時間線索，全面、宏觀地呈現出來，達科·蘇恩文著《科幻小說變形記》，對科幻小說的概念及其歷史狀況的研究；同樣是達科·蘇恩文著的《科幻小說面面觀》，科幻在當代發生的理論問題分析；王逢振主編《外國科幻論文精選》，90年代到新世紀間對《科幻研究》雜誌的文章精選，從中能瞭解到當代批評情況；曹榮湘主編《後人類文化》，有關後人類的文章精選。歷史類有布里安·奧爾迪斯著《億萬年大狂歡》，是最權威的科幻歷史著作，全面而宏大；亞當·羅伯茨著《科幻小說史》，科幻歷史的宗教文化衝突理論；創作參考類：約翰·克盧特著《彩圖科幻百科》，是較全面的普及型百科全書；讓·加泰尼奧著《科幻小說》，具有法國風味的理論概要；阿西莫夫著《阿西莫夫論科幻小說》，阿西莫夫作爲一名偉大的科幻小說家惟一的談論創作的文集。我國對於科幻小說的研究還屬於起步階段，基本的科幻文學專有名詞都是從西方傳來的。百年西方科幻小說，研究者一般將其大致劃分爲四個階段，即：萌芽初創時代、黃金時代、新浪潮時代和新浪潮之後（賽博朋克階段）。以下只將各個階段出現的有代表性的流派截取出來，從該流派出現的時間，流行的主要國家，代表作家，基本創作理念等方面來簡要介紹。

烏托邦小說：烏托邦小說是借一個旅行者談海外見聞的方式寫一個理想中的社會。由於烏托邦大多牽涉到社會學與政治學，所以並非所有烏托邦故事都屬於科幻範疇，只有那些探討科技進步所產生的烏托邦才算。「烏托邦」一語本來所指的是一個更好的地方，一個未來可及的目標，需要人們努力才能達到的理想境界。然而科幻裏往往將其意義改爲一個更好的時代。作家毋須憑空捏造一個不存在的社會，反而要想辦法匡正人類文明進展的腳步，達到日臻完美

的境界。人類的發展，伴隨著科技水平的提升，利用科技來改善我們的生活這類對美好未來的幻想就顯現在「烏托邦」作品當中。西方的烏托邦小說是從 16 世紀英國作家托馬斯・莫爾的《烏托邦》（1516 年）正式拉開序幕。《烏托邦》中虛構了一個航海家航行到一個異國「烏托邦」的旅行見聞。在那裏，財產公有，人民平等，實行按需分配的原則。這個社會和諧美好，人人平等，可以說是人類思想意識中最美好的社會。一般而言，烏托邦的作者並不認為這樣的國家可能實現，至少是不可能以其被完美描繪的形態付諸實現。但是他們並非在做一項僅僅是想像或空幻的搬弄，通常是建構一種概念，比如平等或自由，來展現如何構建這一理想模式。除此之外，其目的則主要是批判和諷刺：將烏托邦中的善良人民和作者當時社會的罪惡作巧妙的對比，藉之譴責後者。只有極少數的烏托邦作者——貝拉密（Edward Bellamy）的《回顧：公元 2000～1887》（Looking Backward, 2008～1887）企圖根據其烏托邦中所認真規劃的藍圖來改造社會。就其本質而言，烏托邦的功能乃是啓發性的。十七世紀之後，航海、地質、生物學發展帶來的觀念革新，烏托邦從一個地理上的概念擴展為一個時間上的概念，烏托邦出現在數億年後的未來。從空間到時間的轉置也使烏托邦中產生了一種新的社會學的現實主義。呈現出：人類或許是無可避免地正朝向它發展的光景。隨著十九世紀社會主義的興起，烏托邦主義便逐漸變成關於社會主義之實現可能性的辯論。反烏托邦小說的出現，令烏托邦的存在受到擠壓，但是烏托邦主義卻在二十世紀六十年代強而有力的復活，例如像馬孤哲（Herbert Marcuse）1969 年出版的《論解放》（An Essay on Liberation）這樣的著作。或許烏托邦主義是人類情境所固有的。

　　反烏托邦小說：有光明的地方，就有黑暗的存在。「反烏托邦」的作品比「烏托邦」作品往往帶給我們更大的警惕和衝擊，畢竟我們沒有確鑿的證據相信，未來一定會比現在更為美好。反烏托邦作品中明顯表現出對科技進步的質疑，資本主義和社會主義都有其相對應的批判作品，在影響層面上遠比「烏托邦」故事來得大。而後來的反烏托邦小說，更將矛頭直接指向各種烏托邦計劃的謬誤之處。Dystopia（反烏托邦）詞源學上來自於古希臘語，Dys-是壞的意思，-topia 是地方的意思。所以簡單說，Dystopia 就是壞社會的意思。以歐威爾（George Orwell）的《一九八四》（Nineteen Eighty-Four, 1949），赫胥黎（Aldous Huxley）的《美麗新世界》（Brave New World, 1932）為代表作，描述一個物質文明泛濫並高於精神文明的社會。在這種社會中，精神依賴於

物質，並受控於物質，人類的精神在高度發達的技術社會並沒有眞正的自由。這個社會有看上去不錯的表象，即表面上不錯的烏托邦社會圖景。在這個社會中，主人公會受到來自各方的壓迫，這在主人公看來是違反人性的，但從理論上說，這種「壓迫」在領導者看來：因爲某種原因（比如人口爆炸、災害威脅等）是必須的，或者是達到「烏托邦」境界的必經之路。所以小說裏一定要有個人和社會的對抗，人性和人性壓迫的對抗，無論是心靈層面的還是現實層面的。另外，反烏托邦的代表作：普拉東諾夫反烏托邦三部曲《切文古爾鎮》、《基坑》和《初生海》，作者在強烈的現實批判性中，寄寓了某種烏托邦理想。中國反烏托邦小說有韓松的《地鐵》、陳冠中的《盛世 2013》、馬伯庸的《寂靜之城》等。

太空歌劇：科幻文學中的一個主要流派——「太空歌劇」。一般認爲太空歌劇起源於 20 世紀 20 年代前美國的雜誌如《驚奇故事集》，很長一段時間「太空歌劇」這一名稱是對次等科幻作品的蔑稱，「太空歌劇」的主角永遠是與當代人相差無幾的人。小說的主線則是戰爭，冷兵器時代的貼身肉搏、空戰時代的殲擊戰鬥和脫胎於海戰的星際戰艦角鬥，構成了戰鬥最主要的三種形式。實際上，「太空歌劇」就是英雄主義類型小說的太空版。到了七八十年代，新生代作家賦予了它新的意義，即以太空旅行爲題材的科幻小說，背景通常是龐大的銀河帝國或繁複的異星文化，情節混合了動作和冒險。人類的生物形態和社會形態並沒有隨著科技的進步和社會的發展而改變，如今「太空歌劇」在科幻小說領域已經衰落，卻在電影和動畫領域大放異彩，例如《星球大戰》系列電影就是典型的「太空歌劇」。

新浪潮：「新浪潮運動」發生於 60、70 年代，主要發源於英國科幻，是科幻文學史上繼坎貝爾主導的「黃金時代」之後又一次有意識的文學探索。在此之前，科幻小說幾乎被太空冒險類型所壟斷，一些作家認爲：科幻小說已經到了必須改革的時刻，而改革必須先從文學角度尋找突破口。以海因萊茵、弗蘭克·赫伯特、澤拉茲尼等爲代表的「新浪潮」科幻流派，「跳出傳統科幻小說的窠臼，創作了先鋒、激進或者碎片化的科幻小說」〔註4〕，主要特徵是注重人物內心刻畫。倡導寫作重心從描寫外部物質世界轉向內心世界，關注心理學、社會學和語言學。在其發展過程中，將科幻文學引入了更廣闊，

〔註 4〕 亞當·羅伯茨（英）著，馬小悟譯：《科幻小說史》，北京大學出版社，2010 年，第 246 頁。

更深入的天地中，而新浪潮的影響也波及到世界各地。相關代表性作品有美國作家羅傑・澤拉茲尼的《趁生命氣息逗留》，法國作家塞爾日・布魯梭羅的《獵夢人》（電影《盜夢空間》的原型），J.R.R 托爾金的《指環王》。

　　賽博朋克：（cyberpunk，是 cybernetics 與 punk 的結合詞），又稱數字朋克、賽伯朋克、電腦叛客、網絡叛客。「賽博朋克」流派是 20 世紀 80 年代中期在西方興起的科幻小說流派，以計算機或信息技術爲主題，小說中通常有社會秩序受破壞的情節。現在賽博朋克的情節通常圍繞黑客、人工智慧及大型企業之間的矛盾而展開，背景設在不遠的將來的一個反烏托邦地球，而不是早期科幻（如太空歌劇）背景多在外太空。它的出現是對科幻小說一貫忽略信息技術的一種自我修正。該流派以威廉・吉布森和布魯斯・斯特靈爲代表，呼喚向硬科幻的回歸，在小說中引入信息論、生物工程等高新科技的內容，文化價值上更加反傳統。在賽博朋克文學中，大多故事發生在網絡上、數碼空間中。現實和虛擬現實之間的界線很模糊。此流派經常使用人腦和電腦的直接連接。賽博朋克的世界，人類生活每一個細節都受計算機網絡控制的黑暗地帶。龐大的跨國公司取代政府成爲權力的中心。以不起眼的小角色爲主角，展開對極權主義的鬥爭，這是科幻小說常見的主題。在傳統的科幻小說中，這些體系并然有序，受國家控制；然而在賽博朋克中，作者展示出龐大的公司王國的醜惡弱點，以及對現實不抱幻想的人對強權發起的無休止的抨擊。賽博朋克文學有著強烈的反烏托邦和悲觀主義色彩。今天賽博朋克經常以隱喻義出現，反映了人們對於大公司、壟斷企業、政府腐敗及社會疏離現象的擔憂。一些賽博朋克作家試圖通過他們的作品，警示人們社會依照如今的趨勢將來可能的樣子。早期代表作是威廉・吉布森（William Gibson）的《神經浪遊者》（1984 年）他注重風格、角色成長以及傳統科幻小說的氛圍，《神經浪遊者》曾被授予雨果獎及星雲獎。其他著名的賽博朋克作家包括布魯斯・斯特令（Bruce Sterling）、魯迪・魯克（Rudy Rucker）、帕特・卡蒂甘（Pat Cadigan）、傑夫・努恩（Jeff Noon）以及尼爾・斯蒂芬森（Neal Stephenson）。雷蒙德・錢德勒（Raymond Chandler）因他荒涼的筆觸、憤世嫉俗的世界觀和殘斷的文字，強烈地影響了此流派的作者。

　　蒸汽朋克：「蒸汽朋克」的概念原來自於傑特爾（K.W.Jeter）的科幻小說。以蒸汽技術爲主題，多採用維多利亞時代或類似設定爲背景，內燃機和電動機能做的事都用蒸汽機代替。充滿了大霧和濃煙，陰暗且潮濕的倫敦街道；

巨大笨重充滿各式各樣齒輪的蒸汽機械；錯綜複雜，接口處間歇噴著熱氣的管道；以及鏽跡斑斑的金屬和劣質的皮革製品，這一切都讓習慣了傳統科幻小說的讀者驚訝不已。蒸汽朋克著眼於懷舊，它的藝術家們多對現代科技有種說不清的排斥。《摩洛客之夜》被稱爲蒸汽朋克的核心作品，而《差分機》開啓了蒸汽朋克的探索和拓展時期，無數幻想小說家齊聚蒸汽朋克這塊新興的寶地，在嘗試多種不同題材的同時造就了許多經典之作，如保羅・德・菲利普《蒸汽朋克三部曲》：《維多利亞》，《霍屯督》，《沃爾特與艾米麗》，金・紐曼的《德古拉紀元》，以及菲利普・普爾曼著名的《黑暗元素》三部曲。如今，蒸汽朋克在英倫依然興盛，錢那・米耶維爾的《帕迪諾街車站》、克里斯・伍迪的《女巫與回憶》、詹姆斯・佈雷洛克的《挖掘艦》等作品各有千秋。此外，以經典的科學怪人、狼人爲題材的蒸汽朋克小說也不斷出現，凡爾納的故事也被屢次拿來翻新和添加新的作料，除了中長篇小說之外，近年也冒出一些十分優秀的短篇蒸汽朋克小說。隨著更多的作品被獎項肯定，被改編成電影，有理由相信更加出色的蒸汽朋克小說會繼續衝擊幻想小說界。

借流派的劃分，分享了「賽博朋克」、「蒸汽朋克」等專有名詞，但同時劃分科幻小說單單從流派上來說的話，未免不能簡單地顯示出科幻小說這一類型的小說的獨特所在。流派的劃分往往更偏向於主流小說或者說是主流的文化對科幻小說產生影響之下的結果。劃分科幻小說首先會想到的軟、硬之分，前面已有解釋，這種劃分簡單，但不能深入精髓，科幻愛好者對於自己喜歡的科幻小說類型往往有更明確的稱呼，對科幻小說更加細分。例如：時空穿梭、星際戰爭、末世危機、超級科技、戰爭史詩或者再加上藝術手法上的分類：浪漫型、象徵型、黑色幽默型、暗黑型等。分類也許不夠嚴謹，但對於類型小說還是不要有太多條條框框的好。

科幻小說應至少滿足三個要素，分別是幻想性、文學性和科學性。科幻小說只是經由作者個人的文藝構思，對特定的科學主題進行的自我想像，不用錙銖必較的數據，不須考慮辯證的結果，創作不是爲了預測未來，而是借小說表達對未來的理想與批判。科幻小說可爲了敘事的需要引入新穎奇特的非現實幻想。科幻小說的科學幻想有實現的可能，卻不擔負預測未來的任務。然而文學幻想並不等同於科學幻想，文學的幻想營造了逼眞的故事情節，卻不一定涉及科學。科學的幻想必須針對科技發明或科學智識，在當時的科學基礎上，將科技成就進一步的推測，並據此科學幻想進行小說的構思。科幻

小說不是科普讀物亦非科學教科書，它是以科學幻想爲題材的一種小說類型，也就是必須具有文學性，必須遵循小說創作的規範，具備人物、情節、環境等小說要素，要同時具有科幻構思和藝術構思。科幻小說通過故事情節的推展，來呈現科幻構思；同時，科幻構思也影響了文藝創作的方向。科幻小說有別於其他的作品，它是在科幻構思下，以特定的虛構環境爲前提，來進行小說構思，一切的描寫都必須符合幻想的時空條件，以避免造成時代認知的衝突。小說的人物與情節是爲了展現科學幻想的需要而出發，不是直接移植文藝作品的故事情節將科幻構思強加套入。科幻小說人物的出現，不是作爲演繹故事、說理解惑的工具，而是主導小說進行的關鍵，必須考慮特定環境下的人物言行思想，塑造具有典型的人物性格。科幻小說也需強調情節的推演，捨棄教條式的知識傳授，將科學知識生動地融入情節之中，並幫助故事的開展。科幻小說環境的刻畫，雖然是現實科學的推理虛構，仍須使人信服，並留意細節的眞實感，貫徹整體佈局前後一致的理念。除了具備一定的科學意義外，最主要的目的是爲了表達作者的社會理想與哲學觀點，批判科學發展可能導致的後果。藉由小說的文藝形式暗寓作者潛在的批判，而變化的情節、驚異的幻想，只是吸引讀者注意的手段，在消遣娛樂的閱讀中，作品深層的主題思想與科學省思，給予讀者將來科學發展的啓發與警示。

第一章　發展歷程

第一節　中國科幻小說的萌芽

　　本節通過研究晚清科幻小說的時代背景，科幻小說產生的內外因，著眼於探討晚清科幻小說在中國科幻小說發展史上的地位、價值與科幻文本所反映的時代論題和藝術技巧。

一、科幻小說翻譯

　　中國科幻小說的發展從對國外科幻小說的譯介開始興起。近代翻譯小說盛極一時，西方各種題材的小說紛紛被譯介過來，科幻小說作為小說界革命倡導的文類之一，成為被爭相譯介的文類。從翻譯宗旨、所載刊物、類型內容、翻譯手法這幾個方面論述晚清科幻小說的翻譯。

　　最早傳入的科幻小說是在 1900 年由陳逸儒、薛紹徽翻譯的《八十日環遊記》〔註1〕，譯自法國著名科幻作家凡爾納的《環遊地球八十天》。這是一篇

〔註1〕今譯《八十日環遊地球》。《八十日環遊記》由陳壽彭口述、其妻詩人薛紹徽筆錄而成，署名「逸儒譯，秀玉筆記」，1900 年經世文社印行。該譯本根據桃爾（M·Towel）和鄧浮士（N·D·Anvers）的英譯本轉譯，採用文言章回體，小說中人物的名字也進行了本土化的處理，後又經多次再版。郭延禮在《儒勒·凡爾納在中國的百年之旅》中說：「《八十日環遊記》的翻譯相當忠實於原著，我曾與中國青年出版社 1979 年出版的沙地先生的另一譯本對照過，除文字更加精煉外，幾乎無懈可擊。」但也有論者對《八十日環遊地球》是否該劃歸為科幻小說有爭議，認為其是一篇冒險遊歷類的小說，而不應該劃歸為科幻小說。

冒險遊歷的科幻小說，遊歷類的傳說在很古老的時候就已經存在，在人們對生活所處世界之外的空間進行一定想像的同時，一些冒險故事就隨之出現。《八十日環遊記》幻想極爲奇特的，可貴之處更在於這些奇特的幻想有著堅實的科學基礎，是幻想和科學知識的完美結合。小說中的科幻要素有：時刻測定、全球旅行和早期交通工具等。由於《八十日環遊記》出版之後，很受讀者的歡迎，所以受市場的正面影響，凡爾納的科幻小說陸續被譯成中文。其中著名的有盧藉東、紅溪生〔註2〕翻譯的《海底旅行》（1902 年）、梁啓超譯的《十五小豪傑》（1902 年）、包天笑譯的《鐵世界》（1903 年）、魯迅譯的《月界旅行》（1903 年）和《地底旅行》（1903～1904 年）、奚若譯的《秘密海島》（1905 年）、周桂笙譯的《地心旅行》（1906 年）、謝炘譯的《飛行記》（1907年）、叔子譯了《八十日》（1914 年）、悾悾譯了《海中人》（1915）。這些翻譯小說半數以上都是由日文轉譯的。

在晚清的科幻小說翻譯浪潮中，梁啓超是重要的發起者之一。1902 年，梁啓超在日本橫濱創辦《新小說》，在這本倡導「小說界革命」的雜誌上，梁啓超大力宣揚科學小說的重要性，在《譯印政治小說序》和《論小說與群治之關係》中，將政治小說等「末流」小說推到了「開啓民智」的中心位置。並在創刊號上親自翻譯凡爾納科幻小說《海底旅行》，當時被標注爲「科學小說」。之後，梁啓超又翻譯了佛琳瑪麗安的《世界末日記》〔註3〕，並和披髮生（羅孝高）合作編譯並縮寫了《十五小豪傑》〔註4〕。魯迅在《〈月界旅行〉辯言》中說「假小說之能力⋯⋯於不知不覺間，獲一斑之智識，破遺傳之迷信，改良思想，補助文明」〔註5〕。魯迅的這一觀點與梁啓超的觀點可以說是不謀而合。由此可見，當時科幻小說的翻譯的目的是通過小說這種讀者喜愛的方式，「於不知不覺間」即閱讀小說的同時獲得破除迷信，改良思想，傳播科學的思想。自梁啓超等人倡導科學小說重要性的大環境下，翻譯作品的數量得到了迅猛的提升。1903 年，海天獨嘯子翻譯了押川春浪的《空中飛艇》〔註6〕。

〔註 2〕 梁啓超署名「南海盧藉東譯意東越紅溪生潤文」。
〔註 3〕 《世界末日記》的題目上方標示爲「哲理小說」。
〔註 4〕 最初的譯文是在《新民叢報》1902 年 2 月 22 日第二號至 1903 年 1 月 13 日第二十四號連載的。《十五小豪傑》是儒勒・凡爾納創作，原名《兩年間學校暑假》。
〔註 5〕 魯迅：《月界旅行》，《魯迅譯文集（第一卷）》，人民文學出版社，1958 年版，第 93 頁。
〔註 6〕 即《海底軍艦》，民權社出版。

1904 年，包天笑翻譯了押川春浪的《千年後之世界》和《秘密使者》。1905年以後，科幻譯本的數量較之前幾年有所增加，徐念慈翻譯了押川春浪的《新舞臺》，吳趼人翻譯了菊池幽芳的《電術奇譚》。1906 年，金石、褚嘉猷翻譯了《秘密電光艇》；楊德森譯出了愛斯克洛提斯的《夢遊二十一世紀》。包天笑總共翻譯了 9 篇科幻譯作，其中的《法螺先生譚》還啟發了東海覺我寫出了《新法螺先生譚》這一中國科幻史上的名作。

　　19 世紀到 20 世紀間，許多期刊相繼創刊，這其中就包括被稱為晚清四大小說雜誌的《新小說》、《繡像小說》、《小說林》和《月月小說》。他們的蓬勃發展，帶動了小說翻譯和創作的大發展，在這些期刊中也都有刊登過科幻小說。其他諸如《小說月報》、《禮拜六》、《小說大觀》、《新小說叢》、《小說新報》等通俗或專業報刊也偶有科幻譯作。例如《小說大觀》中標注的「科學小說」由定九和藹廬翻譯的《人耶非耶》〔註7〕。由海外留學生創辦的雜誌如《江蘇》、《浙江潮》和《遠東見聞錄》等，也都刊登科幻小說。

　　關於這時期譯作科幻小說的題材，對外星球和地球上未知領域探索的故事，是最受讀者歡迎的。歸於太空探險類的科學小說有凡爾納的《月界旅行》、《環遊月球》、《太空旅行記》、《飛行記》等。構想離開地球，飛向天空的藍圖，如魯迅譯出了凡爾納的《月界旅行》〔註8〕。其中有大量的科學知識，向讀者介紹數學、地質學、天文學等方面的知識。比如周桂笙翻譯的《飛訪木星》這篇，是關於用科技上天探訪木星的故事，這裡的方式是用氫氣球。其他沿襲這類思維的小說中仍是上天，但方式發生了變化，諸如用人裝翅膀上天，或者是製作空中飛板。這使得關於飛天的機器名詞類似於「飛行器」、「飛艇」、「飛船」成為時髦。有嚮往太空的意識就有往地下、往海底的想法，所以與此同時，海底探險類的、地心探險類的科幻小說也大量出現。這時期流行的有梁啟超譯的《海底旅行》、魯迅譯的《地底旅行》、周桂笙譯的《地心旅行》，以及悾悾譯《海中人》〔註9〕等，真可謂「天上可以鼓輪，海底可以放槍，上碧落而下黃泉」〔註10〕，無論是上至太空，還是下至地心，這都從屬於空間探索領域，在當時科技尚不發達，大部分國人對於空間的想像還停

〔註7〕　譯自（英）威爾士。《小說大觀》1915 年 1 期第 100 頁。
〔註8〕　今譯《從地球到月球》。
〔註9〕　〔法〕威爾奴著，載《禮拜六》48～51 期，53～56 期。
〔註10〕　《讀新小說法》，見《新世界小說社報》第六期，1907 年。

留在神話階段，科幻小說譯介作品爲讀者敞開了一道縫，向著現代科技的門縫。加之特殊的時代背景、戰爭的頻繁，人們對自然的理解開始了但還在基礎的階段，對未知世界還充滿了敬畏，這些都通過科幻小說的形式表現出來。有關世界末日、災難、戰爭的想像是清末科幻小說又一重要主題。這其中我們可以重點看看災難小說。在清末民初的中國知識階層沉溺於盲目的「格致興國」的熱情中，對於科技的一派正面批評中，有關高科技發展而帶來的浩劫這類作品也出現了。說明在當時對科幻小說的譯介不僅僅從正面表現科技，也將反面表現出來，給與讀者全方面的展示，從而帶來更多的理性思考。這種類型的科學小說可以在英國威爾斯小說的譯介作品上發現，其代表作《火星與地球之戰爭》、《八十萬年後之世界》等，直接地描述了科技的發達所產生的一系列社會問題。關於戰爭幻想類，典型的譯作有如《空中戰爭未來記》〔註11〕，英國威爾士著《火星與地球之戰爭》〔註12〕等，這些作品描述了世界戰爭中人們焦慮、絕望等心態以及表現出的種種過激行爲和社會的無序。此類的還包括日本科幻及冒險小說家押川春浪的多部代表作，如《空中的奇禍》、《海底軍艦》、《航海奇譚》、《秘密電光艇》〔註13〕等等。此外，還有時間旅行類的作品，例如押川春浪的《世界漫遊　奇人的旅行》爲讀者描畫了未來世界想像地域中的圖景；威爾斯的《時間機器》。還有如科學偵探類，如史九成譯《毒箚》（偵探小說），載《禮拜六》第 1 卷第 8 期，開頭譯者交代：華爾脫曰，予友甘納德，蓋以科學家而兼偵探家者也。恒以科學新法，如加字偵探罪犯蹤跡，摘奸發覆，其效如漏字神，如下文所記，即其一事，蓋爲予所目見云。甘納德先生盍先覽是函，悉其概略，我更以詳情奉白若何。可見是有關科學偵探的故事。

　　晚清時期的科幻小說翻譯常不夠忠實於原文，譯者會對原文進行添加、刪減乃至改寫，以達到譯文順暢通達的目的，也更加適應中國讀者的閱讀習慣。以《月界旅行》的日文版中譯爲例，譯者魯迅將原文 28 章改成 14 回，以俗語摻用文言，並把原文中繁複的措詞進行剔除。梁啓超翻譯的《十五小豪傑》，原作被翻譯成其他多國語言，英國人翻譯成英文，日本人依照英文版

〔註11〕《空中戰爭未來記》，（德）魯德耳虎馬爾金著，亞琛重譯。刊載《遠東見聞錄》，1907 年第 1 期 73〜77 頁，第 3 期 89〜94 頁。
〔註12〕楊心一譯，上海文明書局出版。
〔註13〕紹興金石、海寧褚嘉獻合譯，上海商務印書館出版。

本翻譯爲日文，而梁啓超所譯中文版轉譯於森田思軒的日文版。梁版還對原著進行了較大的壓縮，大約刪減了四分之三的篇幅，並使用章回體結構。梁在第一回的「附記」中稱：此書爲法國人焦士威爾奴所著。原名《兩年間學校暑假》。英人某譯爲英文，日本大文豪森田思軒又由英文譯爲日本文，名曰《十五少年》。此編由日本文重譯者也。英譯自序云：用英人體裁，譯意不譯詞，惟自信於原文無毫釐之誤。日本森田氏自序亦云：易以日本格調，然絲毫不失原意。今吾此譯，又純以中國說部體段代之。然自信不負森田。果爾，則此編由雖令焦士威爾奴復讀之，當不謂其唐突西子耶。另一個突出現象是，常常是多人參與翻譯，譯意、潤文、批註分工完成任務。例如定九和藹廬合作翻譯威爾士的《人耶非耶》。相當一部分譯者不是直接從原文翻譯，而是從英語、日語等已翻譯的文本再翻譯成漢語。1902 年以前絕大多數科幻譯作轉譯自日文版本，轉譯的文本天然的不大可能是忠實於原文的譯作了。

　　當時，譯介作品和原作品經常會有一個明顯的區別，就是很多譯介小說在出版之時，會對原有作品的名稱做出修改。爲何會有這樣的改變，有以下幾點原因。首先，從科幻小說所載的媒體上來看。當時作品的主要傳播途徑是期刊，且多數是通俗期刊。通俗期刊的生命在於銷量，爲了有銷量，小說要貼近國人趣味，能夠抓人眼球，合乎潮流。所以作爲小說的標題更要符合這一特性。比如，吳趼人翻譯菊池幽芳的《電術奇譚》，原作名爲《賣報紙的》。明顯賣報紙的沒有什麼吸引力。而又有「電」，又有「奇」的標題顯得更爲吸引人。其次，從傳播的區域來看。面向的是大眾，文化的差異導致一些作品需要進行作品名稱的修改。比如《八十日環遊記》、《世界末日記》、《空中旅行記》〔註14〕。「記」意爲書也，以「記」結尾契合中國當時的用詞習慣。再次，直接從外文翻譯過來的小說名稱有的過長，小說的名稱忌冗長，而應醒目，這樣更容易出特色，也讓讀者能在看到小說名稱之後對要講的內容有大概的瞭解。例如英國科幻小說《易形奇術》，原書名爲《約格爾醫生與海棣先生》。原書名長而拗口，提供的信息量只包括了兩個人的稱呼，更多的一點瞭解就是其中一個人是醫生。出版時改爲的《易形奇術》，名稱單純明瞭，符合當時人們的書面用語習慣。讀者立馬明白要說的是關於「易形」的故事，並可能由此產生興趣。還有，在當時的歷史背景下，國人對科學的接受程度相對偏低，有些是根本不能理解的，只能起個通俗、好理解的新名字。

〔註14〕蕭魯士（英）原著，刊《江蘇（東京）》1903 年第一期。

1900 年至 1910 年，有近百部科幻小說被翻譯。在當時的歷史背景下，這些科幻作品的翻譯和傳播，向國人帶來了西方的科學思想和西方民主自由等新的思想，對開拓國人視野，振奮國人精神起了巨大的促進作用。

二、萌芽時期

科幻小說的傳播發展自譯介外國科幻小說始，也是近代社會的產物。不過，傳統文化中，也並非沒有科幻的影子。回溯歷史，從神話傳說開始，到魏晉南北朝的志怪小說、唐代的傳奇、明清的神魔小說，這構成了中國科幻小說幻想來源的基本脈絡。我國最早的敘事文學，如《山海經》保留了相當古老的神話，被人們稱為「語怪之祖」。山妖水怪、花精狐媚、神魔鬥法，可以說是代不絕篇。《列子》中的一些篇目包含了科幻因素的故事。這些作品所表現出來的奇特的藝術幻想力，都可以追蹤到古代的神話傳說中，在其中找到它們最古老的形態。

到了魏晉南北朝時期，出現具有完整故事結構的志怪小說。志怪小說粗略地說來可以分為三類：一、炫耀地理博物的瑣聞。二、誇飾正史以外的歷史傳聞。三、講說鬼神怪異的迷信故事。漢末至隋代，神仙方術之說盛行，佛道兩教均得到了較大發展，在社會上形成了侈談鬼神、稱道靈異的風氣，社會風氣促進了釋道兩教的大發展。道家的神仙體系開始建立形成，佛家學說也漸深入人心。儒道釋三家思想深刻地影響和改造了中國人的心靈。「志怪小說中的記述大多荒誕離奇，然而後世的文人最喜引用，融入詩詞。」〔註15〕中國的小說也由此交織著多種思想，三家的神話傳說人物互相交織在故事中出現。像是張華作的《博物志》，記述山川異物為主，神仙道術之事為輔。託名曹丕的《列異傳》用災異變怪的故事來影射黑暗政治。

唐代，小說開始成熟，形成獨立的文學形式傳奇體小說，唐傳奇的出現，可以說在小說幻想性方面有了質的飛躍。唐代傳奇小說的發展，可以分為三個時期：初唐王度的《古鏡記》是較早出現的一篇傳奇小說；中唐以後，傳奇作品的名篇大量湧現；到晚唐，文人單獨創作傳奇集蔚然成風。這一時期，神仙方術盛行，很多小說作者本身就是佛道信徒，因此小說中的俠客被塑造成了半人半仙的形象。

〔註15〕余冠英、錢鍾書和范甯等：《中國社會科學院文學研究所學術彙刊：中國文學史》，知識產權出版社，2010 年版，前引書，第 345 頁。

　　明嘉靖、萬曆年間到明末，小說創作出現了繁榮的局面，代表作是《西遊記》、《金瓶梅》和「三言」、「二拍」等白話短篇小說集。大批神怪小說成爲小說的主流，《西遊記》是中國古代最接近現在意義上的奇幻小說或魔幻小說的一部作品。而《封神演義》則是神話了的歷史故事。

　　清代，筆記小說到達了旺盛期，蒲松齡的《聊齋誌異》、紀曉嵐的《閱微草堂筆記》和袁枚的《子不語》等，收錄和創作了大量神鬼故事，以此爲基礎形成了奇幻瑰麗的藝術世界。

　　由上可看出來，中國小說的幻想元素經歷了從神話到志怪到傳奇，文體上經歷了文言到長篇白話，這樣的重要又漫長的發展階段，是擁有豐富文化背景和積澱的，形成了富有中國文化特色的幻想傳統，科幻小說也從中汲取營養。

　　從中國浩瀚的文字記載及流傳的故事當中，進入我們集體無意識中的那些幻想的元素，可能對現代科幻小說來講是核心的源泉。這些幻想因素出現在後來的科幻小說中，彰顯了其預見性。下面具體分析具有代表性的一些幻想元素。

　　超能力：無論是以人的形象還是以神的形象出現的，神話故事中對超能力的描述是極盡誇張的。如《淮南子・覽冥訓》記載：「往古之時，四極廢，九州裂，天不兼覆，地不周載；火爁焱而不滅，水浩洋而不息；猛獸食顓民，鷙鳥攫老弱。於是女媧煉五色石以補蒼天，斷鼇足以立四極，殺黑龍以濟冀州，積蘆灰以止淫水。蒼天補，四極正；淫水涸，冀州平；狡蟲死，顓民生。」〔註16〕女媧以不可思議的力量開創了人類世界。后羿因力大無比，才能拉開了萬斤力弓弩，搭上千斤重利箭，云：「羿射九日，落爲沃焦」〔註17〕，即剩下現在的一個太陽，使溫度適宜人類及動植物生存。

　　技術研究：古代人對於澇災控制力較弱，所以在英雄神話中對於天氣控制的描述也是頗爲多見的。鯀、禹治水是我國古代流傳最廣的神話。《山海經》的《海內經》、《海外北經》、《大荒北經》都有記載鯀、禹治水的故事，鯀只是靠圍堵黃河水的方法來治水，堵件了黃河、長江，但一遇上暴雨，洪水猛漲，沖壞大堤，危害更加嚴重。鯀治水九年，耗費了大量的人力財力，收效甚微。而大禹卻採用疏導黃河水的方法來治水，《尚書・禹貢篇》載：「大禹

〔註16〕《淮南子・覽冥訓》，http：//www.guoxue.com/book/huainanzi/0006.htm。
〔註17〕唐人成玄英《山海經・秋水》疏引《山海經》。

導洛至熊耳」。司馬遷《史記‧夏本紀》載：大禹治水定九州，疏導洛水從熊耳山開始，東北流而會合澗水、瀍河、再東流納入伊水，然後東北注入黃河。從這最原初的故事就可以看出，古人在思考如何治水，及技術研究的思維方式上在久遠的上古時代已然存在。

飛天故事：「嫦娥奔月」是古代民間傳說之一，被研究者看作是一個關於地球外世界探索的科幻原型。有關《嫦娥奔月》的記載，初見於漢武帝時期（公元前156～前87年）的著作《淮南子‧覽冥訓》。按記載，嫦娥是吃了不死藥後便頓覺身輕，飛到月亮上去的，且不僅奔月了，還孤獨地生活在了月球上。從中體現的人類升空夢想，把月球看作一個居住的星球，這不得不說是非常具有想像力的。另外還有其他飛行方式的記載：如中國春秋時代著名的工匠魯班，善製木鳥，還有西漢王莽時代的飛人試驗；萬戶飛天的故事還啓發了美國科學家〔註18〕。

能源利用：對風力的認識和應用在中國已有4000年的歷史，而憑藉風力飛行的設想，在公元前就已有記載，中國戰國時代莊周《逍遙遊》中的「列子御風」，《山海經》中的飛車，都表現了古代人類對空氣動力作用的樸素認識。

機械製造：《墨子‧魯問篇》載：公輸子削竹木爲鵲，鵲成而飛，三日不下。公輸子自以爲至巧。諸葛亮發明木牛流馬。《三國志》、《三國演義》等書對諸葛亮的木牛流馬的記述頗爲詳細，比之爲神器。《三國演義》第一百二十回「司馬懿占北原渭橋諸葛亮造木牛流馬」其中描寫諸葛亮六出祁山，七擒孟獲，威震中原，發明了一種新的運輸工具，叫「木牛流馬」，解決了幾十萬大軍的糧草運輸問題，這種工具比現在的還先進，「人不大勞，牛不飲食」〔註19〕。古代有許多關於機械人的記載，唐朝人張鷟在《朝野僉載》中說：唐初，洛州（今河南省洛陽市）有位縣官叫殷文亮「性巧好酒，刻木爲人，衣以繪綵」，殷文亮刻製了一個木機器人並且給它穿上用綾羅綢緞做成的衣服，每到聚宴飲酒時，小木人爲人敬酒且能嚴格按照座次，甚至能達到如果哪位客人酒杯裏的酒沒有喝乾，木製的機器人就不再給他斟酒的

〔註18〕 美、英、德等國的火箭專家認爲，中國人「萬戶」是第一個試圖利用火箭作飛行的人。
〔註19〕 木牛流馬在《三國演義》第一〇二回，即孔明六出祁山時出場。《三國志》中，則有蜀漢建元九年（公元231年）孔明第四次北伐的糧草「以流馬運」的記載。

技術。

　　中國並不缺乏幻想的傳統，但我們缺乏建構在科學理性上的想像。所以，直到清末，大量的科幻小說由西方引進來之後，中國的原創科幻小說才產生了。以上那些幻想的元素，從中國原創科幻產生之初就一直是作家們汲取的源泉。

　　清朝末年，國力衰弱，民不聊生，知識界為倡導科學精神，引領國人向科學，學科學，大批自然科學書籍也因此被譯介入中國。中國科幻小說發展是從翻譯外國優秀科幻小說開始的。世界上有名的科幻作家的作品均不同程度的被譯成中文，如：儒勒・凡爾納、赫伯特・喬治・威爾斯、阿道司・赫胥黎、押川春浪、雪萊・瑪莉等等。這也使得人們一提到科幻小說總是會先想到他這些西方優秀作品的傳入，使得中國科幻從中汲取了許多養分，再加上眾多一流的文學名家對科幻小說的推崇和倡導。在推廣科學的過程中，知識界精英逐漸認識到「導中國人群以進行，必自科學小說始」。作為「小說界革命」大力倡導的題材之一，科學小說曾備受關注。追溯中國科幻小說的萌芽，當是在晚清的 1902 年，目前所發現最早的中國科幻小說是梁啟超在《新小說》1902 年 11 月 1～7 號上發表的《新中國未來記》〔註20〕。《新中國未來記》開始了那個時代科幻小說的帷幕，被晚清小說家爭相模仿。1903年錢瑞香著《陸治斯南極探險事》登在《童子世界》29 號。瓜子著《明日之瓜分》登在《江蘇》第 7 期。徐念慈著《情天》登在《女子世界》。佚名《理想的寧波》登在《寧波白話報》2～5 冊。1904 年，荒江釣叟在上海《繡像小說》雜誌上連載了科幻小說《月球殖民地小說》〔註21〕，共 35 回，13 萬餘字。這是一部白話文小說，記述了一個叫龍孟華的湖南人，殺人避禍逃至南洋。在那裏龍孟華遇到了架氣球探險的日本人玉太郎。後來，龍孟華跟隨玉太郎展開了他的氣球之旅。從南洋飛至紐約，轉而又去歐洲，最後搬到月球上過上了幸福快樂的生活。有這樣的在地球上到處跑，甚至到月球的想法，在當時的清末小說中算是非常新鮮的。小說中月球的文明程度比地球高很多，還有對氣球、輪船等科技元素的描寫。當時的其他作品還有海天獨嘯

〔註20〕《新中國未來記》將未來作為已有事實來敘述這種寫法本身就符合科幻的要求。至少可以這樣定位：《新》是一部以政論為主體的具有科幻色彩的小說。

〔註21〕荒江釣叟（真實姓名不可考），小說登在《繡像小說》1904 年 21～24 期、26～40 期，1905 年 42 期、59～62 期，共計 35 回，未完。

子著《女媧石》〔註22〕；旅生在 1904 年 5 月出版的《癡人說夢記》；蔡元培的《新年夢》。

在隨之而來的 1905 年，又一篇優秀的中國原創科幻小說問世了，那就是東海覺我（徐念慈）通過上海小說林出版社在 1905 年 6 月出版的《新法螺先生譚》。這本書由三篇小說構成：《法螺先生譚》、《法螺先生續譚》和《新法螺先生譚》。前兩篇是吳門天笑生（真實姓名不可考）從日本岩谷小波的德文日譯版轉譯的，原著者不詳。這三篇中，只有《新法螺先生譚》才是真正的中國原創科幻小說。全文僅有一萬三千字，卻完整描寫了一名叫新法螺的先生御風而行，周遊了月球、水星、金星，最後返回地球的故事。《新法螺先生譚》之後不久，文學界又陸續出現了二十多篇原創科幻小說。當年支明在發表《生生袋》，刊於《繡像小說》49～52 期。1906 年我佛山人著《光緒萬年》〔註23〕、女奴著《地下旅行》、笑著《空中戰爭未來記》〔註24〕。同年，蕭然郁生創作《烏托邦遊記》，藉以表現作者強烈的民族意識和愛國主義思想。

1905 年，俠人在《新小說》第十三號著文說：「西洋小說尚有一特色，則科學小說是也。中國向無此種，安得謂其勝於西洋乎？應之曰：此乃中國科學不興之咎，不當在小說界中論勝負。若以中國大小說家之筆敘科學，吾知其佳必勝過於西洋。且小說者，一種之文學也。文學之性，宜於凌虛，不宜於徵實，故科學小說終不得在小說界中占第一席。且中國如《鏡花緣》、《蕩寇誌》之備載異文，《西遊記》之暗合醫理，亦不可謂非科學小說也。特惜《鏡花緣》、《蕩寇誌》去實用太遠，而《西遊記》又太蒙頭蓋面而已。然謂我先民之無此思想，固重誣也。」在這篇文章裏，指出了這種作品強調幻想性，不宜過於實際的特點。以及我國古代許多文學作品中，也包含科學幻想的成分等論點。提出了如果正統文學大作家參與寫作，必定可以超過西方無疑。寥寥數語，就把科學幻想小說的一些根本性問題說得一清二楚。可以認為是中國科幻小說剛剛露面時，最早的一篇有力宣言。

1907 年 1 月，徐念慈在《小說林緣起》〔註25〕一文中，有如下論述：「月球之環遊，世界之末日，地心地底之旅行，日新不已，皆本科學之理想，超

〔註22〕刊載 16 回未完，臥虎浪士批，東亞編輯局鉛印本，甲卷 1904 年，乙卷 1905 年。
〔註23〕刊載於《月月小說》1908 年第二卷第 1 期，第 115～122 頁。
〔註24〕刊載於《月月小說》1908 年第二卷第 9 期，第 51～61 頁。
〔註25〕在《小說林》創刊號發表。

載自然而促其進化者也。」宣告了科學幻想小說應該含有科學原理，肩負促進科學發展的任務，顯現出了科幻小說促進科學這一作用的端倪。

1908 年，碧荷館主人發表《新紀元》。同年，肝若創作了《飛行之怪物》，此文抨擊了支那外務大臣包媚骨以退讓討洋人歡心，表達了對腐敗的清政府的無比憎恨。吳趼人創作了《光緒萬年》，表現了一定的反帝、反封建思想。1909 年，無名氏創作《機器妻》，是一篇挺清新的小說。1910 年，陸士諤寫成《新中國》參與「改良小說社」的徵文。1910 年楊與齡著《中國戰爭未來記》、洪炳文著《月球記》。1911 年鸞漁隱著《金星風上記》。1912 年劍秋著《環球二十萬里鐵道記》。

我們可以看到在這些中文作品創作的同時，世界上其他的科幻文學巨擘也在創作他們的經典作品。像是威爾斯在 1901 年創作《最早登上月球的人》（The First Men in the Moon）、1908 年創作《現代烏托邦》（A Modern Utopia）等。日本作家二十世紀開始了科幻小說的創作，最早的為押川春浪 1900 年的《海底戰艦》。其他優秀作家的創作也才進入萌芽。由此可見，中國在科幻文學方面的起步並不晚。但是這些作品大多是烏托邦式幻想，和現代科幻小說差別很大。而且，這時的中國科幻小說明顯受到來自西方科幻小說影響。《月球殖民地小說》模仿了《氣球上的五星期》；《新法螺先生譚》是在《法螺先生譚》的基礎上創作的；《新紀元》近於凡爾納的風格。

辛亥革命之後，民國的建立並沒有給動蕩的中國帶來和平，「鴛鴦蝴蝶派」小說大為流行，而科學小說卻式微。到五四新文化運動後，科幻小說創作和發表急劇減少。1920～1949 年原創科幻小說的數量不足 30 篇。

1923 年 1 月，勁風在商務印書館出版的《小說世界》第一卷第一期上刊登了《十年後的中國》，作者幻想自己發明了發射器，幻想了中國版圖沒有一點兒割地，世界其他國家都對中國恭敬如禮，這是對帝國主義暴行的痛恨的一種反映。1924 年周作人著《科學小說》、1926 年胡國梁和徐通渝著《遊記：丙寅中秋夜裏遊月球記》〔註26〕、1928 年沈從文著《阿麗斯中國遊記》。1932年 8 月，《現代》雜誌開始連載老舍先生的《貓城記》，次年載畢，並由現代書局發行了單行本，共約十一萬字。《貓城記》是完全意義上的科幻小說，且具有很高的文學價值。但在當時，讀者對這類小說的接受度較低，老舍之後也沒有再創作科幻小說。1939 年，作為科普作家的顧均正出版了科幻小說集

〔註26〕載《青年鏡》，第 47 期第 43～45 頁。

《在北極底下》，內含《在北極底下》、《倫敦奇疫》、《和平的夢》三個短篇。《和平的夢》用和平的意願影響敵對國家的人民，圍繞富國強民的主題，弘揚和豐富了關心民族命運，反抗侵略，爭取獨立的特色。顧均正的那些作品能夠及時反應時代特點。1940年，在《科學趣味》第二卷1、2、4、5、6期上還連載了顧均正的《性變》。1941年《大風》第84期刊載張天翼《金鴨帝國》，1942年2月，純文學大家許地山在《大風》半月刊發表了《鐵魚的鰓》，是這個時代極少數的科幻閃光點。這篇小說通過對一名科學家的悲慘遭遇，反映了舊社會科學家報國無門的悲慘處境。這些作品除《在北極底下》和《鐵魚的鰓》外，科技信息含量極少，是寄情的烏托邦或反烏托邦小說。

中國科幻小說的起點並不低，時間也不算很晚。但由於客觀歷史條件所致，如政治環境、人文環境、科學氛圍、國民整體素質等，近半個世紀以來，中國原創科幻小說的數量並不太多。而且這些小說的超前性比較明顯，得不到普通讀者的應和，也沒有出現專業的科幻小說作家。已經出現的科普化傾向也表現在作者的創作中，顧均正在《和平的夢》一書的《序》中，明確地說：「在美國，科學小說差不多已能追蹤偵探小說的地位，無論在書本上，在銀幕上，在無線電臺，為了播送威爾斯的關於未來戰爭的科學小說，致使全城騷動，紛紛向鄉間避難。這很足以說明科學小說入人之深，也不下於純文藝作品。那麼我們能不能，並且要不要利用這一類小說來多裝一點科學的東西，以作普及科學教育的一助呢？我想這工作是可能的，而且是值得嘗試的。」從談到科幻小說對人類的影響上面，轉而提到科幻小說對科普的作用。

中國科幻在萌芽時期有以下幾個特點。第一，它是個人行為，沒有形成規模。科幻小說的作者大多不是專業的，有些是純文學作家，有些是科普工作者，所作的作品大概都是興趣所為，也沒有形成確切的科幻小說門類。第二，從讀者層面來說，沒有形成讀者群。科幻作品在當時屬於探索類的，嘗試著給讀者看，作者是完全的領導者，領著讀者來接受這一小說創作類型。當時倡導科幻文學、親自參與科幻創作或翻譯工作的都是中國第一流的文人。第三，當時的大環境極不利於科幻發展。社會需要直接反映現實的作品，直白淺顯，針鋒相對文字更適合當時的閱讀習慣和需求。但從科幻文學的文學性上來看，他明顯不能夠達到那樣的要求，科幻在某種意義上來看，面對現實生活還是含蓄和拐彎抹角的。百年前的中國科學幻想小說提出科學幻想應該促進科學進步，而不是無病呻吟的文字遊戲。已經具有一定的科幻小說

科普化傾向。

　　這時期科幻小說最會出現的兩大硬傷：一個是，在幻想方面的欠缺，與實際聯繫過於緊密。文學創作中的具體表現為：過多的關注現實的社會人情，大多是將我們生活中熟悉的故事放置在不熟悉的時空背景下。與此種文學創作相適應的便是，在表現形式上，由於思想上不夠開闊，也使作品無法到達無拘無束的幻想境界。由於太接近於現實，新奇性不夠，「大陸科幻小說對藝術形式的探索，一般未脫小說的傳統觀念與框架，比如懸念的設置，情節的曲折等。」〔註27〕缺少了西方科幻小說那種對陌生化效果與新奇之美的追求。另一個是，在創作中，對於「科學」的過於執著。中西方科幻對科學有著不同的態度。中國大陸在科學幻想方面比較嚴謹，表現出對科學的尊重。在意識形態領域，科學代表著國家的強盛、實現強大的必須，「科學信仰一方面奠立了 20 世紀中國現代性的基石，推動著民族自強的諸種歷史進程，另一方面又發展成有著獨斷論色彩的唯科學主義。」〔註 28〕即便是現在，科學仍然要發揮其工具作用。科技理性、政治理性、工具理性成為現代中國科幻小說發展的桎梏。

　　再來運用文化學的理論，探討是什麼原因形成了上述硬傷的。簡單來說，作為科幻小說需要滿足「科學」、「幻想」與「文學性」幾個基本條件，三部分缺一不可。但就現代中國而言，這三個方面的發展均不同程度的受到了抑制。小說這一體裁在中國的發展就頗為困難。從事人類學研究的中野美代子就在其著述《從小說看中國人的思考樣式》中指出：「中國人討厭虛構、崇尚事實。在廣義的文學域中，曾給予紀實的史書以僅次於詩的地位，並因此而不願意承認小說這一虛構文學也是文學。」〔註29〕雖在梁啟超「小說界革命」中登上歷史舞臺，卻從最開始就帶上啟蒙與救亡色彩。對幻想的漠視，又使得科幻小說飛翔的翅膀難以張開。這裡將提到中國文化的傳統和思維方式之間的問題，「舊文化是一個具有多層次結構的有機系統，其中所謂的文化精神與思維方式構成了不同民族文化中的重要一環，它沉寂在內，又以不

〔註 27〕王淑秧：《海峽兩岸小說論評》，中國人民大學出版社，1992 年版，第 126頁。

〔註 28〕陳旋波：《生態批評視閾中的 20 世紀中國文學》，創作評壇，2004 年第 4 期，第 35 頁。

〔註 29〕中野美代子：《從小說看中國人的思考樣式》，北京十月文藝出版社，1989 年，第 76 頁。

同的外在形式表現出來，在中西文化上體現出許多的不同。」〔註30〕從直覺思維與邏輯思維上來看「中國哲學思維偏好運用直覺體驗的方式去獲得和傳達涵蓋力極強、極靈活、爲認識主體留有極大領悟空間的認識成果；西方式的哲學思維則希望通過嚴密的邏輯推理去獲得和傳遞精確、可靠、穩定的知識，因而它注重規則的縝密，力求避免認識主體理解和闡釋對象的任意性，重視認識的客觀性與同一性。」〔註31〕這些思維特徵有助於培養西方的嚴謹縝密的科學態度。而中國人，中國哲學家研究哲學，強調哲學研究與現實生活的一致，講求經世致用。「中國傳統文化中並沒有適合科幻小說發展的條件。不同的文化培育著不同的文學」〔註32〕。科幻作家韓松認爲中國文化是向後看的文化，「半部《論語》治天下」的觀念至今沒有改變，而科幻則是面向未來的文體。「中國人的認識疆界限定在穩定堅實、感官所及的領域內。可以說他們從空間上誤認爲自己的文明圈就是整個世界，不讓思想跨越這個疆界去自由翱翔。這一點表現在他們在旅行中缺乏探險精神，表現在對未來世界缺乏興趣的傾向。另外，在時間上，正如孔子的名言『未知生，焉知死』所象徵的一樣，充分體現出他們斷絕了對死後世界的思索。思想從感官可及的領域向外部世界的飛躍就這樣從倫理上被否定、被斥退了」。〔註33〕這樣的言辭雖犀利，卻不得不承認其中有一些值得思考的地方。中國文化對科幻小說中幻想成分的一種漠視，的確是不利於中國科幻小說產生發展的一個重要因素。

萌芽期科幻小說出現的種種問題，還與科技在中國的不在場有關。在萌芽期科幻小說中出現的科技方面的介紹性質的內容並不是其具有科學精神的象徵。盲目崇拜或者是傳統文化中的不屑爲之都不是科學精神的實質。中國傳統文化還有另一大缺點是缺乏實證科學。「中國古代思想有一種過於狹隘的實用觀念，對於安邦治國、國計民生關係不密切、不明顯的純理論、純知識缺乏熱情」。〔註34〕特別是「罷黜百家，獨尊儒術」的思想逐漸支配了幾乎整

〔註30〕徐行言：《中西文化比較》，北京大學出版社，2004年，第18頁。

〔註31〕同上，第121頁。

〔註32〕王泉根，焦華麗：《科幻文學：第三次高潮的收穫與迷惘》，中華讀書報，2000年7月，第21頁。

〔註33〕中野美代子：《從小說看中國人的思考樣式》，北京十月文藝出版社，1989年，第77～78頁。

〔註34〕張岱年，程宜山：《中國文化與文化論爭》，中國人民大學出版社，1990年，第74頁。

個封建社會後，「中國人從此喪失了把邏輯、數學、科學技術結合在一起的比較注重自然科學理論的學術傳統，使中國傳統文化呈現了畸形。」〔註35〕中國傳統文化將科學思維與精神拋棄了，「科學」在中國的邊緣化很大程度上抑制了科幻小說的發展。中國爲科學而科幻的理念，有其根本上的不足。

第二節　「科幻意識」的覺醒

　　以第一次文代會開始爲標誌的當代文學的新階段，全稱爲「中華全國文學藝術工作者代表大會」，於 1949 年 7 月 2 日至 19 日在北京舉行。其實，正值人民解放戰爭取得決定性勝利，中華人民共和國成立前夕。這是一次全國文藝工作者大會師、大團結的大會。大會標誌著中國現代文學階段的終結，也是中國當代文學的開端。

　　在「向科學進軍」的號角下，人們企盼著迅速建設強大的社會主義祖國，這使得久已沉寂的科幻小說又重新發動，掀起了第一個科幻高潮。隨著時代背景的變化，主旋律也從追求民族獨立，轉爲以普及科學技術、建設富強國家爲中心任務。

一、科普型科幻

　　新中國成立初期，中國科幻小說的發展深受蘇聯的影響。〔註36〕在對科幻的定位上，中國也學習蘇聯，認爲科幻是從屬科普的，科普又從屬於兒童文學範疇。科幻小說作家被歸入中國作家協會，並被劃歸爲兒童文學組。在五六十年代幾乎所有的科幻小說都發表於兒童文學雜誌上或由兒童出版社出版。這時期的科幻小說明顯地帶有科普和兒童文學的兩種印記。

　　根據當時的情況，國家在建國初期，需要科學的發展。培育年輕一代的仁人志士，讓他們具有崇高的理想和科學技能，是重中之重的問題。就當時

〔註35〕同上，第 288～289 頁。
〔註36〕「科學幻想小說」一詞就翻譯自俄文，科幻是科學幻想的縮寫。1952 年翻譯蘇聯作家阿·托爾斯泰的《加林的雙曲線體》，後記中提出這是幻想小說。1954 年，中國青年出版社翻譯出版的蘇聯文集，在介紹別利亞耶夫和葉菲列莫的作品時已經使用「科學幻想小說」這一稱呼。1956 年，中國青年出版社又再出版了蘇聯作家胡捷的《論蘇聯科學幻想讀物》，這是一部有關科幻小說的理論書籍，給中國的科幻小說家和讀者提供了科幻理論上的幫助。1957 年——1962 年間，中國青年出版社出版《凡爾納全集》，翻譯自俄文版。

的情況而言，將這顆科幻幼苗才剛剛發芽，栽種在「少兒」和「科普」的園地裏，這樣的情形是可以理解的。但是凡事有一利，必有一弊。這樣的格局固然出現了一些優秀作品，童恩正的《古峽迷霧》、于止的《失蹤的哥哥》、遲叔昌的《大鯨牧場》、肖建亨的《布克的奇遇》等。其中除了童恩正的《古峽迷霧》算是一篇真正的科幻小說，其他統統都是「兒童科幻故事」。在兒童科幻故事的模式的局限下，科幻小說講述的故事較為簡單，這些簡單的故事也僅僅是作為普及科學知識的載體而已，尚無法涉及更深層次的社會生活、心靈發掘、時代背景，以及表徵內容、人物塑造、矛盾衝突等內容，文學性方面是比較欠缺的。

當時，以出版陣地來說，也不過北京的中國少年兒童出版社的《我們愛科學》、《中國少年報》，上海的少年兒童出版社及其所屬的《少年文藝》、《少年科學》，中國福利會《兒童時代》等，極少數的單位。從名稱可見，基本上全是少兒出版單位。當時的作品還不完全是小說，並不是說其很「低級」，絕對不能貿然否定了那個時代。當時科幻小說的歷史任務就是這樣。其讀者群是以小學高年級和初中為主，不是在校大學生和社會青年。只能說作品針對的是低年齡段的讀者，而不是創作水平低下。而如今越來越多的作品向著成熟的年齡段進軍，反而忽視了少兒這個領域，也是一種偏頗和缺失。當時，中國科幻文壇是以北京、上海為代表的時代、沒有其他地區的參與，幾乎是不可能用「全國」範圍來說，也是當時的一個缺陷。然而這是時代發展的一個過程，也是難免的。

一些少兒雜誌和科普雜誌的編輯熱心發展科幻，在一時找不到作者的情況下，幾位編輯自己就開始創作，包括鄭文光，于止（葉至善）、趙世洲、郭以實、魯克（邱建民）、王國忠。編輯們還邀請了一些科普和兒童文學作家來創作科幻，這些作家有遲叔昌、嵇鴻、肖建亨、童恩正、劉興詩等少數幾個，最終形成了一支科幻創作的隊伍。總得來說，創作勢頭是不錯的，光在 1950 年到 1965 年間他們就發表了 60 部科幻小說。遺憾的是，在這一時期，長篇科幻小說一部都沒有。眾所周知，短篇小說與長篇小說在文本構成上有著極大的差別。

「當時發表過兩篇以上的作者如下：王國忠 11 篇；魯克（邱建民）、蕭建亨 9 篇；鄭文光、遲叔昌 8 篇；趙世洲、童恩正 6 篇；嵇鴻、劉興詩 5 篇；于止（葉至善）3 篇；徐青山、郭以實、李永錚 2 篇。此外，還有 18 人各發表一

篇。」〔註37〕王國忠創作最多，他長期從事科普讀物的編輯、創作與研究，主持編輯出版了多種影響深遠的科普類書籍，尤其是《十萬個爲什麼》、《少年科普佳作選》、《兒童科普佳作選》、《幼兒科普佳作選》。他的小說集《半空中的水庫》、《黑龍號失蹤》，包括了《神橋》、《第一仗》、《春天的藥水》、《黑龍號失蹤》、《打獵奇遇》、《山神廟裏的故事》、《渤海巨龍》等短篇作品。其中以《黑龍號失蹤》故事最爲典型。小說的主人公甄一剛教授發明了海底潛泳機，但是，在「太平洋 124 號地區海底一萬米深處」，潛泳機遇到了蓄意設置的水雷防線。此後，中國建造的第二艘類似潛艇再度下潛，在技巧性地通過了水雷網之後，潛水員發現，在這片沉船墓地，七艘有透明圓屋頂的先進潛水艇蟄伏在黑龍號周圍，潛水艇如玻璃一樣的透明外殼下人們可見到，一些忙碌的微生物科研人員正在進行著致病微生物的繁殖和生物武器的研製。這些科研人員是二戰日軍 731 細菌部隊的殘餘。他們在帝國主義和軍國主義的支撐下，改名「太平洋第一公司」，正用自己的努力爲第三次世界大戰做出軍事準備。在這部小說中，他用自己的獨立思考力，把科幻文學提供給作家的可能性用於與現實生活的結合，在分析了國際形勢之後，認眞地進行了創作。

鄭文光是新中國科幻小說的先驅，也確實是科幻寫作的高手，他從 20 世紀 50 年代就開始創作科幻小說。1954 年，發表於《中國少年報》的《從地球到火星》成爲中國科幻第一次高潮到來的標誌。鄭文光受過系統的天文學教育，與當時的很多科幻作者一樣，學術研究是他的主業。他具有超過一般自然科學家，甚至超過平常科普作家的文學根底。作品《從地球到火星》是一部短篇，講的是三個中國少年渴望宇航探險，偷開出一隻飛船前往火星的故事。雖然篇幅較短，情節簡單，但卻是新中國第一篇人物、情節俱全的科幻小說。1955 年，鄭文光的四部短篇小說結集爲《太陽探險記》。其中的《太陽探險記》講述了在太陽邊緣的生死搏鬥的故事，小說具有明顯的象徵性。作家用極富西方色彩的表述方式從中國古代神話中吸取營養來進行藝術加工。小說中，主人公經受了與神話中類似的烤焦命運，卻最終逃脫了死亡。作家還特別強化了集體主義色彩，說在未來只要人們知道曾經有過這樣幾個人，曾經到達離太陽 1700 萬千米的地方，替科學界取回寶貴的材料，替人類幸福做出了一些貢獻就夠了。之後鄭文光又發表了幾個短篇，以 1957 年發表的《火

〔註37〕劉興詩：《中國科幻百年回顧──代〈時空旅行〉序》，http://all.kehuan.net/201012/20101206102917.shtml。

星建設者》爲最成熟，曾獲莫斯科世界青年聯歡節大獎，是中國第一篇獲國際大獎的科幻小說，也是鄭文光 50 年代科幻創作的頂峰。《火星建設者》採用了當時科幻文學作品中少有的悲劇寫法，講的是 20 世紀在共產主義世界裏，人類開始在火星上建設基地的艱難旅程。小說把馬克思主義自然和人類進化史作爲創作的根基，把全世界人民的和諧合作、青年人所蘊含的熱誠和勇敢，以及對大自然的熱愛都通過科幻的透鏡神奇地展示出來。而在這樣的未來世界裏，人類的生存並不一帆風順，還存在著由於宇宙的強大或人類自身的錯誤所導致的災難，這些設定又給小說增添了起伏和張力。

還有一點值得贊賞的是，在 1958 年鄭文光就做了關於科幻文學基本理論問題探討的文章，文章名爲《談談科幻小說》，發表在 1958 年《讀書日報》上。科幻文學的基本理論問題，諸如科幻小說的文學本質、科幻小說對古代神話的繼承關係、科幻作品中的科學如何與眞實的科學相區別等等都在文中有所涉及。

繼鄭文光之後，大陸出現了一大批科幻作者。他們當中的遲叔昌，在創作上與鄭文光不同，他不喜歡描述自然風光或遙遠的未來世界的全貌，卻喜歡集中於某個層面上觀察未來。例如，通過農業、漁業、冶金業的某個獨特的技術方案，去講述未來。他的小說《割掉鼻子的大象》（與于止合作）、《大鯨牧場》、《人造噴嚏》、《三號游泳選手的秘密》、《凍蝦和凍人》、《起死回生的手杖》、《科學怪人的奇想》（與于止合作）等從多個細微的場景和情節，把以後多彩的共產主義未來展現在讀者的面前。在這樣的未來中，人類可以培養出大象一樣的肉豬；可以在海洋中放牧鯨魚，可以學習海豚的皮膚改進游泳衣，創造世界記錄，也可以讓生物冬眠以方便運輸；讓蜜蜂通過本能協助稀有金屬的冶煉。《科學怪人的奇想》中力圖將新舊社會兩代科學家的遭遇進行對比，則已經表現出作家刻畫人物、強調通過人物命運展現社會變革的強烈意圖。

60 年代還有一個重要的作家童恩正，他從 1960 年開始創作，小說《古峽迷霧》等具有相當的文學水準。與鄭文光不同的是，童恩正沒有鄭文光那種肆意汪洋的浪漫主義，但他卻有某種創新意識，以小見大，將微小的科學線索發展拓展成一片想像的海洋。這些微小的科學線索常常是從科研謎團中展開：古籍中的隕石記載、三峽兩岸的山洞、記憶力缺失的彌補方法，這一切看起來毫不起眼，但被作者演繹之後，卻成了五萬年以前的天外來客、西南

民族最終流失的通道、喚起個體文化存留的倉庫。童恩正的小說注重人物描寫，也注重社會背景的透視。他的作品能將複雜的線索至於其中，語言也富有特色，嚴謹又不失文學價值。在這方面，童恩正的好友劉興詩認為，這是一種把科幻作品當成科學論文的延續。童恩正後因《古峽迷霧》在文革中遭到批判〔註38〕。

蕭建亨通常被寫作「肖建亨」。蕭建亨的科幻創作開始於 1953 年，當時他從報紙上見到上海科學教育電影製片廠徵求科教片劇本的消息，便寫了《氣泡的故事》應徵，居然中獎，這給了他極大的鼓勵。從此之後，他開始科普、科幻寫作。可惜，《氣泡的故事》劇本到了導演手中，卻因諸多內容難以拍攝而擱淺，最終沒有搬上銀幕。蕭建亨說，小時候讀了法國儒勒‧凡爾納的科學幻想小說《十五小英雄》（即《十五小豪傑》），這本書培養了他對科幻小說的興趣。他以《布克的奇遇》為題名的科幻小說集〔註39〕在 1962 年出版後銷量超過一百萬冊。《布克的奇遇》這個短篇小說描述一隻名叫布克的小狗，在被汽車壓死之後，科學家把布克的腦袋移植到另一隻狗身上，出現了奇跡。這是一篇構思精巧的科學幻想小說。「文革」前，隨著「階級鬥爭」的弦越繃越緊，科幻小說無處發表，從 1964 年起，蕭建亨不得不中止創作。

于止（葉至善）是著名的少兒科普作家、優秀編輯、優秀出版工作者。他主持少兒刊物，在當編輯工作的五十多年中，為少年兒童寫了大量優秀科普文章和圖書。其中科學家傳記小說《夢魘》獲第二屆全國優秀科普作品一等獎，第二屆宋慶齡兒童文學二等獎。《豎雞蛋和別的故事》獲上海優秀科普讀物一等獎，第三屆全國科普作品榮譽獎和 1957 年的最佳兒童文學獎。

這一時期科幻創作的特點，第一是形勢大好，科幻小說文體受社會環境的影響，開始出現大量的作品，這時無論是少兒方面還是科普方面都對科幻小說有比較濃厚的興趣，這兩方面的相關編輯因此也組織了作家隊伍進行科幻作品的創作。

第二個是受眾層面的。與上個時期不同，這時期的科幻作品由於創作水平的限制正好與讀者的欣賞水平一致，這使科幻作品能夠得到讀者的有效欣

〔註38〕批判的理由：《古峽迷霧》中的秦軍就是人民解放軍，巴國王子則是蔣經國，《古峽迷霧》是為蔣介石招魂的。

〔註39〕該小說集包括小說《奇異的機器狗》、《密林虎蹤》、《夢》、《金星人之謎》、《布克的奇遇》、《鐵鼻子的故事》、《不睡覺的女婿》等。

賞，還能產生一定的社會效應。像是鄭文光的《從地球到火星》出版之後，就曾在北京地區引起觀測火星的熱潮。科幻作品能夠以恰當的創作水平出現並與當時有著追求科學知識思想的讀者產生互動。

第三，受政治環境影響，大部分科幻作品呈現出一定的模式。科學參觀、科學介紹式的模式，往往使作品人為地去掉了作為小說必要的情節，例如要去掉矛盾衝突，這樣會表現出社會陰暗面；反面人物的設置要相當小心。在創作風格上也受到政治環境影響從而產生出特殊的效果，比如受大躍進背景影響的《割掉鼻子的大象》、《共產主義暢想曲》等作品故事情節有濃厚的「放衛星」的色彩。

第四，打上了科普和兒童文學烙印的科幻也是科幻小說。科幻可以有科普的功能，但科幻普及的更是對科學的興趣和科學精神的發揚。科幻可以給兒童看，也可以寫成兒童喜愛的形式，但不能全是兒童科幻。歷史上出現的科幻科普化和兒童化這兩種傾向已是不爭的事實，這將科幻文學放在了一個尷尬的境地，官方對科幻的定位直接影響了那一代的科幻創作及評論和欣賞。在某種意義上說，這更積極地培養了一些科幻小說的小愛好者，形成了中國科幻讀者的讀者群，甚至從讀者群中還走出了科幻作者。當時也出現了很多可以留世的經典之作，許多作品在多年之後仍然再版，讀者因為兒時的情節會買來重溫，或給自己的孩子讀，可以說它們還是影響深遠的。

第五，受國家政策的影響，許多作家只能創作少兒科普型的作品。少兒科普型的作品多設置少年兒童為主人公。以兒童的視角作文，作品是兒童觀察、科學家講授的模式。這樣就必然會導致作品的文筆淺顯易懂，結構簡明扼要，沒有較為複雜的描寫。不過也就是寫成少兒科普型作品，作品才能有發表的空間，比如肖建亨寫了成人化的長篇科幻小說也沒有地方肯發表。

解放後科幻小說得到了社會的重視，在我國的科普園地出現了一批比較優秀的作品。不幸的是，這塊園地在十年浩劫中被徹底掃蕩，幾乎所有的科幻作家都遭到迫害，而那些奇奇怪怪的莫須有的罪名恰恰都與他們創作過科幻有關。

劉興詩在《中國科幻百年回顧》（代《時空旅行》序）中列舉了一些作家作品被批判的大字報，他自己的《地下水電站》被「火眼金睛」的「革命群眾」分析出兩個結論，全都屬於「反」：

> 一種意見以為這是「惡毒醜化」新社會是黑暗的地下，以白作

黑，暴露了作者的「反革命陰暗心理」和「敵視」人民的「反革命立場」。想一想中美合作所被害的革命烈士，必須以眼還眼、以牙還牙，堅決鎮壓毫不手軟，爲江姐和所有的烈士報仇雪恨。

　　另一種意見，認爲這是作者企圖在新社會幹「地下工作」的「不打自招」。必須乘勝追擊，破獲潛伏的全部「特務組織」，勒令交出無聲手槍、發報機等「作案工具」，來一個一網打盡。我沒有什麼發報機，倒是有一把一勾扳機，就會射出繩子栓住軟木塞的玩具手槍。如實「交代」後，造反派如臨大敵，一幫人撅住腦袋，把我緊緊抓住，防止「狗急跳牆」衝上來奪槍射擊。一幫人鄭重其事打開抽屜，取出那把「特務手槍」研究半天。懷疑軟木塞是否經過劇烈毒藥浸泡，也能置人於死地。誰也不敢摸那個軟木塞，連忙用白紙包好，準備上交化驗。認爲境外特務用這種有毒的玩具手槍是一大發明。揭露這種特務「作案工具」，是活學活用當時流行的一種「思想」的偉大勝利。最後暴跳如雷，說我不老實，還有什麼秘密武器和特務裝備，挖地三尺也要弄出來。

到文化大革命，科幻小說創作完全處於終止狀態。

二、「科幻意識」覺醒

　　1966 年到 1976 年的「文化大革命」阻隔了科幻小說的蓬勃發展的勢頭。1976 年在「四人幫」被粉碎之後，歷史揭開了新的一頁。從 1977 年期，科幻作品開始被翻印，國外的科幻也重被引進。1978 年 6 月，中國科協在上海召開了全國科普創作座談會，茅以升、華羅庚、於光遠、劉述周、高士其、董純才、王子野、王文達、溫濟澤、王麥林、章道義等科教出版界領導人和科普作家、編輯家 300 多人發起成立了「中國科學技術普及創作」籌委會。1979 年 8 月，在北京召開了第一次全國代表大會，正式成立中國科學技術普及創作協會，胡耀邦、鄧穎超等黨和國家領導人在人民大會堂接見了全體代表。從以往科幻的興衰看出，國家領導層和政策面對科學技術的推崇，是科幻小說發展的第一推動力。在利好形勢下，被「四人幫」長期壓抑的創作激情猶如井噴，科幻小說再次出現了高潮，很多的新人創作者嶄露頭角。在出版方面，國內許多科技出版社、科普刊物創刊或恢復正常工作，並開始刊登科幻小說。

順應時代潮流，科幻小說成爲當時的一大熱點。大量國外科幻作品被譯介進來，除凡爾納、威爾斯、以及蘇聯科幻等老面孔外，西方二十世紀科幻小說重新大量引入，而且推及到四五十年代的作品。阿西莫夫、克拉克等西方作家的大名開始被國人熟悉。這使得中國科幻作者能接觸到最新的世界科幻，瞭解科幻小說發展的新趨勢。《魔鬼三角與 UFO》等外國科幻選集當時均發行幾十萬冊之多。《未來世界》、《鐵臂阿童木》、《大西洋底來的人》等國外科幻影視的引入更在全社會形成了一股科幻熱。這一時期，中國科幻出現了一批科幻翻譯者。科幻的翻譯也有自己的規律，除了要熟悉科幻作家外，他們的許多科幻專用詞語的運用也必須精通。當時的翻譯家中，最著名的是吳定柏、王逢振、郭建中。吳定柏是上海外國語大學教師。曾經開辦過外國科幻文學選修課。他從八十年代開始便大量翻譯西方國家科幻作品，並且主編了在美國發行的《中國的科幻小說》，這是英語世界里第一本中國科幻小說集。由此吳定柏成爲溝通中美兩國科幻界的重要人物。王逢振是中國社科院外國文學研究所研究員，《魔鬼三角與 UFO》就是他主編的。郭建中是杭州大學教師，曾作浙江省翻譯工作者協會會長，他也翻譯了不少科幻佳作，並且獲得 1991 年度世界科幻協會科幻翻譯獎——恰佩克獎。

一九七六年春，文化大革命尚未結束，時任上海電影製片廠編劇的葉永烈發表了《石油蛋白》〔註 40〕，這是十年動亂後期第一篇科幻小說。他隨後出版的《小靈通漫遊未來》也取得了空前的成功。這些作品都是對未來時代先進科學將會給人類帶來的各種好處爲點來進行的想像。

十年動亂剛結束時，科幻小說在新時期伴隨著國人對科技文明的渴望而興盛起來。科技立國的觀念，征服大自然的觀念，實現四個現代化的理想，以及當時以國家力量推動的經濟建設戰略，都催動科幻小說的熱潮。其背後最強的推動力是國家政策。平反、落實知識分子政策、改革開放、實現四個現代化，這些鼓舞人心的政治口號背後，是鄧小平在一九七八年全國科技工作會議上提出的核心思想，科學技術是第一生產力。上世紀七十年代末開始，中國興起了對科學技術近乎盲目崇拜的複雜情感，當時教育界盛行這句話：

〔註40〕據肖建亨回憶，1975 年，上海少兒出版社的編輯曾經找到他，向他約科幻小說稿件。由於規定要在作品裏加入「批判走資派」的內容，被肖婉拒。1976 年初，上海少兒出版社創辦了《少年科學》雜誌。編輯部決定開設科幻小說欄目。但只收到一篇來稿，就是葉永烈的《石油蛋白》。這篇小說被發表在《少年科學》創刊號上，成爲文革十年中惟一面世的科幻小說。

「學好數理化，走遍天下都不怕！」剛剛結束不久的大動亂，給大多數國人，尤其是知識分子留下了沉痛的記憶，文學家在那個特殊時期的可怕命運，也使許多人對文學領域產生了陰影，認為那只會給人帶來麻煩，是無用的東西，而真正能夠跨越時代的是科技。於是自然就產生了「重理輕文」的思想。落實在科幻小說的創作上，則無法擺脫「科普文藝」的定位，在「姓科」還是「姓文」的大論戰中，最後遭到了「清污」運動的捧殺。

以科學技術熱潮為基礎的科幻小說從一開始就帶著科普文藝的鐐銬，但從另外一方面看，這也是當時科幻小說能夠獲得發展的一個契機。畢竟，因為科普的熱潮，科幻小說也以打擦邊球的方式吸引了一批科幻文學的愛好者。

這次科幻高潮實際上就是上一次高潮的延續。如果說上一次高潮體現在作品數量上，那麼這一次的高潮主要體現在作品的內容上。科幻題材的作品涉及的領域拓展的更寬，幾乎包括了當時科學前沿的所有重大課題，題材從海洋探索到高山探險，從外太空幻想到微觀世界，從機器人製做到克隆人技術……從各個領域入手吸引讀者的關注。

這次高潮中的主力作家仍是第一次高潮的那幾位。鄭文光 1979 年出版了新中國第一部長篇科幻小說《飛向人馬座》。該作品沿襲之前的「事故加冒險」故事框架，但想像的空間更大，航行的距離更遠，場面更為宏大，人物刻畫上也更出色。1979 年發表在《少年科學》上的《鯊魚偵察兵》想像了用鯊魚改造的高科技戰鬥武器，充分反映了作者寬廣的視野。小說模式也是較為熟悉的老教授對同學們教科學知識的模式，這部小說後來還被翻拍成了電視劇。鄭文光的創作由此進入了成熟階段，奠定了他作為中國科幻小說領軍人物不可動搖的地位。某些作品，如《珊瑚島上的死光》、《小靈通漫遊未來》等，都是在六十年代初就已經完稿的，到這時才拿出來發表，所以這次科幻創作的高潮來的比較迅猛，也是因為有前期的一些積累。

葉永烈在 1976 年以一篇《石油蛋白》出現，接著先後推出《世界最高峰上的奇跡》、《小靈通漫遊未來》、《金明、戈亮探案集》等作品。葉永烈的崛起，對中國科幻小說有極大的推動作用。他的科幻代表作《小靈通漫遊未來》寫於 1962 年，文革時為躲避造反派的抄查，曾將這部手稿東存西藏，使之幸免於禍。一九七八年正式出版後風行一時，成為當時家長給子女必買的流行讀物。在十幾年後作的一次調查中，很多科幻迷都承認這本《小靈通漫遊未來》就是自己一生中讀的第一部科幻小說，可以說是科幻道路上的啟

蒙書。葉永烈除了有許多優秀作品外，還開創了一條嶄新的偵破式科幻的道路〔註41〕，將案件偵破和科幻相結合的模式。他還有特別活躍的活動能力。以他爲契機並擔任秘書，包括鄭文光、童恩正、肖建亨等五人，率先參加了世界科幻小說協會，首先打開了通向外部世界的窗口。他又主持出版了內部發行的《科幻小說參考資料》，報導各種科幻相關信息，是當時中國科幻小說的重要研究資料。如果說鄭文光是領頭人，葉永烈就是最佳的組織者。他還是一位科普作家，六十年代初參與編寫了新中國影響最大的一套科普叢書《十萬個爲什麼》。

金濤也是此次浪潮中湧現出來的有代表性的作者。在鄭文光等前輩的鼓勵下，金濤推出了轟動一時的《月光島》。《月光島》以其深刻的哲學理念而不同於以《神秘的信號》爲代表的「新少兒科幻」。之後，金濤和王逢振一同主編了當時頗有影響的科幻小說譯文集《魔鬼三角與 UFO》，及前蘇聯科幻小說集《在我消失的日子裏》。

童恩正的科幻小說《珊瑚島上的死光》也創下了兩個紀錄：第一篇由文學界最高權威刊物《人民文學》發表的科幻小說，第一篇被改編成電影的科幻小說，這部作品還被改編成廣播劇反覆廣播。它的發表，對繁榮我國科幻小說的創作，起了積極的作用。

作家劉興詩，同時也是一位地質學家和古生物學家。第一次科幻大潮時，他就創作了《美夢公司的禮物》等少兒科幻作品。第二次大潮中，劉興詩推出了一篇很有特色的作品《美洲來的哥倫布》。該作品講的是一位蘇格蘭青年爲了證明四千年前印弟安人曾憑獨木舟從美洲駛到歐洲，獨自一人在無任何現代化設備可以籍憑的條件下，架獨木舟橫渡大西洋。這篇既無神秘事件，又無高新科技發明的小說能成爲硬科幻的典範，實有其獨到之處。因爲它講的雖然不是任何一種具體的科學技術，但卻是層次更高的科學方法論問題——「判決性實驗」的問題。而且，它還是一篇科學主題和社會主題結合得很好的作品。

在 1979 年發表處女作《波》之後就一發不可收拾，陸續發表 50 多篇科幻小說及 200 多篇科普作品的王曉達被海內外科幻評論界視爲中國硬派科幻代表人物。其科幻作品以新奇的科幻構思和有趣的故事見長。王曉達認爲科幻小說是關於科技發展變化及對人、社會和世界影響作用的幻想爲內容的小說，並認爲這種幻想可以是符合當今「科學」以後有可能實現的，也可以是

〔註41〕出現在「金明探長」系列。

不符合當今「科學」的難以實現的奇思怪想。其科幻代表作有《波》、《太空幽靈島》、《冰下的夢》、《復活節》、《莫名其妙》、《誘惑》、《電人歷險記》、《黑色猛獁車》等。短篇科幻小說《波》，是一篇幻想構思驚人的作品。作者以第一人稱描述了作為軍事科學記者的「我」在某地看到入侵敵機的失常行為，瞭解到這是一個關於信息波構造現實的項目。「我」在實驗室中看到的種種奇特的現象，如在聽覺、視覺上都如同真實的虛幻景物，以及同時出現的幾十個一模一樣的教授等，直到最後智擒敵特，作者通過一個個情節高潮，極力渲染了波的奇妙效應。情節緊張而緊湊，科學幻想的構思不落俗套而出奇制勝。

　　其他作家，魏雅華以《溫柔鄉之夢》為代表的「情感科幻」；宋宜昌以《禍匣打開之後》為代表的「軍事科幻」，各有自身特色，開闢一個個新領域。他們均推出了有份量的多部作品，具有連續性的表現，經過了時間和市場的考驗，而非僅以一篇作品僥倖入世之曇花一現者。不久，姜雲生、綠楊（李鉅康）、遲方的出現，也各具特色。遲叔昌、遲方、遲迅祖孫三代，嵇鴻、繆士（嵇偉）父女並出，成為一時佳話。值得一提的是當代著名童話作家鄭淵潔也曾經在 1978 年，以一篇《舅舅的手錶》進入科幻文壇，後來又在 1980 年推出了《震驚世界的紫薇島暴動》等作品。各路科幻作者們不斷向科幻創作的深度和廣度進軍，終於產生了兩部二十萬字以上的長篇科幻小說。第一部是黑龍江作家程嘉梓創作的《古星圖之謎》，講的是中國科學家們探索外星人留下的文明遺物的故事。小說很好地反映了中國科技人員的生活風貌，是較少的科幻與現實結合較好的作品。另一部是北京的宋宜昌創作的《禍匣打開之後》。宋宜昌是位風格嚴謹的科普作家，該作品是那次科幻大潮中最近似於西方科幻小說標準的一部作品。其主要故事情節是：幾十萬年前一對尋找殖民地的外星人駕飛船來到地球，生命枯竭。死前留下十幾個冷凍胚胎。二十三世紀時，一場地震觸發了南極大陸冰蓋下的外星人飛船，冷凍胚胎迅速發育成個體開始操縱先進武器，發動毀滅人類文明的戰爭。世界各國團結起來投入抗戰，最後在友好外星人的幫助下打敗了侵略者。這部小說徹底擺脫了以往大陸科幻作品局限於局部事件或小發明的樣式，將整個人類作為主角來描寫。雖然是以中國人為小說主人公，但也分出相當筆墨，描寫世界各國組織的反抗鬥爭。甚至有南太平洋土人用「土法」摧毀外星基地的情節。小說氣勢恢宏，場面浩大。

　　這個時期，科幻作家們不僅繼續在創作實踐上摸索科幻藝術的規律，而且也進行專門的理論探索。1981 年由中國科普出版社出版的，黃伊主編的《論科學幻想小說》一書集中反映了這方面的探索成果。

　　這一時期也是中國科幻文學界對外交流的開始。1979 年，新浪潮科幻流派主將，英國作家布萊恩‧奧爾迪斯隨「英國名人訪問團」訪問中國，受鄧小平接見。奧爾迪斯曾經想尋找中國科幻作家交流，未果。八十年代初，葉永烈通過上海大學一位叫史密斯的外教，與世界科幻協會建立聯繫，並成為其第一個中國會員，後來還被選中為世界科幻協會八位理事之一。經他推薦，共有十位科幻作家進入該組織。1983 年，美國科幻小說協會作家團以旅遊者身份來到上海，著名科幻作家羅伯特‧海因萊因（Robert‧A‧Heinlein）隨團與幾位中國科幻作家見面。在人員交往的基礎上，外國科幻界和學術界也開始關注中國的科幻文學創作。歐美各國都有中國科幻小說選出版。美國出版的《毛澤東之後的中國文學》一書，還用五萬字的篇幅評論了當時的中國科幻小說創作。德國、英國、蘇聯都有研究中國科幻文學的文章發表。日本科幻界更於 1980 年成立了「中國科幻文學研究會」，由中文教師岩上治主持。

　　當時，科幻電影、科幻電視劇、科幻廣播劇等也都有發展，初步展示出科幻藝術特有的多媒體化的特點。這些作品迎合了十年動亂之後，社會各界迫切渴望思想解放的要求，推動了整個社會形成面向科學、面向未來的氣氛。

　　科幻界與純文學界的關係也很融洽。相當一批純文學刊物刊載科幻小說。《珊瑚島上的死光》和魏雅華的《溫柔之鄉的夢》等作品還獲得過純文學獎項。所有的這一切，顯現出一派前所未有的繁榮景象。

　　儘管是從頭開始，第二次高潮仍然比第一次高潮有了明顯進步。這時期，出版陣地從北京、上海擴大到了全國範圍。天津的《智慧樹》、黑龍江的《科幻時代》、哈爾濱的《科幻小說報》，加上其他地方各種各樣的出版單位紛紛湧現。特別是北京的《科幻海洋》（海洋出版社主辦）的強力介入，需要著重一提。海軍出身的孫少伯、李扶真等還沒有脫下軍裝，就迫不及待把金濤、鄭文光、童恩正等，請進東單街頭的地震棚內的辦公室，熱烈籌劃科幻小說的推動方案。他們推出的《科學神話》、《科幻海洋》和科幻系列叢書，無疑是一個個重磅炸彈。這樣多的專業科幻報刊，在數量上超過了前蘇聯和日本，在世界上也是屈指可數的。這些報刊最初都有十幾萬甚至幾十萬的發行量。單行本科幻小說《小靈通漫遊未來》更是發行到了數百萬冊。大量主流文學

刊物也發表科幻，包括《人民文學》、《當代》、《小說界》、《北京文學》、《上海文學》、《四川文學》，而《人民文學》作爲權威的主流文學刊物，陸續發表科幻小說，對提升科幻文學的藝術品味起了很大作用。《作品與爭鳴》上也經常發表在當時引起爭議的科幻小說，由於其特殊的辦刊風格，擴大了科幻的影響。新崛起的成都中心，以《科學文藝》雜誌爲代表。科幻界一時出現出版陣地如林的大好形勢，掀起了一股極其繁榮的科幻出版熱。

再次，在這一次高潮中，首次在我國形成了一個穩定的科幻迷群體。大量的中國科幻原創作品、國外科幻名著譯本以及逐漸湧入的科幻電影，使得愛好科幻的人可以進行不間斷地欣賞，而只有不斷的藝術欣賞才能使人眞正深入瞭解一門藝術。國外第一流的科幻小說得以方便地進入中國，使科幻迷大飽眼福。想像奇特，構思巧妙的西方科幻作品大大提升了讀者的欣賞口味。同時還第一次在中國形成了讀者的欣賞水平超過本土作者創作能力的局面，這種局面至今沒有改變。

這次高潮中的許多作者也達到了其科幻創作的頂峰。與五六十年代相比。這些作者經歷了痛苦的磨練，創作經驗日臻成熟。科幻作品的內涵與分量都有明顯增加。

這個時代的基本特色，不能僅從表相觀察，停留於人才輩出和出版陣地如林的形勢，更加重要的是對科幻小說的理解發生了根本變化，再也不是「文革」前第一次高潮時期的「少兒」加「科普」的模式，而是在「科幻意識」覺醒下逐漸向成熟的科幻藝術靠攏，形成了不可阻遏的新潮流。這個時期的作者們開始眞正的因對科學技術的濃厚興趣而進行寫作。他們產生的對未來的濃厚想像，加之建立在對科學的追求上，共同構成了「科幻意識」的覺醒。科學本身就是生生不息，不斷發展，科學精神是包含著進取精神、批判懷疑精神的，這些都灌注在科幻作品裏，形成了科幻小說面向未來的鮮明特色。

受當時社會大環境的影響，第二次高潮也有它的不足。當時政治嚴寒剛過，文學工作者都放不開手腳。不僅是科幻作品，就是純文學作品也還充滿了套話、官話。這種現象直到八十年代後期才最終從文學創作中清除，而當時，大部分老一代科幻作家都已經擱筆。留給後人的是一批本應更成熟，但卻無奈地保持幼稚特徵的作品。可以說那些科幻作品幾乎不能眞正代表那一代作家的眞正實力。

科幻創作再次進入國家文藝體制內，無論是「四刊一報」還是單行本科

幻原創作品，都是在計劃體制下的出版機制中誕生的。無論是作者還是編者都沒有面對市場的心理準備。致使後來國家放棄對科幻藝術的支持後，科幻文學便一蹶不振。

在這一時期的科幻高潮中，作家們逐漸遠離了往昔主管部門的規定，以科普為核心的模式，在以科學技術和未來發展為核心的作品出版的同時，突破思想禁區、試圖對政治生活中的各個側面進行思索。科幻作品文學性逐漸加強，題材日趨多樣化。遺憾的是這並不為科普界有關人士所理解，認為當時的科幻作品偏離了既定的方向，甚至有的公開涉及偵破和愛情，視為「兇殺」、「黃色」之典型。

受蒸蒸日上的發展形勢所鼓舞，大陸科幻作家們醞釀成立全國性組織。1978年，嚴家其在9月14日的「光明日報」上發表了小說《宗教·理性·實踐》，該小說給當時正在轟轟烈烈進行的真理標準大討論增加了一種形象性的訴說。1980年初，一些科幻作家便擬籌辦「中國科幻小說作家協會」。事先沒有報請批准，幾乎逐一被傳喚到北京嚴厲質詢，當面予以警告，動議後來沒有實施。後這些作家們又私自出版未經批准的《科幻小說參考資料》，被查出涉外的「不當消息」。1980年，金濤的小說《月光島》發表，該小說以福建廈門鼓浪嶼為故事發生地，描寫了一對青年戀人發現了自然界生死的秘密，卻無法在政治生活中確立自己的生死，最終，在又一次極左思潮的衝擊下，放棄地球，遠走宇宙他鄉。小說一經出版，就被《新華文摘》轉載。此時，鄭文光也發表了《地球的鏡像》和《星星營》等作品。這些小說反思了文化大革命的種種災難和暴行。次年，魏雅華在《北京文學》發表小說《溫柔之鄉的夢》，對官僚主義、對思想盲從、對觀念的貧乏、甚至對愚民政策等都提出了爆發性的質問。這樣的質問和爆發，已經越出了思想解放所受到的階段性的限制，眾多對科幻文學的質疑開始產生。1982年8月，在中國科幻面臨外界壓力的時候，以童恩正為首的十二名科幻作家聯名在《文譚》雜誌上發表了《關於科幻小說評論的一封信》，抵制對科幻小說不加分析的無端指責。凡此種種，逐漸種下了禍根。1983年，童恩正、尤異、葉永烈、王曉達、劉興詩、宋宜昌等十一名科幻作家再次撰寫聯名信，名為《對於當前科學幻想小說創作和評論幾點看法》（該文當時未曾發表）。這兩封信對當時加諸中國科幻小說上的種種指責，如「逃避主義」、「靈魂出竅的文學」、「反科學」、「偽科學」等等，進行了堅決的反駁。報紙上關於科幻文學是否存在科學錯誤、

反科學和僞科學、甚至「反黨反社會主義」等問題進行了多次論辯。在這場「科幻小說姓科還是姓文」的大爭論中，矛盾焦點是將科幻作品中的「科」、視爲「僞科學」，進而認爲是反辯證法，反馬列的因素。首先對魏雅華的《溫柔鄉之夢》、葉永烈的《世界最高峰上的奇跡》、《暗影》等作品開刀。在嚴厲的大批判氣氛下，一時各地科幻刊物紛紛倒閉，一些出版單位談虎色變，立即停止出版科幻作品。葉永烈、魏雅華被迫離開科幻和科普界，鄭文光氣憤中風，肖建亨悄然隱退，一下子就倒下了幾員大將。又一次低潮來臨，一派肅殺氣氛使人感到窒息。最終，在 1984 年，科幻文學作品在中國禁止出版。第二次高潮就在這樣的外界壓力下夭折了。

第三節　轉向與創新

科幻作品在之前的不公平遭遇，獲得了平反：《人民日報》在 1987 年 6 月 20 日起，連續發表《『灰姑娘』爲何隱退》等三篇文章。引用了愛因斯坦一句話：「想像力比知識更重要」，提出科幻的主要功能就是激發想像力和創造力。時任中國作家協會書記處書記的鮑昌，也親自前來成都，表示中國作協伸開雙臂歡迎科幻這個「灰姑娘」。這一系列活動，充分表達了黨報和以中國作協爲代表的文化部門，對中國科幻命運的強烈關懷，對此前規定的科普定位表示不讚同。

在這樣的強大聲援下，很快掀起又一個高潮，也和當時的形勢分不開。隨著改革開放不斷深入，思想進一步解放。人們對科幻小說的理解發生了根本變化，形成了不可阻遏的潮流。

一、由計劃體制轉向市場體制

科幻小說創作的停滯狀況，直到上世紀九十年代初才有了一點變化，九十年代中期才開始慢慢恢復。政府不再對期刊進行包辦，而是要求期刊走市場化道路。在這樣的政策背景下《科幻小說報》一共發行了九期，之後《科幻海洋》和《智慧樹》也停刊了，而《科學時代》改名爲《家庭生活指南》，基本與科幻小說無關了。中國大陸的科幻園地只剩下了《科學文藝》（1991年正式改名爲《科幻世界》）一家。中國科幻的第三次高潮就是由這家刊物推動並持續至今的。當時，幾乎只有《科幻世界》一家雜誌還繼續出版科幻小說。《科幻世界》在楊瀟、譚楷主持下，堅持出版，爲中國科幻事業保存

了最後一個出版陣地。1991 年，四川《科幻世界》雜誌成都召開了一次「世界科幻大會」。這次大會的召開在當時的條件之下可以說是惡劣的，會議的舉辦規模也比較小，說是世界大會，其實參加的非大陸國家地區的人總共只有 17 個。但這次活動，卻給中國科幻工作者很大的信心。此後，科幻世界雜誌大力扶持新人，培育良好的市場，使科幻文學創作重新崛起。到 1997 年，他們再度召開「世界科幻大會」，這次的辦會地點從四川成都轉移到了首都北京，參加該次大會的世界各國作家人數比第一屆多了一倍，甚至還請來了來自美國和俄羅斯的五位現役和退役航天員。此後，由於雜誌上的一篇文章與高考作文題相關，產生了巨大的社會效應，一時間關注量急劇攀升，發行量最高達到了每月 40 萬冊。在當時包括北京、上海在內，幾乎全國噤若寒蟬的時候，成都科幻界大大地樹立了應有的威望。此時的成都成了絕對的中心了。「科幻事業的第三次高潮可以從一九九一年《科幻世界》雜誌社主辦國際科幻大會算起，也可以由一九九三年《科幻世界》改版為面向中學生的刊物算起。這兩個事件都大大恢復了科幻文學在中國的影響力。」〔註42〕事實可以證明，在成都這個新的絕對中心裏，作為實體的《科幻世界》的作用又是重中之重。

九十年代，《星雲》的創辦也是科幻發展史上的一件值得關注的焦點。1988 年由黑龍江伊春市的科幻愛好者姚海軍創辦的《星雲》是中國大陸第一份科幻迷自辦的刊物。刊登一些作家的科幻隨筆，還有出版社提供的科幻信息，科幻迷對科幻的讀後感、評論，以及對科幻書籍的需求和科幻書籍交換等。在吳岩、星河等眾多科幻迷的支持下，這份刊物一步一個腳印地緩慢發展起來。通過多年摸索，九六年左右，該刊已經確定了以理論為主的辦刊方向。排版與印刷也幾經發展，達到了專業化的水準。在總共發行的二十七期中，刊載有幾十萬字的理論與評論文稿。《星雲》在 2000 年停刊，如今有網上論壇「星雲網」，網站仍然包括了科幻信息，科幻迷與作者互動，科幻活動等專區。姚海軍也轉而在《科幻世界》雜誌社擔任主編一職。

科幻翻譯方面，在九十年代初，由於受版權公約的影響和之前對科幻題材比較內行的編輯們的離開，翻譯工作一度處於停滯的狀態。科幻譯本的數量不僅少，而且還是在翻譯幾十年前的凡爾納、威爾斯、別利亞耶夫、阿西莫夫等人的作品，有的乾脆是翻印之前的。到了九十年代末，一些出版社，

〔註42〕徐剛，《新世紀中國科幻文學的流變》，《粵海風》。

如福建少兒出版社、科幻世界出版社和河北少兒出版社開始了科幻經典作品的翻譯出版，這些翻譯作品選擇的是比較近期的科幻經典作品，這就在科幻傳播上大大開拓了讀者對于科幻類作品的眼界。這其中，做的最爲出色的當屬《科幻世界》雜誌社，其通過與國際科幻界的交流，引進了一大批優秀科幻作品。同時，翻譯工作者也在繼續努力地引進國外科幻精華作品。除此之外，長期從事文學翻譯的王逢振、吳定柏、郭建中、陳淵等，還一直都進行著國外科幻小說的譯介工作。

九十年代，老一輩的科幻作者，如劉興詩、金濤等仍然在推出他們的作品。但從總體上看，科幻創作者的隊伍發生了很大的變化，有些科學家進入到了科幻和科普的創作中，像兩院院士潘家錚出版了兩本小說集。在這個變化當中最重要的一個表現是，一批中青年作家開始步入科幻文壇，新人宛如巨浪成批湧現，一時群星璀璨，早已超過了往昔的第一和第二高潮。無數新人新作，共同營造出一個大好局面。他們成爲這時期科幻創作的主力軍。他們中有從事科幻理論研究的大學教師吳岩、科學工作者王晉康、以寫作爲專職的星河等人，他們的年齡差距很大，有五零後也有八零後，他們本職工作各不相同，人生閱歷也截然不同，這從根本上豐富了科幻小說的內容。這些作家多數從小就是科幻迷，對科幻的癡迷，促使他們走上科幻創作的道路，實現科幻文學的價值是他們所追求的。和80年代的科幻作家相比，這批科幻作家的知識結構全面，一般都擁有高學歷，對前沿科學的掌握比較好，文學寫作功底也比較紮實。這一時期活躍的作家還有：綠楊、柳文揚、潘海天、趙海虹、凌晨、許延風、張之路、李偉強等。此外，純文學作家也開始進入科幻創作領域，如畢淑敏基於其醫學背景創作的《教授的戒指》，講述醫生通過特殊戒指感知各類病痛幫扶病人、《花冠病毒》講述一段關於嗜血病毒的故事；梁曉聲寫了《浮城》講述孤島似漂浮城的幻想故事；朱蘇進寫了《絕望中誕生》講述狂人天才等。這些作品受到了讀者的關注，也豐富了中國科幻文學。雖然作品的印刷數量無法與上個十年的作家相比，但是這時期的作家是極具潛力的。需要特別一提的是《科幻世界》對人才的培育。第三個高潮開始以來，《科幻世界》爲科幻新人提供了發揮的舞臺，科幻新人不斷湧現，幾乎人人皆有一群固定的科幻迷，成爲時代的主流。

韓松、星河是這一過程中出現的第一批作家。韓松的創作開始於武漢大學英文系學習期間，之後一直在新華社工作的他一直在業餘進行著科幻相關

的工作。他早期的科幻小說《宇宙墓碑》獲得了在臺灣舉行的世界華人科幻大獎。故事中，人類存在的意義凝縮成遍佈宇宙的黑色墓碑，悲壯、詭異，卻又無足輕重。而墓碑的集體神秘消失，則把星空的深不可測推向極致。小說《春到涼山》是科技時代演繹的《水滸傳》，在那個水泊梁山上，官軍憑藉從美國進口的「氣象武器」封鎖了起義軍的大本營。於是，為了生存，他們也憑藉科學技術進行自救甚至反擊。長篇小說《紅色海洋》，是一部有關中國人過去、現在、未來的複雜故事。作品中作家對現實的關注和對科幻革新的勇氣，令人非常欽佩。他的創作一直是帶有詭異效果，文風荒誕陰暗，但探討的問題似乎反而與中國當下的社會生活聯繫更為緊密。全球化進程中產生的科學與文化分割這一問題的探討中，韓松使用了其獨有的方式即在全球化視角的觀照下，用科學與文化相背離開的方式處理題材。在《紅色海洋》中，作家將現在和未來顛倒，產生了奇幻又詭異的效果，所有這些想像，給人強烈的衝擊性，發人深省。星河也是一個值得談到的作家，他的作品多發表在網絡上，許多作品靈感來源於後工業社會的城市焦慮，主人公常常以少年或青年學生的身份出現，這些主人公飽受當代科技生活的困擾，常常在心理上具有變態傾向。但是，即便在這種科技時代，主人公的那種英雄主義情結仍然支撐著他們的堂吉訶德式的反抗。由於這種種特徵，星河被科幻研究者吳岩稱為「青春期心理科幻」。這樣的有關「青春」的科幻類型作品，加之有關網絡元素，例如《夢斷三國》、《決鬥在網絡》這樣的作品，很能引起網民的共鳴。

除韓松和星河之外，比較有代表性的作家是王晉康和劉慈欣。王晉康擅長科技道德方面的討論，他的小說常常是把當前最前沿的技術問題納入到中國傳統道德範疇中進行分析。這使得他的小說吸引了大量青少年讀者。把王晉康的小說分成前期和後期創作比較：在前期，關於中國文化能否在21世紀的新時代獲得全球性的價值是王晉康特別關心的問題。從他的作品《生命之歌》等來看，他對此很有信心。而在後期，他的作品更加具有寬容的態度，例如小說《蟻生》是一部把最瘋狂的想像寫得像紀實文學般真實的小說，是他自己的人生體驗的小說，也是他對一個令人懷疑的痛苦世界的某種烏托邦式的情懷。王晉康的出現不亞於當年葉永烈的出現。連續獲得多屆「銀河獎」的王晉康，擁有無可勝數的讀者群，被科幻迷愛戴稱為「恒星」，乃是名副其實，遠遠超過了過去許多作家。

　　與王晉康不同，劉慈欣的小說更加注重技術哲理，他的前期作品以科學的美感爲構思的基礎，他擅長發現和表現科學技術獨特的美。他的小說中有許多個不同的世界：晶瑩剔透的納米世界、變幻不定的量子世界、超新星氦閃造成的被毀滅的世界、全頻道阻塞干擾中的戰爭世界等等。這些世界一個個姹紫嫣紅，透射出通過科學技術放大鏡所看到的另一種全新的天地。在那個天地中，人類的理性與人類的情感之間發生著永恒的較量。他採用國際通行的科幻文學敘事方式和結構方式，他的多數作品與美國科幻黃金時代的作品模式非常相似。

　　九十年代以來科幻小說的特點是：一、基本不走科普科幻路子了，70 年代末、80 年代初基本是科幻科普不分，而且科普還佔有主導的地位，九十年代作家們則開始探索作爲科幻文學本身的價值所在，也就是說創作出具有科幻本體特徵的純科幻而不是偏向科普的路子或者完全是現實社會生活的描寫。二、作者們的寫作擺脫了舊有的模式，用一種更加多元開放的姿態來看待科幻寫作。他們也不再拘泥於科幻究竟姓「科」還是姓「文」，在文學性和科技性上都有了較之前更多的進步。隨之而來的是創新點的出現，如擁有代表作《網絡遊戲聯軍》《決鬥在網絡》《時空死結》等的星河，在中國首開「賽博朋克」科幻小說先河；如將科幻構思與當下少年的校園生活緊密結合在一起，並使之具有卡通作品的特點，如楊鵬的《校園三劍客》系列。這些將科幻向更寬層面發展的現象同樣意味著中國科幻文學在探索著自己的發展道路。二、改變以往對外國科幻作品生搬硬套的學習方式，類似於將故事背景、人物名字、國名等以國外、英文字母等表示的方式開始慢慢減少，以美蘇等國爲假想敵的情節設定也基本上消失了。在尋找與國外一流的科幻作品接軌的同時，不忘尋找中國科幻自身的特色，結合本土特徵的文學創作理念的變化使得九十年代科幻創作特色彰顯出來。中國科幻觀念的認識變化對中國科幻是十分重要的一環，向著科幻本體回歸的目標努力，並走出中國科幻的本土特色，是中國科幻能夠穩步發展、健康發展的基礎和根本，將直接導致中國科幻的未來走向。

　　簡單的與純文學相比較來看，這一時期的中國科幻小說是跟隨著純文學的腳步穩步前進的。早期，科幻文學與純文學相比較的一個有優勢的地方是，純文學一定程度上受政治性主導，在藝術水準徘徊在較低層次的時候，中國科幻小說能夠以其自身文體特點繞過政治性主導，提前來到了「黃金時代」，

出現了一批藝術水準和審美層次相對較高的作品。但在七八十年代科幻文學成爲了受害最大通俗文類，在鞭撻壓迫下竟一蹶不振起來，而這時純文學從傷痕文學、反思文學、改革文學、尋根文學、現代派文學新寫實文學等等經歷，作家們的寫作水準越來越高。到了九十年代，純文學更是以其多年的發展爲基礎，並學習國外的各種文藝思潮，經歷一系列的跳躍式發展之後，形成了創作上的多元格局、并在社會影響上取得空前的成績，而中國科幻小說在受打擊滯後慢慢的緩過來，自然在文本創作的水平、美學欣賞、藝術水準上都與純文學有很大的差距。另外，純文學作家與科幻文學作家出現分庭抗禮之勢，基本上文學界的討論會沒有科幻作家的身影。

90 年代中國科幻文學的一大特別現象是在北京、天津、成都等大中型城市及一些小型城市出現了許多自發性的科幻迷組織。這些組織也自辦一些非盈利性質、供會員交流的會刊。1991 年 2 月，北京師範大學教師吳岩連續開設「科幻小說評介與研究」公共選修課，受到廣大學生的歡迎，聽課人數逾兩千人次，這一課程提高了北京的新生代科幻作家及科幻迷的科幻理論素養，開闊了他們的視野；四川《科幻世界》雜誌的壯大，也培養了一大批鐵杆的科幻迷；90 年代中期以後，《科幻大王》、《科幻時空》等雜誌的誕生，也使科幻迷的數量增加。據四川《科幻世界》雜誌調查，讀者閱讀科普、科幻作品的時間在科幻迷閱讀時間中占的比例爲 47%。另外，《科幻世界》雜誌也培養了一批從科幻迷成長起來的科幻作者，越來越多的科幻迷開始進行科幻作品的創作並受到了讀者的青睞。全國各地各種與科幻有關的書展、研究會、交流會和沙龍也在召開。

縱觀整個九十年代，科幻事業從計劃體制到市場體制的轉變中不斷地摸索，作家們也開始自覺地將科幻回歸到本體特色中去。

二、新生代作家的創新

從九十年代一路成長起來的作家們，是科幻新生代的代表。在「新生代」裏，接過王晉康棒的人，無疑是以其《三體》三部爲代表作，冉冉升起的明星劉慈欣，與王晉康雙星照耀。加以陳楸帆、長鋏、遲卉、江波、夏茄等諸多新秀作家，形成了今日名副其實的群英會。科幻文學界一時蔚爲大觀，帶動了前所未有的廣大讀者群。中國科幻小說，終於從昔日小草成爲枝葉扶疏的大樹，在文壇和社會牢牢站穩了腳跟。

　　新時期的科幻文學作品逐漸擺脫了科普的作用，就是所謂的「去科普化」，在淡化了科普的功能之後，業內人士又對科幻文學向「純文學」靠攏的現象產生了一些擔憂。科幻作品在是否與現實生活相聯繫方面的度的掌握是業內人士所關心的問題。與現實聯繫太過緊密，就會出現小說指導生活，會出現科普化傾向。若是與生活離得太遠，又缺少了科幻作品該有的人文關懷。這樣的擔憂的存在是現實的，但新時期的一些作家諸如劉慈欣、王晉康等人將這些擔憂減低了。他們的作品可以做到在想像之外，依然包含著極為嚴肅的現實關懷。劉慈欣是中國新生代科幻小說的領軍人物，他的作品是目前中國科幻最一流的。他的本職工作是山西娘子關電廠的高級工程師，在業餘時間進行科幻小說的創作。他的小說多宏偉大氣，有豐富絢麗的想像空間，和富有科技性的探討，批判人類文明的意義。《三體》系列從出版至今都被譽為中國科幻第一書，開創了具有中國特色的科幻作品形式，深受科幻迷的喜愛。在小說寫作技巧方面，他也較善於鋪陳小說情節，在《鏡子》、《吞食者》是懸念的代表，《詩雲》有宏大的背景描寫。另外一位科幻界的翹楚，王晉康老師著述頗豐，延續上一時期的創作特點，作品在風格上蒼勁有力，有深刻的哲理探討。作品《類人》出版於 2003 年，就具有典型的個人風格，探討人類製造出的「類人」在運用中問題。人類運用 DNA 技術製造出了「類人」，並制定了相關的類人法律，把類人的屬性定義為產品，而類人是具有與人類相似屬性的個體，必然會產生反叛，在這一系列的衝突之中，作者思考了新科技帶來的社會倫理的問題。

　　同樣，星河也是一位多產的科幻作家，在創作中他堅持體現科幻小說的藝術本質。早年的代表作諸如《決鬥在網絡》、《同室操戈》等是關於網絡題材的科幻作品，其中的《決鬥在網絡》被譽為中國第一篇「賽博朋克科幻作品」。新時期的作品《動若脫兔》刊發於 2008 年第 1 期的《科幻大王》。作品描述了在未來，人類可以對地震災害有效控制。同年 12 月我國四川省汶川地區就發生了特大地震，星河的在《動若脫兔》中表現出的科學浪漫想像，也著實讓人們對於科學有利的一面產生更深的共鳴。科技是與生活密切相關的。星河對科學的浪漫想像符合了他想要提高公眾科學素養的想法，他認為，科幻和科普作品是提高公眾科學素質的重要途徑之一。他的《月海基地》由湖北少年兒童出版社出版，《殘缺的磁痕》由江蘇少年兒童出版社出版，它們都是少兒科普讀物。所以一直以作品來說話，讓科幻小說和科普作品對讀者

進行科學教育。

　　相對於在作品中對現實社會問題的探討，新生代也進行了另一方向的嘗試，即表面上是脫離現實的，卻具有深刻的寓言意味。說到寓言意味，在傳統的科幻小説類別中，「反烏托邦」小説不得不提。反烏托邦小説的代表作有赫胥黎的《美麗新世界》，喬治・奧威爾的《1984》等，它們設置了紀律性、法制化、充滿了各種人類可以想像的和諧元素，然而在社會機制的運轉中卻產生了反效果。這種「反烏托邦」的想像，脫離了社會現實，在想像的世界中彷彿是無根基的，但正是這種無釐頭樣的「胡編亂造」給與人們多層次思考問題的啓示。具體到作品中，常常可見的是將理性崩潰給大家看，任何合理的要撕裂開來，就中國科幻而言，這種「反烏托邦」的想像突出地表現在韓松的小説之中。和劉慈欣一樣，韓松也是當今中國少數具有世界水平的科幻大家之一。韓松的反烏托邦有著深刻的黑暗，將科幻小説的「末日情節」發揮得淋漓盡致，在赤裸裸的人性本能描繪中，夾雜著卡夫卡式的隱喻和預言。從《末班地鐵》、《紅色海洋》、《沙漠古船》、《2066 年之西行漫記》等充滿著陰鬱的色彩、怪誕可怖的故事開始，韓松便以黑色寓言的文學方式，對於科幻所折射的時代文化形態進行了強有力的批判。地鐵系列的作品，表達了個體在現代社會中對本體安全和存在性的不確認和恐懼。這類科幻作品，沒有科技性較強的描寫，屬於「軟科幻」。

　　除韓松之外，在中國科幻界，另一位「軟科幻」的代表作家是潘海天。潘海天是畢業於清華建築系的高材生，他的獨特性表現其作品傳達出的詩意的、灑脫而又帶有些許悲傷的情懷，又充滿著新意和天馬行空的想像力。代表作《克隆之城》、《偃師傳説》、《黑暗中歸來》、《大角快跑》、《餓塔》。對特殊情況下人性的變異題材的關注在《克隆之城》、《黑暗中歸來》、《餓塔》中都有濃墨重彩的描寫。《克隆之城》是在虛構的由克隆人組成的社會空間裏，人與人之間的複雜的愛怨糾葛；《黑暗中歸來》描寫在巨大飛船上，一群少年在絕望中展現的人性黑暗；《餓塔》更是將封閉的塔作為中心，將各色人等放在這一個絕境之中，讓他們面對飢餓，讓讀者看到最為殘酷的人性眞實面。同時他還是一名奇幻小説家，其科幻作品中也帶有奇幻的瑰麗之風。

　　「新時期中國科幻更多地關注了個體經驗，特別是有著作者自身烙印的小人物的命運，以及他們在虛構世界中的生活細節。作者們不再滿足於生硬地介紹某個科技發明如何給人類帶來幸福，或者簡單去外星球探險獲得的興

奮和刺激。」〔註43〕何夕〔註44〕是獲得中國科幻銀河獎最多的小說家之一，也是「軟科幻」的代表作家。他的小說的閃光點在主人公的性格和命運，在虛構的世界中如何表現出生活的細節，人物有什麼樣的性格，導致了什麼樣的命運。《傷心者》講述了男女主人公在瑣事面前的哀傷，有著精彩的人物描寫。何夕的另一個特點是善於將未來科技與中國文化相結合。如《六道眾生》以「廚房鬧鬼」的懸疑開頭，用佛教「六道」來揭示了「平行世界」的秘密；《人生不相見》中把「人生不相見，動如參與商；今夕復何夕，共此燈燭光」作為人物命運的關鍵暗示。

趙海虹憑藉《伊俄卡斯達》獲得了1999年銀河獎特等獎，成為國內第一位獲得中國科幻銀河獎特等獎的女作家。科幻作家中女作家的數量較少，女作家通常有著細膩的文筆和充沛的感情。趙海虹能夠得到那麼多科幻迷喜愛的另一個原因還在於她用細膩的文筆將小說的技術內核表現了出來。劉慈欣評價她「她看問題的角度實際上是很男性化的。」旨在說明她的表現手法女性化，但精神內涵男性化，能夠抓住科幻小說的技術精髓。《蛻》、《蒲公英》、《永不島》等篇什，都給人留下了深刻印象。

而同為傑出女科幻作家的郝景芳，有天體物理的理論知識，她曾在清華物理系和大體物理中心學習，她的小說帶有校園青春氣息和一定的硬科學的背景。她的小說創作中有相當精彩的關於火星故事的兩部長篇小說：《流浪瑪厄斯》和《回到卡戎》。《流浪瑪厄斯》比照了關於火星的兩種互相衝突的生活模式，《回到卡戎》是關於開始尋找家園的意義。《回到卡戎》被認為是《流浪瑪厄斯》故事的後半程。這是烏托邦瓦解後的故事，一群少年被分為了地球派和火星派。

夏笳是「後新生代」科幻作家的代表人物。其代表作品有《關妖精的瓶子》、《卡門》、《夜鶯》、《百鬼夜行街》等。夏笳作品風格多變，文字時而華麗時而清新。不僅與傳統的硬科幻有著巨大區別，也不同於一般的軟科幻，被科幻理論界稱為「稀飯科幻」，即不是「硬科幻」也不太像「軟科幻」的以科學幻想為背景或框架造就的幻想類風格的文章。

在九十年代的科幻創作中，作家們就有意識的避免在文中直接使用外來詞彙，將本來意味著時髦的洋味十足的人名、地名改為國人所熟悉的詞彙。「新

〔註43〕韓松：《當下中國科幻的現實焦慮》，南方文壇，2010年6月刊。
〔註44〕何夕是何宏偉從《異域》開始用的筆名。

生代」的中國科幻作家，更是往前走了一步——創作出具有中國作風、中國氣派的科幻文學作品。作家們很重視從科幻的文學性出發，創作具有中國特色的科幻文學。《天意》、《偃師傳說》、《溥天之下》、《春日澤・雲夢山・仲昆》、《趕在陷落之前》、《新宋》等作品，無不是以科學幻想對中國古代神話傳說予以重寫。像是拉拉的處女作《春日澤・雲夢山・仲昆》，只從題目上看，就能感受到濃濃的古風。小說以中國古代最傳奇的機械工程師偃師神話為題材，以上古時代為背景講述充滿了神話、奇幻色彩的科幻故事。同樣是以偃師為題材的還有潘海天的《偃師傳說》和長鋏的《崑崙》。以奇幻風格助長的潘海天，在《偃師傳說》中講述了風華絕代的王妃與偃師所做的人偶之間的愛恨情仇，在寫作上讓讀者領略到了其瑰麗的語言風格，及大周時代的貴族氣質。這是與西方魔幻所不同的，中國神話體系中特有的清雅、恬淡之風。長鋏的《崑崙》討論了文明及其嬗變的問題，包含著科學精神對神權的顛覆。

程婧波的《趕在陷落之前》發表在人民文學上，這也是一篇飽含「中國風」的科幻小說。這是一篇建構在隋朝洛陽城的短篇小說。作者在補記中說小說是根據「白骨拖動的洛陽城」寫作的，並引魏徵所作《隋書》段落，以此說明據史實創作小說之意。

科技倫理及其悖論的揭示，是近二十年科幻小說中常見的路數。相對於「反烏托邦」敘事的陰鬱想像，這一類型的故事往往相對平和，運用不長的篇幅故事，講述有關科技與未來的深刻道理，令人沉思。吳岩的《鼠標墊》和鄭軍的《說謊的權利》都講述了有關現代科技的便利和荒誕的故事，具有深刻的啟示意義。陳茜在《捕捉 K 獸》中提出了十分有意思的問題：假如有一種動物能夠預知未來，那麼怎樣才能捕捉到它？而且既然這種動物可以預知它的被捕，那麼當人們捕捉到它時，又有可能是什麼原因？女作家淩晨是最富創造力的新生代科幻小說作家之一，從早年的《信使》、《貓》，到後來的《潛入貴陽》，都顯示了其卓越的才華。小說《在烈日和暴雨下》並不是其最優代表性的作品，但卻是別有意味的一篇。青年科幻作家飛氘的《一覽眾山小》是其代表作，小說基於孔夫子登泰山的故事，運用古今雜糅的表現手法。柳文揚的名作《廢樓十三層》，以極富想像力的方式表現了偵探故事式的解密個人心理的主題，可以從中看到科幻的想像力達到了無以復加的地步，在人心裏產生故事。與他的另一篇代表作《一日囚》類似，探討時代之人物心理。陳楸帆常常自謙為「業餘科幻作家」，但其不多的幾篇小說卻體現出十足的實

力派的氣象。從《抽象》、《吉米》、《遞歸之人》（與羅亦男合作）、《雙擊》到科幻驚悚小說《荒潮》。他以卡夫卡式的陰鬱之筆，揭示現代社會人的異化的荒謬。長鋏的《溥天之下》進行了大量的引經據典，從裏面各種地區的地理、物產、到不同種族的語言的形態，再到各種科學數據，知識量豐富。

　　從這時期科幻小說與純文學的關係來看，科幻文學已經超越了純文學。之所以這麼說一是在國際上的影響力，中國科幻小說比中國純文學更能夠得到國際學界的認可，以其奇絕的想像力，超越了純文學，與世界接軌。它們「像是被放逐在正統文學體制之外的『幽靈』，自由跨越雅俗的分界，漂浮在理想和現實之間，顯現出文學想像中豐富而迷人的複雜性。」〔註45〕因此，「科幻不但被當成一種敘事文學來考量，更被當成一種文化存在、一種可能進入未來文化核心的、具有充足價值的邊緣存在被重新估價。」〔註46〕這是關於漢語寫作的世界性意義而說的。二是中國的純文學在走下坡路，失去了上世紀末的所具有的影響力和活力。中國科幻小說倒是生機盎然，具有前所未有的強大生命力，早在上世紀80年代，日本科幻小說作家岩上治曾這樣祝願中國科幻小說：「只要能正確地使用科學知識並具有對人類社會敏銳的觀察力，就一定能寫出流芳百世的優秀作品。我相信在產生《三國演義》、《水滸》這樣巨著的國度裏，一定會再出現更偉大的作品。」〔註47〕科幻是面向未來的，在科學和幻想的世界中，國界被打破，在面對未來的發展問題上，科幻作品的發言權以其與世界有效接軌中發揮越來越大的作用，在這個意義上，中國科幻文學的道路任重道遠。

第四節　港臺科幻

　　由於歷史原因，中國大陸和香港、臺灣地區的科幻文學發展走向了不同的發展路徑。總的來說，香港科幻文學走向了通俗化、商業化的道路，代表作家有倪匡、黃易。臺灣科幻文學較之香港，偏純文學，可以說發展的步伐更為穩健。

　　香港科幻文學的兩大傑出作家是倪匡和黃易。倪匡，原名倪聰，1935 年

〔註45〕宋明煒：《彈星者與面壁者：劉慈欣的科幻世界》，《上海文化》2011 年第 3 期。

〔註46〕吳岩：《科幻文學論綱》，重慶出版社，2011 年。

〔註47〕【日】岩上治：《我的祝願》，《科學文藝》1986 年第 4 期。

生於大陸，1957 年遷居香港。從 1963 年首部作品《妖火》開始，到 80 年代他的科幻作品風靡香港，至今仍持續創作，並已創作了近百部科幻小說。他的作品不僅在香港地區受到歡迎，在臺灣地區也成爲臺灣通俗文學上的暢銷書。其中最具代表性的《藍血人》曾作爲唯一一部科幻小說入選香港 20 世紀中文小說百強榜。因此，他也被譽爲最具影響的香港科幻作家。倪匡的其他代表作還包括《原子空間》、《拼命》、《圈套》、《支離人》等，形成了自己的獨特風格。

倪匡的科幻小說有著吸引人的題材和時代背景，加之其結合科學技術完成的故事，滿足了讀者的獵奇心。以衛斯理系列爲例，它具有雜糅童話氛圍、英雄主義與各種奇聞怪談的創作風格，除了這些之外，「書商的廣告及行銷包裝、以及利用書評的報到，讓讀者音箱深刻，引起一窺究竟的欲望的做法，還有利用租書店來開展通路的方式等，利用大眾傳播媒介普及率高、覆蓋面廣的特點來進行強而有力的傳播，大量的複製、模擬，都爲其增加好幾倍的閱讀消費人口。」〔註 48〕正因爲這樣的多種因素，倪匡的小說一版再版。作爲香港科幻文學的開拓者和奠基人，是 20 世紀最傑出的中文科幻作家之一。

除倪匡外，黃易算是香港商業文學領域以「科幻」題材著稱的新生代的代表。他正式涉足文學創作是在 20 世紀 80 年代後期。儘管在起步階段屢遭挫折，但憑藉自己的勤奮和靈性，還是很快便取得了突破，以《凌渡宇系列》開創了獨具特色的個人科幻小說風格和樣式。黃易科幻小說的一大特徵就是篇幅長，《星際浪子》、《超級戰士》、《尋秦記》都是少則幾十萬，多則上百萬的字數，小說人物非常多，情節錯綜複雜，這些作品總得來說是多幻想而少科學，偏玄幻。其中《尋秦記》把歷史、科幻與中國傳統文化等有機結合爲一體，成爲獨樹一幟的穿越式科幻小說。黃易科幻小說還是與現代商業結合度頗高的，在科幻方面只是借用了科幻的外殼來描述故事。黃易眞正的興趣還是在武俠小說上面，科幻創作的經歷也對其武俠小說創作產生了影響，他因此創作出了結合玄幻、穿越和異俠三大流派的新武俠小說。

事實上，香港的科幻作者群體中不僅有倪匡、黃易這樣的純商業作家，還包括李逆熵（原名李偉才）、譚劍、杜漸等作家。這些作家在華語文壇的知名度，都無法和倪、黃二人相比，但對香港地區科幻文學的繁榮也作出了自

〔註48〕黃惠愼，倪匡科幻小說研究（以〈衛斯理系列〉爲主要研究對象），國立成功大學中國文學研究所碩士論文，2003 年。

己的貢獻。其中，李逆熵自幼熱愛科學，致力於科學普及工作。他曾於香港電臺先後主持「科學眼」、「科學點滴」、「科技節拍」和「科幻解碼」等多個科學和科幻普及節目。除了進行一些科學知識的推廣工作之外他醉心於科幻小說創作。他於 1987 年發表的第一本作品，是他編譯的一本西方科幻短篇小說選集。他還擔任了八、九十年代歷任科幻創作比賽的評判。1990 年在香港三聯書店的支持下，他與一班科幻同好創辦了名爲《科學與科幻叢刊》的雜誌。不久，更創立了香港第一個科幻會社。1999 年，李逆熵憑《科幻中的科學》一文奪得臺灣李國鼎通俗科幻獎的第一名。2000 年，他的另一作品《夜空之戀》獲選爲「中學生好書龍虎榜」的十本好書之一。自 2006 年起出任「倪匡科幻獎」的決審評判。2008 年起出任香港科幻會會長，並在 2010 年出版了個人科幻小說集《泰拉文明消失之謎》。從其作品可以看出，作者比較注重科幻概念的建構，講述的故事中有星際探險、外星文明、生物技術、電腦世界等科學熱點，也注意到了如何來表達科幻的娛樂性、啓發性和前瞻性。

　　譚劍拜倪匡爲師，誓要寫出流行暢銷能打的科幻小說。他自己在訪談中就說，科幻只是他的一種包裝〔註 49〕，他覺得最重要的是讀者看得開心，這樣才可以把訊息帶給他們。他在《人形軟件》就完美執行了這一寫作理念，作品融會了偵探、推理和武俠，畫面感很強，衝突感很棒，倪匡這樣推薦：「隨便翻開一頁，就能吸引你看下去，是科幻小說中的傑作。」自《免費之城焦慮症》獲「倪匡科幻小說獎」，作品連獲獎項。上面提到的《人形軟件》出版於 2010 年，大受好評，並獲「首屆全球華語科幻星雲獎最佳長篇小說獎」。《虛擬未來》、《換身殺手》及《1K 監獄》在港臺兩地出版。譚劍擅長運用網絡、科技、文化及商業等趨勢，對近未來都會進行細緻的描寫，敘事風格上繼承了倪匡衛斯理系列傳統，但在美學上有所超越，在敘事上採用的多線敘事模式使小說更具吸引力，在對科學技術的應用上，也比倪匡的描述更爲豐富。

　　總的來說，與大陸的科幻小說相比較，香港的科幻文學從類型上，更加接近於 20 世紀上半葉盛行於美國的通俗科幻小說，商業氣氛相當的濃烈，作品的絕對數量相當可觀，而質量卻是良莠不齊。雖然如此，香港作家對於文化消費市場的敏感，以及對讀者閱讀心理的深刻分析，乃至出版界成功的商業運營模式，對大陸科幻都有可借鑒之處。

　　在臺灣，早期臺灣文壇並沒有「科幻小說」這個名詞，50 年代開始有一

〔註 49〕http://www.douban.com/group/topic/13065211/。

些少兒雜誌如《學友》、《東方少年》、《良友》和《新良友》等，發表過一些翻譯的科幻小說，但數量不多。原創科幻的最早形式和大陸類似，屬於兒童文學範疇。1956 年趙滋藩寫了三本兒童科幻，分別是《飛碟征空》、《太空歷險記》與《月亮上看地球》。臺灣科幻文學的真正興起是在 20 世紀 60 年代中期。現在學界公認張曉風 1968 年 9 月發表在《中國時報》上的小說《潘渡娜》為臺灣現代科幻小說的開山之作。《潘渡娜》是科幻小說中少有的「美文型」作品，作者以細膩的筆觸浸透著溫馨和傷感，通篇作品一改以往類似作品的通例，並不負載任何科學原理、科學法則的宣教，只是借助對科學發展趨向的闡釋，編織一幅以情動人的美麗人生畫卷。《潘渡娜》的出現具有劃時代的意義。以此為契機，臺灣的科幻文學逐步全面地走向發展和繁榮。1968 年 10月，《純文學》雜誌推出了張系國的第一篇科幻小說《超人列傳》，次年，黃海出版了他的第一部科幻小說集《一〇一〇一年》。自此，科幻小說終於登上臺灣當代文學的殿堂，並逐漸受到讀者的青睞和文壇的重視。70 年代中期以後，臺灣科幻小說獲得較大的發展。《少年科學》、《明道文藝》、《幼獅文學》等期刊和《新生報》副刊，陸續刊發了不少科幻作品。進入 80 年代後，張系國於 1980 年出版了《星雲組曲》，並在 1982 年成立知識系統出版有限公司。該公司出版了《當代科幻小說選》、《七十三年科幻小說選》、《七十四年科幻小說選》等科幻小說選集；希代出版公司 1990 年出版的《新世代小說大系》，科幻小說被單列為一卷；此外，繼 1981 年《聯合報》小說獎特設科幻獎後，1984 年又先後設立「張系國科幻小說獎」與《中國時報》科幻小說獎，這些活動都大大推動了臺灣科幻文壇的興起。在新作家的培育上，80 年代陸續出現了各種科幻獎項的徵文，提供了新銳作家創作發表的機會，也發掘了不少臺灣科幻創作的新生代作家。進入 90 年代，新生代作家嶄露頭角，張啓疆、洪凌、紀大偉均獲得小說獎項。老輩的科幻作家張系國、黃海等仍筆耕不輟為科幻事業添磚加瓦。但總體環境似乎變差，於 2001 年設置的「倪匡科幻獎」到 2010 年停辦，共舉辦十屆，所有獲獎作品也集結成冊。

　　在臺灣科幻史上有兩位著名的臺灣科幻作家，其作品有著廣泛的影響，他們就是張系國和黃海。張系國，1944 年生於重慶，1949 年隨父母赴臺，此後一直生活在臺灣。張系國的科幻創作，既有長篇，又有短篇。長篇中有《五玉碟》、《龍城飛將》和《一羽毛》等三卷，合稱「〈城〉三部曲」。其中又以1983 年的十三萬餘字的《五玉碟》最為著名。小說主要描寫了宇宙間呼回星

區索倫城在歷時 250 年的第四次星際戰爭後，被來自 G 超級星區的閃族佔領軍所佔領。面對共同的外族統治者，呼回世界索倫族各部落、各黨派經歷了種種曲折終於聯合起來，秘密發動一次旨在徹底推翻異族殘酷統治的武裝暴動。從整體上看，小說無論從理趣啓悟還是從感性情愫體驗方面，都是具有持久魅力的精品。在《五玉碟》正式出版以前，還曾經在臺灣《中國時報》上連載，反響強烈。在大陸，《五玉碟》還曾經入選過由中國社會科學院文學研究所張炯主編，華夏出版社於 1996 年出版的《臺、港、澳暨海外華文文學精品書系》，並且是其中唯一入選的科幻小說。

張系國作爲臺灣科幻之父還在科幻理論上做出了一定的貢獻，首先是在科幻文學的定名和定義上，他提出的看法：如果把 science fiction 逐字翻譯，就成爲「科學小說」，因爲小說本身就有幻想性。可是科幻小說特別強調作者的幻想，所以譯作「科幻」十分合宜。〔註 50〕「科幻小說雖然沒有精確的定義，但綜合科學及幻想脫離不了干係，而兩者間又以幻想較重要。科幻小說裏的科學多半是偽科學，是藉以擴充幻想範圍的工具」。〔註 51〕其次，他關於科幻文學與正統文學的關係、科幻文學的主題思想、表現方法和民族風格等問題，都進行了一系列的探索。關於科幻小說的主題，他認爲科幻小說與一般文學創作在本質上是一樣的，要有深刻的思想，科幻小說是借科幻和未來世界反映現實生活的。張系國還主張，中國的科幻小說必須建立自己鮮明的民族風格，不能單純地套用和摹仿外國人的模式。而要創作具有「中國風味」的科幻小說就是要善於從中國古典文學中汲取營養和精華，在作品中融入中華民族優良的文化傳統。可知，臺灣的科幻小說作家很早就意識到傳統文學對於科幻創作的影響，並以發展中國風格科幻小說爲創作指導。

與張系國相比，黃海的科幻小說創作更加「專業化」，且成績更加顯著。迄今爲止，他已經出版長篇科幻小說和短篇小說集十餘部。如果說黃海的第一部科幻說集《一○一○一年》還是中國版的太空探險故事的話，那麼在此之後，黃海本人則在不斷探索適合中國人的閱讀習慣的科幻小說的創作思路和模式。20 世紀 70 年代以後，在他的科幻作品中，更多地充盈著對未來世界

〔註 50〕 呂學海記錄，《科幻之旅──張系國與王建元談科幻小說》，《中國時報人間副刊》，1983 年 9 月 29～20 日。

〔註 51〕 張系國，《奇幻之旅──科幻電影縱橫談》，《天城之旅》，洪範出版社，1977年，第 27 頁。

人性變化的種種思考。太空旅行也罷，長生不老也罷，都不再是刺激讀者胃口的新式「機關布景」。在作者筆下，這些未來世界可能出現的場景，僅僅是小說中人物活動的舞台，整部戲劇上演的乃是未來人類的悲喜劇，故事的主旨是對人性的剖析和對人生的深切關懷。黃海作爲一名「小說創作的多面手」，還曾經爲少年讀者創作過的三部兒童科幻小說：《大鼻國歷險記》、《奇異的航程》和《地球逃亡》，堪稱不可多得的瑰寶。後來，這些作品也在大陸地區得以出版。在黃海先生的科幻小說中，長篇科幻小說《鼠城記》是他的代表作品。在這部小說裏，黃海描寫世界性大戰之後一片廢墟之上的災難情景，對人性的貪婪和殘酷進行了深入批判，它和老舍 30 年代的作品《貓城記》正好相映成趣，對污濁的現實生活有所影射。另外，他寫於 1988 年的《地球逃亡》，與被譽爲「中國科幻第一人」的科幻作家劉慈欣的名作《流浪地球》（1999）有著相似的主題和情節，體現出兩人在創作上的不謀而合。但在發表時間上，黃海的作品要比劉慈欣的早十年，這些都反映了他的創作與大陸科幻小說的精神聯繫。《銀河迷航記》是黃海先生傑出的中篇科幻小說，1979 年 8 月，該作在《中央日報》副刊發表，小說描寫一群懷揣著建立太空烏托邦夢想的地球人，在以指揮官羅倫凱爲首的一批科學家的帶領下，乘坐宇宙飛船「銀河九號」離開太陽系，飛向遙遠的太空，去尋求人類新的家園。但是，當他們即將進入銀河烏托邦的世界時，由於人類性格中固有的一些劣根性，他們沒有表現出美好的人性，因而無法通過守衛者的考驗，遭到了銀河烏托邦的拒絕，難以找到自己理想家園和歸宿的他們最終迷失在茫茫太空，開始無盡的漂泊。在小說裏，一艘滿載著人類的航天飛機「銀河九號」，在茫茫宇宙中開始了新一輪的發現太空「新大陸」的探險之旅。這次遠征既是爲了替人類尋找更好的生存空間，同時又是一次在宇宙空間散佈人類生命活動信號的行動。1970 年至 1972 年間，黃海又創作了《新世紀之旅》。這部作品同樣由若干情節連貫的短篇構成，描寫一個死於 1970 年的中國人，屍體經過冷凍，50 年後解凍、醫治復活後遊歷 2020 年的奇幻故事。作品寫了人造人、人工冬眠、肢體再生術、人腦與電腦結合、傳心術、心靈控制術、大腦移植、反引力等等，以豐富的想像描繪未來社會科技發展的前景，以及同人類命運的關係。此後，黃海的科幻小說題材進一步拓寬，主題思想進一步增強，而作品中科學的成份逐漸減少，幻想的成份則大大增加。

客觀說，臺灣地區和香港的科幻文學發展，都在其各自的範圍內取得了

相當驕人的成績。但是，這其中也包含著一些不容忽視的問題。就兩岸三地科幻文學目前的發展趨向而言，香港的科幻文學在成熟的市場機制的保證下已經步入了良性循環的軌道，而科幻小說作者的職業化程度也是最高的，因此在可以預見的範圍內，我們認為香港的科幻小說發展可能是最為平穩的。相對於香港和大陸而言，臺灣科幻文學的體系化建設是最為完整的，而其相對的社會影響力也是最為突出的。值得注意的是，臺灣科幻文學在其發展之初，就堅定了將科幻小說的精神實質和文化理性與民族人文藝術脊髓相結合的思路，這一點對於當今大陸科幻文學的發展有著相當重大的借鑒意義。但是，臺灣科幻文學的創作和發展，也面臨著相當嚴重的「瓶頸問題」。就內部而言，臺灣的科幻小說作家群體呈現出普遍老化的趨向，新人中缺乏有大將風度的領軍人物。科幻作家的職業化程度偏低，也不利於創作水平的進一步提高。而從文化市場的總體環境來說，由於臺灣獨特的歷史人文環境，在科幻小說主要立足的通俗文學市場，面臨著來自歐美和日本的西方通俗文藝，以及中國傳統的通俗文學作品（武俠、神怪等）的多重壓迫。島內有限的文化市場容量，所帶來的激烈市場競爭，對於尚處於發展階段的臺灣科幻文學而言，則是一個不得不面對的殘酷現實。

第二章　本土特點

第一節　幻想與現實

一、啓蒙主義思潮

　　研究中國早期科幻小說不得不從中國近現代啓蒙主義思潮談起長期以來在儒家思想主導作用下,「文以載道」的傳統觀念使中國文學自身所具有的突出的價值被忽視了。近代以來,有越來越多的知識分子開始了對「文與道」這一根本關係問題進行思考。「近代文學所涉及的語言形式的變革、文學內容的更新、全民的接受視野,整體上是出於功利的而非人文的衝動,近代文學可以說是在一種非文學或非審美的環境中誕生。」〔註1〕近代文學所持的文學要有用於現實社會的觀念,功用主義文學觀的提倡是爲了讓文學參與到「啓蒙」與「救亡」的革命中去,拯救民族與文化的雙重危機。新時期以來,文學在中外文學思潮的變革中,也在日漸擺脫「文以載道」的束縛,走向更廣闊的社會現實中來。

　　梁啓超是較早接受和傳播西方進化論的中國知識分子之一,對西方進化論有全面而深刻的認識。他強調轉變文學觀念,曾指出:「人類德慧智術之所以進化」,都是「每經一度之反動再興,則其派之內容,必革新焉而有以異乎其前。……此在歐洲三千年學術史中,其大勢最著明,我國亦不能違此公例」。

〔註 1〕 肖向明:《「啓蒙」語境裏的「審美」艱難——論梁啓超與中國近代文學變革的價值取向》,《南京社會科學》,2008 年。

〔註2〕只有不斷求變求新，人類文明才得以可持續發展。作爲以維新救國爲價值取向的代表人物，梁啓超的求新思想表現在把文學的社會屬性定位在維新事業的一部分，並以此確定文學的價值和作用。梁啓超在 1897 年的《湖南時務學堂學約》中曾稱有「傳世之文」和「覺世之文」的區別，但更傾向於對「覺世之文」的認同，他曾說：「吾輩之爲文，豈其欲藏之名山，俟諸百世之後也，應於時勢，發其胸中所欲言。然時勢逝而不留者也，轉瞬之間，悉爲芻狗。」〔註3〕梁啓超所倡導的「詩界革命」、「文界革命」、「小說界革命」等文學內容的變革。「小說界革命」中，梁啓超首先提出用「導之」的辦法，「且從而禁之，孰若從而導之」。同時，主張以「新編」小說代替「誨盜誨淫」的小說，「專用俚語，廣著群書。上之可以借闡聖教，下之可以雜述史事，近之可激發國恥，遠之可以旁及夷情；乃至官途醜態，試場惡趣，鴉片頑癖，纏足虐刑，皆可窮極異形，振厲末俗。其爲補益，豈有量耶！」〔註4〕建議把「新編」說部作爲幼學教科書，列入課表。梁啓超的「小說界革命」影響相當深遠，許多人投身於小說創作，直接促使了創作熱潮的出現，在近代小說史上佔據了極爲重要的地位。

梁啓超以文學反映生活來代替「文以載道」的。梁啓超從讀者的審美需要出發提出這一問題。他說：「凡人之性，常非能以現境界而自滿足者也。……故常欲於其直接以觸以受之外，而間接有所觸有所受……此其一。人之恒情，於其所懷抱之想像，所經閱之境界，往往有行之不知，習矣不察者；無論爲哀爲樂，爲怨爲怒，爲戀爲駭，爲憂爲慚，常若知其然而不知其所以然……此其二。」〔註5〕可見梁啓超之所以將小說功能擴大化，是要通過審美功能達到認識功能、教育功能，使小說這一文學樣式與他的政治主張相吻合。

受啓蒙主義思想影響，梁啓超指出俗文學能更好地表現作家的思想感情，以便使文學在民眾中產生較好的效應，梁啓超提出應當創立一種「適合於今，通行於俗」的「言文合一」的新文體。所有這些變化都說明，伴隨著

〔註2〕 梁啓超：《清代學術概論（三）》，《飲冰室合集》，中華書局，1989 年版，第655 頁。

〔註3〕 梁啓超：《飲冰室合集·原序》，《飲冰室合集》第一冊，中華書局，1989 年版，第 1 頁。

〔註4〕 梁啓超：《變法通議·論幼學第五·說部書》，《飲冰室合集》第一冊，中華書局，1989 年版，第 55 頁。

〔註5〕 梁啓超：《論小說與群治之關係》，中華書局，1989 年版，第 138 頁。

啓蒙主義思潮的近代文學變革不僅是一個語言、文學的事件，它更是事關思維方式的轉變、新型國民的培養以及對傳統的反思。在內容上傾向社會化和現實化，在形式上朝著通俗化和大眾化轉型。於是，中國近代文學逐漸形成了以通俗作品爲媒介，藉此想達到「開通民智」、「涵養民德」的目的的文學潮流。

在日本留學的魯迅訂閱了梁啓超創辦的《新小說》。當時，魯迅與大多數熱血青年一樣，相信科學可以救國：「工業繁興，機械爲用，文明之影，日印於腦，塵塵相續，遂孕良果。」此時的仁人志士們發現了科學理論對於普通民眾來說也許太過艱深，如果能夠借由小說，這樣一種通俗易懂，人們喜聞樂見的形式來宣傳科學，可以起到更佳的效果：「蓋臚陳科學，常人厭之，閱不終篇，輒欲睡去，強人所難，勢必然矣。惟假小說之能力，被優孟之衣冠，則雖析理譚玄，亦能浸淫腦筋，不生厭倦。」〔註6〕

1903 年的秋天，在日本留學中實年 23 歲的魯迅開始翻譯《月界旅行》。他並不知道這是凡爾納的作品，日文譯本上誤寫爲查理士·培倫著，在《月界旅行·辨言》中乃寫曰：「培倫者，名查理士，美國碩儒也。學術既覃，理想復富。」這篇議論也被認爲是當代科幻小說評論的第一篇。理想是很豐滿，可是學術，只是幻想而已。魯迅拋擲於科幻的一腔熱情，換來的只是讀者的冷遇。1909 年，他和周作人翻譯的《域外小說集》終於出版，收入《月界旅行》和另一篇同爲凡爾納的科幻小說《地底旅行》，可是書的銷量十分慘淡，造成如此的結果的原因在現在看來很容易看出，一是魯迅是用文言譯文，讀來詰屈聱牙，二是錯誤迭出。《地底旅行》當時寫的作者是「英國威男」，兩篇凡爾納的小說，居然都張冠李戴。

事實上，譯者井上勤只翻了《月界旅行》的前半部分，魯迅也是因錯就錯。這樣一本書譯文雖通俗易懂，但得不到當時讀者的喜愛，但是它終究爲中國的新小說打開了一扇世界的窗口，其文獻和歷史意義，要遠遠大於它的文學價值。魯迅在討論中國思想文化及美學思潮的演進時曾精闢地指出：「有兩種特別的現象，一種是新的來了好久之後，而舊的又回覆過來，即是反覆。一種是新的來了好久之後，而舊的仍不廢去，而是羼雜。」〔註7〕

〔註6〕　出自魯迅《月界旅行·辨言》，這裡說「被優孟之衣冠」，指的是借小說的體裁來傳佈科學知識。

〔註7〕　魯迅：《中國小說的歷史變遷》，《魯迅全集》第九卷，人民文學出版社，1982

　　民國前後的文學作品中，此一時期大量譯介的域外文學作品卻已經明確傳達出了「國家」爲國民之生存主體的信息，如魯迅譯《斯巴達之魂》、梁啓超譯《十五小豪傑》等，都是在用外國英雄事跡或具體歷史事件爲例來喚醒啓蒙意識。除此之外，產生大量的譴責小說以「現形記」關注現實和許多現代烏托邦式的作品，即「未來記」一類的作品，如《未來世界》、《新紀元》等。

　　然而，在借小說啓蒙的過程中，梁啓超們迅速忘卻了其之所以暢銷是因爲反映了普遍人性這一最初發現小說價值的出發點。他們無暇顧及作爲純粹文學樣式的小說該如何發展，直接要求其對現實的社會政治改革有所補益，透露出「經世致用」的本意。這就導致了，在「啓蒙」與「審美」之間，文學發展的進退兩難。

　　梁啓超在 1902 年於日本創辦的《新小說》創刊號上用《論小說與群治之關係》，明確指出了小說應有的啓蒙作用。值得注意的是，梁啓超在這裡並不是有意抬高小說地位，而是找到了啓蒙與彼時大眾文化的關聯點，無意中打開了重建文學格局的突破口。梁啓超第一個喊出了小說乃「文學之最上乘」的響亮口號。他一方面反對輕視小說的傳統觀念，誇張地抬高小說的價值和地位；另一方面，又極力貶低傳統小說的意義和效能，認爲傳統小說中才子佳人、綠林俠義、官場公案、妖巫狐鬼等等誨淫誨盜的敘述蘊藏著的舊意識形態，無法再催生出新的變革社會的思想，梁啓超強烈的批判精神便爲「新小說」的孕育開闢了航道，而最先引起他注意的是與當時社會改革關係更爲直接的政治小說。西方小說譯本的大量出現，逐漸改變傳統意識和程序化格式。而「政治小說」引進中國，最終「導致了傳統小說觀念的崩潰，建立全新的小說觀念因而具有了無限的可能性。」〔註8〕這也正是「小說界革命」眞正的革命意義。儘管如此，爲了迎合大眾，近代啓蒙者不得不拓展文學載道內容的內涵與外延，借用小說的通俗性宣傳精英思想。自此，啓蒙之志滲透至小說，使其具備了「載道」資格，「道」便被化約爲近代國家民族思想。

　　而「小說界革命」使啓蒙性成爲小說娛樂性的免罪符，無形中再度確認了其從屬性。可以說，近代啓蒙者不忌諱小說在傳統文類中的卑下地位，不

年版，第 338 頁。
〔註 8〕夏曉虹：《覺世與傳世——梁啓超的文學道路》，上海人民出版社，1991 年版，第 219 頁。

探討其內部發展規律，一上來就從政治上肯定其對改造國民和社會的重要性，充分顯示出早期啓蒙文學思想所達到的政治高度，以及「經世致用」策略的所有矛盾複雜性，這也正是近代小說發展中傳統觀念與現實需求、外來影響諸種因素互相糾纏、衝突的特質。

「新小說」的開山之作《新中國未來記》對此即有著非常典型的體現。爲了讓骨子裏仍遵循「士志於道」傳統的新知者實現啓蒙偉業的「大團圓」，作者不惜把維新和革命思想轉換形式硬塞入到敘事中，結果不可避免地流於解釋，成爲羈絆，與此同理，晚清無論是政治小說還是讉責小說，大都或是用「舊小說之體裁」載運「新意境」，或是用新的藝術手段承擔傳統載道之義，古典小說的內蘊都或深或淺地存在著。因之，近代政治小說的特點十分鮮明：主題政治化、故事類型化、人物符號化、語言政論化、新名詞標籤化。這種生熟混雜、傳統因素與現代因子的融合呈現出來的是不太成熟的形態。

以「立人」和強國之夢爲內驅力的現代性追求，促使中國近代文學實現由傳統向現代的轉型並制約和決定了其基本趨向：改造國民性所體現的人文精神、深沉的悲劇感和悲涼色彩、語言形式的通俗化。近代文學擁有的狹邪、公案俠義、讉責、科幻四個文類，預告了中國現代文學的四個方向，即對欲望、正義、價值、知識範疇的批判性思考以及對之如何敘述的形式琢磨。顯然，科幻小說屬於知識範疇。

受「格致興國」思想的影響，近代文學帶有濃厚的改良群智的啓蒙色彩。如《新小說》把「哲理科學小說」定義爲「專借小說以發明哲學及格致學」。以至於《新世界小說社報》認爲「無格致學不可以讀吾新小說」，「無生理學不可以讀吾新小說」。科學小說與格致學、自然科學互爲表裏、彼此闡釋。科學小說作家借小說以開通民智、灌輸新知，他們的社會責任感是明確而自覺的。從作品的創作實踐而言，近代科學小說又有以下特點：儘管科學小說受西學影響深刻，但無論譯介還是創作一直沒能擺脫本土舊小說的創作思維格局。如《烏托邦遊記》的作者「蕭然郁生」偶然看到摩爾的《烏托邦》和赫胥黎《天演論》有關「烏托邦」的介紹，就信以爲眞，然而他以文人閒適的筆墨重構的烏托邦，脫不去六朝志怪小說中類似劉晨、阮肇故事中幻想的遺世情懷以及佛家空幻意識的點染，很明顯是文人儒氣十足對於合理社會生活的一種幻想，與眞正意義上的科學幻想還相去甚遠。近代中國科學小說往往喜歡從個人瑣碎的狹小生活圈子入手，而不是把人類視爲一個單獨種群作爲

科幻的基礎：無論整體構思還是局部安排，都容易發現經不起推敲的難以自圓其說的細節，構成小說中不大不小的硬傷；故事結尾也流於平庸，不能引發人們對整個社會或人性的深入思索。正是因爲缺乏人文關懷、缺乏高層次的哲理的思考，近代科幻小說一開始沒能像言情小說與偵探小說一樣，形成諸如《茶花女遺事》與福爾摩斯系列的優秀之作來樹立本文類的光輝形象，後來也沒能創作出有力度的代表作，因而始終徘徊於草創階段的不成熟狀態。

在晚清「新小說」初創期，近代科學小說還曾一度受到重視，然而到了1908 年《小說林》統計新小說的具體數量，則爲「記偵探者最佳，約十之七八；記豔情者次之，約十之五六；記社會態度，記滑稽事實者又次之，約十之三四；而專寫軍事、冒險、科學、立志諸書爲最下，十僅得一二也。」〔註9〕科學小說譯介、創作勢頭已大不如前，當時文壇認爲科學小說式微的原因：一是譯筆粗疏。翻譯界普遍採取的「意譯」不能形神俱備地充分展示西方科學小說的藝術魅力；二是「小說者，一種之文學也。文學之性，宜於淩虛，不宜於徵實，故科學小說終不得在小說界中占第一席。」〔註10〕晚清科學小說譯介、創作中都明顯存在著與現實聯繫太過緊密的問題，文學性差是這樣的創作手法得到的直接結果，也是間接導致科學小說衰微的主要原因。近代科學小說不能躋身於精英文類的更根本的原因，是由於傳統上強調現實功利目的的儒文化「不語怪力亂神」，視科學技術爲「奇技淫巧」，這種對科技的本質排斥導致了中國科學思維的長期薄弱，因此，在科學意識世代貧乏的大環境下，晚清科學小說確實難以達到很高的藝術水準並獲得主流文學的地位。總之，世紀之交傳統與現代之間的斷裂、人文文化與科學文化之間的隔閡使得草創期的科學小說沒能形成大規模的文學景觀。

以「啓蒙」爲核心價值的中國近代文學變革，面對國弱民窮、內憂外患的情勢，很難擺脫傳統「經學」意識，它把「文以載道」的傳統用進化論的武器推至邊緣；同時，它又把那些從傳統裏接受的「經學」意識（經世致用、政治意識、國家觀念）從邊緣提升到中心，致使文學與政治產生了同一性的關係。科幻小說難以向文藝審美的層面轉移。背負著思想啓蒙、民族救亡的框架，在對審美追求上的淡化和壓抑，無疑是對中國現代科幻小說的產生了強大而直接的壓抑。

〔註 9〕 據覺我《余之小說觀》，《小說林》第 9 期，1908 年。
〔註10〕 俠人：《小說叢話》，《新小說》第 13 號，1905 年。

二、烏托邦敘事

　　1516 年，英國人托馬斯・莫爾（Sir Thomas More）的傑作《烏托邦》（Utopia）問世。《烏托邦》的全名是《關於最完美的國家制度和烏托邦新島的既有益又有趣的金書》，書裏講述了航海家們聚集在一個叫做「烏托邦」的地方。在這裡，實行著一種公平、平等的社會制度，財產公有，物品按需分配，選舉產生官員。這個制度就是現代烏托邦概念的由來。現代烏托邦是建立在對理性與科學的信仰之上，但理性與科學並沒有兌現人們的美好期望。自工業革命以來，科技的進步、生產力的發展下，人的異化與世界的異化在科技發展的同時暴露出的弊端顯而易見：人們異化為商品和機器的奴隸；理性的增長與人性的糾葛並沒有消除慘絕人寰的大屠殺，反而使這種屠殺變得更為精確和專業化；進步的幻想在世界性戰爭和集權專制的面前也歸於破碎，人們遭遇了前所未有的挫折。對理性、進步和自由的渴望卻剛好導致了截然相反的結果，這一極端的反差促使學者們思考，反烏托邦的概念應運而生。現代反烏托邦的概念最早出現在威廉・摩里斯在《烏有之鄉的消息》（News form Nowhere, 1890）。實際上，反烏托邦不僅僅是對人們愚蠢幻想的惡意諷刺和報復，這也是社會反響和折射的現實，是歷史挫折感的產物。反烏托邦與烏托邦的不同處還在於，烏托邦多成為學術論著，而反烏托邦具有很強的故事性。中國現當代科幻小說作品中，老舍的《貓城記》、韓松的《地鐵》、《高鐵》和《我的祖國不做夢》、王晉康的《蟻生》、馬伯庸的《寂靜之城》都是比較典型的反烏托邦小說。

　　反烏托邦敘事還可以與現實主義相結合，老舍《貓城記》就是這樣的典型例證。在《貓城記》中，老舍描寫了火星貓國的一系列反烏托邦形式，其特徵表現為荒唐的政治、教育的腐敗、歷史感的缺失以及文化的墮落。這些反面烏托邦通常造就了頭腦愚昧，喪失人格的國民。在小說中，老舍還探討了烏托邦理想的可能性，並強調了國民性改造對實現烏托邦理想的重要作用。

　　老舍的《貓城記》以豐富的想像、幽默的筆觸，把諷刺、科幻和對反烏托邦的思索融為一體，描繪了一個以貓人為主角的反烏托邦景象。基於托馬斯・莫爾的「烏托邦」理論，烏托邦從根本上同時指明了既是美好的，又是不存在的一種空間和一種狀態，是「人類世界」和人類生活迫切需要的替換的各種可能性的生動見證。而反烏托邦是以一種辯論烏托邦的形式出現，它竭力否認烏托邦概念的可能性以及人文性。20 世紀上半期，國外的三部最著

名的反烏托邦作品：赫胥黎《美麗新世界》、喬治・奧威爾《一九八四》和扎米亞京《我們》。老舍明確提及《美麗新世界》對《貓城記》的創作產生過影響。〔註 11〕在中國，烏托邦的文學淵源可追溯至《莊子》，《莊子・雜篇・則陽》記載：「有國於蝸之左角者曰觸氏，有國於蝸之右角者曰蠻氏，時相與爭地而戰。浮屍數萬，逐北旬有五日而後反。」這大約是最早的烏托邦幻想。陶潛《桃花源記》中「黃髮垂髫，皆怡然自樂」的桃花源；吳承恩《西遊記》中唐僧師徒遊歷的諸多國家，李汝珍《鏡花緣》裏林之洋、唐敖等人遨遊海外的那麼些奇特國度，這些都組成了老舍豐富想像力的來源。《貓城記》基本結構圖式是「我」作為外星來客，在異域時空親歷種種令人稱奇的反常事件。構想種種奇遇，親歷腐朽與淪喪，並發掘這種情況出現的深層原因。

自 400 年前托馬斯・莫爾的《烏托邦》問世，種種烏托邦的幻想便成為科幻作品中非常重要的一個主題，同時它還寄託著作者逃避世界的靈魂、改造或批判現實世界的理想。進入現代時期後，出於對極權、專制以及科技單維度發展造就的人性冷漠的憂慮，作家們從一再憧憬的夢幻桃花源走出，轉而構建嚴酷的鬼門關，於是便有反烏托邦文學的興起。

新左派哲學家馬爾庫塞認為，由發達社會普遍建立起來的那種技術網絡使它們的成員處於一種新的控制形式之中。後現代主義者和後結構主義者福柯對反烏托邦合理性的批判得出的結論是，工業異化是一種更普遍的文化主題的變異，是「規訓的」（disciplinary）社會的出現。「在這個社會，科學和技術不僅僅是工具性的，而且在新的社會等級制形式的制度化中發揮著作用。」〔註 12〕反烏托邦三部曲，都講述了一個強大的集權政府如何利用國家權利和現代技術精心控制著的政治、生活的方方面面。通過操縱信息和思想，政府左右著社會歷史和個人記憶。集權政府通過定期舉行或者禁止某些具體的社會活動來引導人們的感情及生活，調節人們的心態，影響人際關係。被引導的個人為滿足自己物質和心靈方面的需求則需要完全依賴於政府。反烏托邦文學抒發了作家對時代的憂患，老舍在英國居留之日正逢「反烏托邦三步曲」影響歐洲，苦讀不輟的老舍就在那時浸淫了「反烏托邦」的沉重與憂患。老

〔註11〕在給編輯施蟄存的信中，老舍談及《貓城記》的創作受過《美麗的新世界》的影響。見老舍：《老舍全集》（第十六卷），人民文學出版社，1999 年版，第86 頁。
〔註 12〕Faucault, Michel: Discipline and Punish, A. Sheridan, trans. New York: Pantheon. 1977.

舍承認，他寫《貓城記》的原因，「頭一個就是對國事的失望，軍事與外交種種的失敗，使一個有些感情而沒有多大見解的人，像我，容易由憤恨而失望。」〔註13〕這種失望呈現在小說中，表現在對人類或民族命運的深刻剖析與體察；對未來的預見和擔憂，還細膩地描繪了將導致現世社會傾覆的醜惡弊端。

　　老舍在《貓城記》中以星際飛行、外星人、探險、災難作為科幻主題，假借貓國的故事，實際憂心於中國的前途命運。驚醒世人，如果國格淪喪那麼必然導致種族滅絕的慘痛命運。在小說中，故事發生在遠離地球的火星，採用第一人稱，敘述「我」和「我」的朋友從地球出發，開了半個月的飛機後在進入火星氣圈時發生事故，飛機毀了，朋友死了，只剩下「我」幸存了下來，而「我」來到了火星上幾十個國家之一的貓國。「一眼看見貓城，不知道為什麼我心中形成了一句話：這個文明快要滅絕！」，這是老舍關於貓國第一眼的描述，由此展開了反烏托邦主題下，小說情節的延生。貓城的一切都是理想的反面體現，黑暗的社會，淒慘的平民，比現實社會更誇張表現出來的社會弊端：殘酷、暴力、黑暗、壓抑等等這一切構成了貓城世界所具有的形態特徵，貓城中貓人們的人生觀、價值觀的扭曲共同構成了這個與烏托邦社會相背離的世界，這是典型的反烏托邦的手法。以現實為基礎，進行藝術的誇張，在這種誇張裏從中看出作者的絕望，在感傷的氛圍中剖析中國的陰暗面。這樣而來小說文本本身就與現實世界就構成了雙重世界的關係，強烈印證出了反烏托邦的頹敗和對烏托邦的期望。在塑造貓國世界的圖景時，《貓城記》展現了眾多的反面烏托邦形式。描寫的範圍從一國到多國，政治、經濟、文化、教育、軍事，對社會的各個領域，從各級統治者到庸民百姓，從軍閥政客到學者學生，從農村到城市，都包容在內。他是這樣描述那個「灰色的國」：「濁穢，疾病，亂七八糟，糊塗，黑暗，是這個文明的特徵；縱然構成這個文明的分子也有帶光的，但是那一些光明決抵抗不住這個黑暗的勢力。這個勢力，我看出來，必須有朝一日被一些真光，或一些毒氣，好像殺菌似的被剪除淨盡。」貓國的荒唐政治：「我們偶而有個人聽說某國政治的特色是怎樣，於是大家鬧起來。又忽然聽到某國政治上有了改革，大家又急忙鬧起來。結果，人家的特色還是人家的，人家的改革是真改革了，我們還是我們；假如你一定要知道我們的特色，越鬧越糟便是我們的特色。」「做官多來錢，除了吃迷葉，還可以多買外國的東西，多討幾個老婆。不做官的不過

只分些迷葉吃罷了。再說，做官並不累，官多事少，想作事也沒事可作。」在「我」看來，貓城髒亂不堪，空氣混濁，臭氣衝天，城裏除了缺少色彩的房子和街道，到處是無所事事的人，並伴隨著的是極其荒唐的政治，各種醜陋弊端。

而以「迷葉」展開的想像空間，將貓城的反烏托邦圖景建立一個源點，然後所有的後果都能有相對合理的發展趨勢。貓人吃迷葉，當飯吃。「原來貓人也是種地吃糧的，據說自從吃了外國人帶入的迷葉後就以此為『國食』。貓國人全都吃迷葉吃上了癮，吃迷葉之後雖然精神煥發，但手腳不愛動，於是種地的不種了，做工的不作了，大家閒散起來。」做政治的需要迷葉，做官員的需要迷葉。為了迷葉所做的一切，比如搶劫迷葉，為爭取迷葉橫行、殺人，都是合理的。由該邏輯產生的一系列後果：自由是貓人的最高理想，這種意義上的自由是絕對的自由，是自己想做什麼就做什麼，完全不存在道德和輿論的約束；「貓人的敬畏外國人是天性中的一個特點。」貓人既盲目仇恨外國人又對外國人懼怕；貓人熱衷於內鬥，起哄，對什麼事都敷衍了事。具體的事例還有：貓國公使一個接一個的納妾，凌虐少女；外交部形同虛設，石板上都刻著「抗議」。所謂外交者一定就是無論發生了什麼事便送去一塊「抗議」，外交官便是抗議專家；一群信馬祖大仙的人要通過革命實現某某主義，因此歡迎侵伐他們的外國人，並要捉了皇上、殺盡家長教員，這樣迷葉、女人、人民就都是他們的了。但最終他們卻在爭執中自我瓦解，只剩下對馬祖大仙的信仰；最後，「我」親眼目睹了貓人在兇殘的「矮人」的侵略面前束手待斃，紛紛投降保命，不料卻導致了貓城的滅亡。

這描述了政府的無能，教育的腐敗，文化的墮落，學者的無恥，是對婚姻家庭中納妾的落後習俗的諷刺，歷史意識衰落的控訴。國民刪減了歷史和記憶，缺失了目標和理想，粉碎了經驗的可能性，貶低了情感和奉獻，最後導致了個人的迷失。

阿道斯・赫胥黎在《美麗新世界》中描繪了新世界「在人類的靈魂和體質上進行」的五個方面的革命，結果讓我們看到了一個是非顛倒、黑白莫辨、倫理錯位、道德反常的所謂「新世界」。而奧威爾《一九八四》則側重對於專制政治的批判。老舍的《貓城記》類似於《一九八四》對專制政治的批判，但其更專注於在文化專制方面的批判。老舍《貓城記》所建的文化烏托邦捨棄了在技術反烏托邦中的對傳統人文文化的一些希望和政治反烏托邦的自由

於個人的觀念，對文化上有著著重的描寫，正是這樣，可以看出老舍對於「貓人」的社會也就是隱喻的國人社會最大的焦慮在於文化上。老舍認為文化上的缺失直接導致了「人」的蒙昧無知，價值判斷上的糊塗，道德缺失，而解決這些問題的辦法就是「人格和知識」。

老舍的反烏托邦，不是在科技反烏托邦的基礎上產生的，是從文化觀念出發的，是從自覺的心智和常識見解來進行觀察和解釋的，是從道德方面來分析的視角。老舍把市民階層視為擔當民族復興的主體，倘這一階層具備豐富深刻的自省精神，國家前途才可期。而貓城陷落的根本原因即在於諱疾忌醫的貓人徹底喪失自我批判的勇氣——「貓國人根本失了人味」，「國民失了人格，國便慢慢失了國格」，「經濟、政治、教育、軍事等等不良足以亡國，但是大家糊塗足以亡種」——這是貓國上下一片混沌的根本。小說中貓國學校裏學生毆打老師的暴行，還有貓國政黨們的「哄」鬥，諸如「大家夫斯基哄」、「馬祖大仙」、「紅繩軍」等等，看似政治抨擊的筆調，其實質所表達的也還是一種文化的寫照。值得注意的是雖在創作中頗受惠於英國文學，但是老舍卻從沒把文化價值認定的立足點放置在西方。他對自己出身的市民階層的弱點有深刻洞見的同時，也費心尋找市民文化中可能涵容隱藏的優秀民族品質。所以老舍從來沒有真正絕望過，《貓城記》是他探討國民性問題類作品中最讓人觸目驚心的了，他甚至已經怒其不爭地開除了貓人的球籍，可還是這樣憧憬過：「我睡不著了。心中起了許多許多色彩鮮明的圖畫：貓城改建了，成了一座花園式的城市，音樂、雕刻、讀書聲、花、鳥、秩序、清潔、美麗……。」這構成了老舍啟蒙思想的底色，讓他始終矚目於群體的活力與發展。但小說並沒有探討實現烏托邦理想的可能性。

至於《貓城記》裏大蠍之收迷葉、赴京城、組織貓人看地球人洗澡及至最後不惜拼命掙得向侵略者投誠的先機等等一系列行為，正如一連串由大蠍本人主演的超級滑稽劇。演變到後來，它的丑角身份就暴露無遺。在《貓城》中各種經典鬧劇場面，精彩的要看「我」考察貓城學校時目睹的一切：在小學校裏三位「瘦得像骨骼標本」的先生面對小孩子的吵鬧，「全閉上眼，堵上耳朵，似乎唯恐得罪了學生們。又過了不知多少時候，三位一齊立起來，勸孩子們坐好。學生們似乎是下了決心永不坐好。」後來在一片哄鬧中，先生把全是第一的證書分發下去。而在另一所學校中，「有七八個人在地上按著一個人，用些傢夥割剖呢。旁邊還有些學生正在捆兩個人。」而這樣明目張膽

的殘忍竟是解剖校長和教員！在狂歡的貓城中，貓人的各種顛倒黑白是非，社會百態的錯位倒置，人情世故之窮形盡相，無不顯示出道德敗壞產生的巨大能量。在貓城這樣的反烏托邦裏，所有的正當秩序、合理倫、符合一般公眾價值觀的東西都被傾覆，失去了意義。這是一種全民性的狂歡，然而這種狂歡是指向悲劇的，不僅敘述對象是悲劇的，敘述人本身也出現了悲觀的色彩，從一個側面也可以看出反烏托邦的持續性。

研究完了晚清科幻小說的反烏托邦敘事，再來看看最新的反烏托邦代表作品韓松的《地鐵》和《高鐵》。《地鐵》和《高鐵》兩部小說先後出版於2011年和2012年。這兩部小說都是以鐵路運輸工具為標題和主體，地鐵和高鐵是城市發展過程中的標誌物，具有共同的特性，同樣是科技發展的產物，是現代運用中的並且高速發展的交通工具，在中國更是被賦予了科技強國、現代化國家的標誌性工程。作為科幻小說的主體，已經出現的地鐵和高鐵本身在技術上已經成為現實，然而韓松將現實存在的事物進行了再創作和加工，讓地鐵和高鐵成為了非現實、具有抽象性和幻想性的主體世界的載體。

韓松在 2006 年接受的一次訪談中提出：「科幻還應該更奇詭一些，更迷亂一些，更陌生化一些，更出人意料一些，更有技術含量一些，更會講故事一些，更有思想性和社會性一些，這樣，就還會不斷吸引新的讀者。」〔註14〕《地鐵》的初稿寫於 2009 年，而高鐵的寫作在 2007 到 2010 年之間。有理由相信，韓松就是秉持上訴的理念來進行《地鐵》和《高鐵》的創作的，除了時間上的證據，更直接的證據是作品中體現出來的情節的支離破碎、語言的陌生化效果、視角的奇特和隱喻的大量使用。韓松希望通過這樣的寫作方式來重獲文學的魅力，吸引更多的讀者。

來概括一下《高鐵》的故事梗概：周原家人在高鐵上，不料發生了重大的交通事故，周原的妻子失蹤了，於是他試圖去探尋真相。竟然發現高鐵是一個人工宇宙。在尋找真相的過程中，周原與女列車員生下了一名男孩周鐵生。周鐵生長大之後，如父親的遭遇類似，經過了艱難險阻後找到了父親。然而周原因為怕兒子的存在影響自己的生存蓄意謀殺兒子，最後卻被兒子一斧頭砍死……情節相當零散和沒有邏輯性，以上是在撥出了許多事件之後勉強形成的一個連串的故事，實際上小說裏沒有給人留下什麼印象的故事，取而代之的是一連串怪誕、詭異、神經、離奇的事件。與一般通俗小說不同的

〔註14〕韓松，《科幻文學期待新的突破》，《文藝報》2006 年 9 月 13 日長篇對話。

做法是，作者並沒有順著讀者的意思，通過閱讀來直接獲得閱讀快感，而是對這種閱讀快感進行了間離的處理。那些事件的描述帶給讀者的直觀感受常常是噁心的，難以接受的——「不知什麼時候，掛上了一隻嵌有男人頭的金屬十字架，跟列車長手握的那東西一模一樣，上面不停地滴淌出腥臭的、白色的漿液。」〔註15〕；「皮球般的大乳房立刻尖叫著噴吐出濃稠的豆漿」〔註16〕；「裏面盛滿了血淋淋的一堆頭顱，是切割下來的，女人的腦袋，一共有十三顆」〔註17〕。這些陰暗的甚至血腥的描寫在《地鐵》中也多有表現比如鮮豔的橡膠黏在滿是褶皺和口水的嘴上；把自己的腸子撕出來吃掉的鯨魚；月臺上擠滿十幾米高的「地鐵之友」菌株；長滿幾十隻眼的怪物和圍繞屍體轉來轉去的鴕鳥。韓松用黑暗格調語言來描述的這些事件，充斥著死亡、潮濕、黏膩、腐爛和金屬的味道。在追求陌生化同時，以波德萊爾在《惡之花》中運用的方式類似，用醜陋的意象來表達美，以醜為美，化醜為美。用通感的方式來加重讀者的感受，將人的視覺，聽覺，嗅覺，味覺，觸覺，感覺等感官雜糅，變換。「空氣中擠滿了早餐奶般的光線。明亮的塵埃像嘔吐物在跳舞。地鐵車站的大門不知什麼時候打開了，兩個像是有著芥蒂的世界又有了溝通。」早餐奶和嘔吐物所具有的視覺、嗅覺的即視感帶到了光線中和塵埃上。早餐奶和嘔吐物的同時出現又加重了嘔吐物本來帶給讀者的噁心感受。這樣極具個人化風格的比喻在《地鐵》和《高鐵》中比比皆是。小說多用第三人稱敘事，人物的視角選擇也頗為特別，充斥著反面的性格，猥瑣、懦弱和背叛。韓松像個屠夫，將人性的醜惡血淋淋的挖出來。隱喻也是小說中多有運用的表達方式，將意義由某事物轉移至另一事物。「玉米一樣熾熱柔軟的肉身」、「尿漬一般的深情」、「天空似癌細胞擴散開來，鮮花噴發出真正淒美的氣息。」「可口可樂焚屍般的藍色火焰。」光怪陸離，晦澀恐怖，由此產生的疏離效果形成了閱讀的阻隔，讀者需要動用腦細胞，強迫自己思考，進行知識的認識、倫理的判斷。阻隔由此成為動力，從與阻隔的摩擦中讀者能代入其中，產生獨有的自我的解讀。這樣豐富的多義性的閱讀體驗和結果是倫理判斷、世界觀、與已知世界相互產生作用而形成的。

　　所以可以說從可讀性上來看，韓松的這兩部作品都不是那麼的「好讀」。

〔註15〕韓松：《高鐵》，新星出版社，2012年版，第133頁。
〔註16〕同上，第258頁。
〔註17〕同上，第298頁。

喜歡的讀者會特別喜歡在這種無數分裂的敘事中跳躍。有些科幻迷用「走火入魔」來形容韓松的高鐵，詭異到極致，意識在飄蕩，文字在肆意的穿梭，隱喻太多而有些看不懂。韓松在《高鐵》的後記中說：我生活在一個文學正在喪失魅力的時代。爲了重獲文學魅力，他在走一個非常獨特的道路。

　　小說中還表現了對科技的焦慮，焦慮表現在多方面，一是科技發展的道路還任重道遠，自然界很多的奧秘還未被探索，需要繼續探索下去。二是科技對社會雙刃劍效應的影響越來越凸顯。三是科技發展的同時卻忽略了文化的精神的發展，人類和宇宙的命運是人類需要探討的永恒主題。

　　在《地鐵》的《自序》中作者說道：「我們現在其實是太歡樂了。至少在我的成長歲月裏，那些偶像般的作家們，並沒有把中國最深的痛，她心靈的巨大裂隙，並及她對抗荒謬的掙扎，乃至她蘇醒過來並繁榮之後，仍然面臨的未來的不確定性，以及她深處的危機，在世界的重重包圍中的慘烈突圍，還有她的兒女們遊蕩不安的靈魂，等等這些，更加眞實地還原出來。」〔註 18〕在《高鐵》的後記中也說到「相比描寫古代的風花雪月和未來的烏托邦，文學藝術更應該表現當下的嚴酷現實」。〔註 19〕他也正是這麼做的，中國的高鐵技術在短短幾十年間發展迅猛，地鐵和高鐵的舒適、快捷和便利，成爲人們出行的重要交通工具，地鐵也就成爲了許多城市交通的重要組成部分。但在某些方面的不足也導致了一些問題的出現。《地鐵》和《高鐵》中通過隱喻表達的中國鐵路發展過程的一些現實問題，比如技術的不全面，鐵道系統的貪腐問題等。文中也有比較多的對於地鐵、高鐵發展的憂慮。如此快速發展的後果，是不是我們就可以建立地下王國，或者高鐵宇宙，在其中的生物會不會發生變異。這些是文學化的表達方式，但也在一定程度上表明由對科技發展的憂慮而產生的寫作小說的內在動力。對科技發展憂慮的科幻小說在科幻小說的比例還是比較大的。一方面是科技發展帶來生活便利等多種好處，一方面是由此帶來的負面效應，比如事故等等。焦慮的體現是多元思想的有效體現，這樣才能更好的未雨綢繆的面對科技發展雙刃劍。

　　技術方面的缺陷是每個科幻作家都特別關注的問題，例如在《地鐵》中

〔註 18〕韓松：《自序：中國人的地鐵狂歡》，《地鐵》，上海人民出版社 2011 年版，第 12 頁。

〔註 19〕韓松：《後記：在迷惘中前行》，《地鐵》，上海人民出版社 2011 年版，第 372 頁。

世界上最大的軌道交通市場在地下形成，億萬人都降入了地窟，他們不再過著祖先千百年來沿襲的生活，而是生活在地下鐵裏，成爲車廂中的居民。在這個自成一體的世界中，科技新成果是能量轉換儀器，還有進化出的「讀心術」，人們不需要動嘴說就能進行交流。這種能量轉換儀將地鐵的能量轉化爲車廂中個人的能量，然而根據能量守恒定律這個顛撲不破的規律，如果轉化成功，最終列車就要因爲能量不夠而停駛。最後就是崩潰，活下去是爲了什麼呢？科技發展的缺陷帶給人類的是什麼呢？這樣的思考在《高鐵》的一開始就產生了。小說開頭周原尋找妻子，碰到一個帶著綳帶的老頭，通過對話，將單純的來找人的目的轉移了，綳帶老頭說「它不是醫院，而是認識世界的地方」，周原接過了老頭的任務，繼續向前的途中已經產生了「爲了探索宇宙」的目的。隨著災難的不斷發生，周原的後代轉世到了另外的列車上，這是一座表面上基於農業社會的桃花源，實際上是僞裝的移動核導彈發射基地。列車經過了一次摧毀，不過一種神秘力量又讓列車得以重建，再次進入無法解脫的命運輪迴。這回，周原的兒子周鐵生成了新的高鐵秘密的找尋者，他和父親一樣試圖找到世界的答案，但仍然是遭遇一路的恐怖和血腥。在小說的最後，高鐵的旅客們發生了內戰，毀滅了車內的所有生命，而列車繼續向前行駛。

　　科技發展無止境，人類對於自身的探究對於宇宙的探索也是無止境的。城市在韓松的筆下是充滿著末日感的意象集合體。變態的生物圈和人物關係，變異的地下鐵和高速鐵路，如幽靈鬼魅般遊走在其中的孤獨而陰暗的主人公。就像在「地鐵」中，你可以去探尋答案，尋找失落的一切，但經過一切之後也許你會發現得到的答案不是你想要的，或者永遠也找不到答案。就像在「高鐵」中，生命在輪迴，問題在循環，人類想要走到適合自己的軌道，但卻永遠都走不出自然設定的軌道，彷彿隨時都面臨末日降臨。這彷彿是對人類的處境的寓言，是韓松個人對於人類的存在，宇宙的命運的思考。工業革命之後技術變革，科技進步帶來的思維、倫理等一系列改變，使人類心靈在這一過程中發生了扭曲、壓縮、拉扯、撕裂，這種過程中的痛苦是隨著現代文明而產生出來的內在矛盾。技術發展的後面是沒有跟上的人文方面的缺陷。科技的進步，人類的情感認知、道德觀念也應該不斷發展、更新。科技越發展，在社會生活中的地位越突出、作用越重要，對傳統道德的衝擊越強烈，反映在倫理觀念上的衝突就越尖銳。

三、新奇性與預見性

科幻小説是關於幻想的文類，有認知邏輯來確認的新奇性的敘事。「認知創新之新奇性是一種整體現象或者是背離作者和隱含讀者的現實規範的關係。」[註20] 每一個具有詩意的隱喻都是一種新奇，科幻小説最會全方位的體現出這樣的新奇性。從最微小的發明比如裝置、技術，到最宏大的背景比如太空、異星，主要人物和作者在所處環境中處於最新的、未知的關係。

新奇性的產生在它對敘事中是很容易被驗證出來的，在認知新奇性的敘事中，需要注意到，科幻小説的敘事不僅僅是包含一種或者是多種科幻要素的故事，科幻小説對於烏托邦的追求，對反烏托邦的恐懼，對未知世界的探尋，是與其他文學類型相似的，而新奇性是其中科幻小説最重要的核心，決定著整個敘事邏輯。

如果說新奇性更多的表現的是脫離現實的敘事原則，那麼預見性就可以說是科幻同現實之間的直接關係了。在八十年代葉永烈關於未來的描繪中已經有而是多項實現，包括可視電話，飛行的汽車等。他認為這是生命中最奇妙的事情，自己在二十多歲時預言過的未來世界生活，正漸漸變成現實。《小靈通漫遊未來》寫於 1961 年，出版於 1987 年，引起少年兒童的極大興趣。此後，在 1984 年和 2000 年續寫，將小靈通形成了完整的書系。作者自己對這部作品的評價是：「中國人第一次對未來世界前景觀望。其他的科幻小説家也有很多作品，但他們只是對其中的一兩項科技作幻想，比如《珊瑚島上的死光》，而《小靈通漫遊未來》完整地勾勒了未來世界的城市和生活。」美好的全面的嚮往的世界。在 2006 年新版本的《小靈通漫遊未來》暨版裡，在開篇列出了一個表格，把書中所寫的已經成為事實的科技發明列了出來，有二十多項。不過這些也都不是平白無故就想出來的，據葉永烈自己的回憶，在寫這本書之前，他曾經在北大圖書館搜集了許多科學界的軼聞，還寫成了一本小冊子《科學珍聞 300 條》。這其中無疑有很多成為了《小靈通漫遊未來》中的素材。一個方式是向前看，追溯過去科幻小説中的科學技術有沒有實現，一個方式是向後看，我們所能暢想的科技。

科幻在幻想的時候並不是沒有依據的，這個很不同於魔幻和奇幻小説，在現有科學技術基礎上的，有邏輯的按發展規律推斷的，加上一點點的想像

[註20] 達科·蘇恩文（加）：《科幻小説變形計》，安徽文藝出版社，2011 年版，第71 頁。

力，往好的方面想，更方便的生活，更合理的設計。

　　現實是想像的出發點，如今的現實世界是紛繁多彩的，古代神話中的天方夜譚在今天可能成爲了普通的現實。嫦娥奔月表現了古人對征服自然的高度想像，而今，我國的登月探測器實現了訪問月球的夢想。神話中的人物，至多不過遨遊海底龍宮，而現今人類的技術已達到古人想像力所沒有達到的大洋深處，我國的蛟龍號載人潛水器深潛達到七千多米，科學工作者們不僅窺探了大洋的奧秘，而且通過機械手臂採集海底的岩石和海底生物樣品。今天人類對自然的認識和改造，超越了古人神話的想像，這也正是科學文明發展的必然結果。由於科幻的創意必然來自於現實，現實的國情和社會氣氛又必然會映像到科幻文學中。中國的科幻小說從早期開始關注當下。我們可以從凡爾納現象來看。凡爾納的作品中關於把科技成果成功應用的著作都被譯成了中文。《八十天環遊地球》在 1900 年出版，《從地球到月球》在 1903 年出版，《地心遊記》在 1906 年出版。此後，凡爾納幾乎所有的作品都被譯介了過來。以至於他成爲中國最爲人熟知的外國科幻作家。與凡爾納不同的是，威爾斯。到 50 年代止，威爾斯的作品大多數發表於雜誌，直到 80 年代中譯本集子才陸續出版。威爾斯與凡爾納受歡迎程度的差別從作品中分析可以看出，凡爾納模式，也就是將未來科技運用於生活中的，在不遠的將來就可以實現的幻想，得到大多中國人的青睞。由此看出，中國的讀者更熱衷於應用和實際，關注在當下，而不是遙遠的問題。在《飛向人馬座》這篇小說的後記中，鄭文光寫到：

　　　　我們盛讚科學，盛讚高度發達的科學帶給人類的輝煌未來；盛
　　讚所有在科學的幫助下勞動人民所創造的一切美好的事物；盛讚千
　　百萬爲實現四化而作出的歷史性的努力。

　　在詹姆斯‧岡恩與帕特里克‧莫非合編的《來自中國的科幻小說》的引言中，吳定柏這樣寫道：「作家們通常前瞻幾十年，而讀者看上去則期待故事中的情景會在他們的有生之年變成現實。在現實基礎上對未來的預測更誘人。當今世界科學家對未來的預測，猶如一個磁石，吸引著人們的注意力。諸如海底開發；生物基因技術；人工智慧等可以預見的科技。中國的科幻小說大凡描繪不遠之將來。2012 年科幻星雲獎主題「科幻照進現實」。當時陳楸帆獲獎作品是《荒潮》，描述了近未來的時代在我們的有生之年就能夠看見的生態破換，族群衝突，人類和機器人並存。韓松《高鐵》開頭描繪了兩車相

撞的場景，像極 2011 年的溫州動車事故。直接從現實出發的想像往往能達到預測未來的功能，韓松說「我當時就覺得這是必然的，發展速度那麼快，很多基礎的事情沒做好，遲早會出事的。」無論是正面的還是負面的未來，科學和幻想的結合把人們引向更爲遙遠的未來，給人以遐想、啓示和力量。但科幻小說的預見性對於科幻小說本身來說是次要的，而且如果強調科幻小說的預見性會迫使科幻小說成爲多種意識形態的推動者，從而縮小了自身發展的道路。因此，雖然在小說中推論出了將來發生的事情是很多作家已經做到的，還是不適宜在小說中進行純粹的推論。

新奇性是歷史範疇的概念，它依託於一定的社會歷史背景，產生於歷史中，由歷史力量決定。具體作品中的新奇性容易消失，但其擁有的另一神秘力量變革，是不那麼容易小說的。科幻小說是現代文明對工業革命和科學革命的產生而做出的反應。對變革不同的態度體現在不同國家的科幻創作中。美國人對變革抱著較爲樂觀的看好的態度，對變革做出的反應也是最正面的，最強烈的。中國因爲歷史悠久，傳統古老，面對變革時也曾經想過把變革思想表現在小說中，但成功的少，而且會帶有悲觀主義的色彩。美國在 19世紀和 20 世紀初，整個社會有著奮發向上的氛圍，人們把科學技術的變革看作是改善人類生存條件的方式而不是將技術變革看成是對他們固有生活方式的威脅。在當今的信息時代，工業化的到來更是威力巨大，與傳統的方式有所不同，但是基本情況不會改變，即科學技術室變革的共計，科幻小說是變革的文學。科幻小說召喚出了人類關注變革所產生的反響和人類變革所產生的效應，並預見未來發展的方向。

第二節　激進與倒退

一、政治化傾向

19、20 世紀之交，可謂多事之秋，是我國歷史上少有的極爲民不聊生的亂世。發生在 1898 年的以救亡圖存爲目的戊戌維新運動是世紀之交震撼中國上上下下的革命之舉。但它不過是曇花一現，政治局面很快又回到那種令人窒息的黑暗狀態。向西方尋求救國眞理的資產階級維新派，依舊沒有找到一條民族振興之路。爲了挽救清廷的覆亡。緩和革命形勢，清政府採納湖廣總督張之洞、直隸總督袁世凱等人的建議，採取君主之憲制。無論是關於維新

派的種種舉措，還是立憲制度的實施，在晚清的小說中都有體現。晚清小說圍繞國家、民族的救亡圖存展開。

1902 年梁啓超的《論小說與群治之關係》在《新小說》創刊號發表，梁啓超將國民性的改造寄希望於小說，「欲新一國之民，不可不新一國之小說」〔註21〕此後，梁的主張得到了吳沃堯的《說小說》、陶曾祐的《論小說之勢力及其影響》等支持，逐漸形成了以文學來施行政治革新的主張，對下層民眾的啓蒙教育是他們工作的重點內容。梁啓超對中國知識分子的影響深遠，李澤厚認為「梁氏所以更加出名，對中國知識分子影像更大，卻主要還是戊戌政變後到 1903 年前梁氏在日本創辦《清議報》、《新民叢報》，撰寫了一系列介紹、鼓吹資產階級社會政治文化道德思想的文章的緣故。」〔註22〕梁氏發表在《新小說》創刊號上的《新中國未來記》開回即描述了 2062 年國運昌盛、中國雄霸世界的美好景觀，接著敘述推回到六十年前的 2002 年，彼時改良和革命兩派的知識分子代表黃克強與李去病正為中國未來前途激烈爭論。儘管《新中國未來記》混合了小說、歷史和政論體寫作，人物和情節均顯蒼白，但梁氏關於中國的未來想像卻或多或少啓發了清末大量科幻小說的出版，包括譯介：如魯迅翻譯的《月界旅行》、《地底旅行》和《造人術》等。光緒 29 年在包天笑《鐵世界》的《譯餘贅言》中寫到：

> 所謂科學小說者，乃文明世界之先導一也。世之不喜讀科學著
> 作者眾矣，而未尚有不喜讀科學小說者，以此乃輸入文明思想之最
> 佳捷徑也！種播此因始獲其果，先有迎爾威尼（今譯凡爾納）所著
> 《海底二萬里》，庶有今日英國學士所制之海底潛行船。……凡此種
> 種，不勝枚舉。嗚呼，余讀迎爾威尼之科學小說，余始覺九萬里大
> 圈之小點，余深恨二十世紀進步之緩也。

晚清政治、軍事上的失敗激起思想界的強烈反應，於是提起文學的經世致用功能，但傳統文學及其研究顯然無法適應這一要求。對思想界而言，軍事上失利的原因很大程度上是傳統文化的黑暗、落後造成的，「師夷長技以制夷」，不僅要從物質技術層面入手，更重要的是改革精神文化。在思想文化層面，最顯著的是兩個方面，科學和文學。就科學而言，資產階級啓蒙思想家

〔註21〕 梁啓超：《論小說與群治之關係》，載郭紹虞《中國歷代文論選》，上海古籍出版社 2001 年版，第 207 頁
〔註22〕 李澤厚：《中國近代思想史論》，天津社會科學院出版社 2003 年版，第 386 頁。

嚴復 1898 年翻譯赫胥黎的《天演論》發表，在這本宣傳達爾文生物進化論的通俗小冊子的翻譯中，嚴復選譯了部分導言和講稿的前半部分。嚴復翻譯此書不盡依原文，而是有選擇地意譯，甚或借題，實際上是一篇政論文，該書認為所有的事情按照「物競天擇」的自然規律變化，聯繫甲午戰爭後民族滅亡後的狀況，向國人發出了與天爭勝、圖強保種的吶喊，指出再不變法將循優勝劣敗之公例而國家滅亡。《天演論》揭示的這一思想，結合介紹達爾文生物進化論及西方哲學思想，是當時中國知識分子的寶藏。發揮救亡圖存成了晚清小說的中心主題。就文學方面具體說來，大量西方作品被譯介過來，文學的創作、評論，等一系列活動成為晚清思想界發泄情感的最佳方式，思想界的有識之士通過這些的文學活動抒發出未能直接表達的政治抱負、社會責任和精神追求。

近代科學小說有著自身突出的文類特點：即受「格致興國」思想的影響帶有濃厚的改良群治的啓蒙色彩。如《新小說》把「哲理科學小說」定義為「專借小說以發明哲學及格致學」。以至於《新世界小說社報》認為「無格致學不可以讀吾新小說」，「無生理學不可以讀吾新小說」。科學小說與格致學、自然科學互為表裏、彼此闡釋。科學小說作家借小說以開通民智、灌輸新知，他們的社會責任感是明確而自覺的。在中國，科幻小說的功能體現在實用價值上而非美學價值上。其目標是旨在用淺顯而有效的語言來創造生動有趣的故事。通常在故事末尾以十分明確的告誡形式來進行道德說教。

晚清科幻小說因其擔負雙重責任——介紹科學知識和啓蒙民智。其在政治的書寫方面有其獨特的情態是建構烏托邦世界。梁啓超《新中國未來記》的誕生適逢其會地契合中國近代知識分子想像現代民族國家的熱情，從而引發了盛極一時的烏托邦敘事風潮。繼梁啓超《新中國未來記》後，《新中國未來記》（梁啓超，1902 年）、《新年夢》（蔡元培，1911 年）、新中國（陸士諤，1910 年）、新紀元（碧荷館主人，1908 年）《未來中國之圖書同盟會》（徐念慈，1906 年）、《未來世界》（春馭，1907 年）、《月球殖民地小說》（荒江釣史，1904 年）等小說也紛紛展開有關「新中國」的烏托邦想像。它們通常在開頭用寓言敘事，塑造了「新中國」的未來形式，這一個鮮明的時代形象不僅是一個獨立、繁榮、強大的帝國，並為世界主持公正和正義、引領世界走向大同盛境的中堅力量。這些科幻小說中直接抒發政治理想，構築心目中的烏托邦。

　　「新中國」不僅需要新國體、新政體的確立，更需要社會建設的主力軍「新民」的崛起與培養，而擔當民族國家未來發展之重任。梁啓超高舉「新民爲今日中國之第一要務」大旗，指出「新民」之「新」需涵括兩層含義：「一曰，淬厲其所本有而新之；二曰，採補其所本無而新之。」作爲國民素質中「所本無」的品質，現代民族國家意識是晚清知識分子樹立「新民」的核心所在。蔡元培在《新年夢》中詳盡地闡述「新民」對於現代民族國家形成的重要性。文中寫自號爲「中國一民」的支那人在甲辰年正月初一做了一場新年夢，夢中展望六十年後「新中國」的諸般情景。小說在陳述「新中國」恢復東三省、消滅各國勢力範圍以及撤去租界三件頭等國事的實現過程後，鄭重指出改造國民「有家無國」的傳統意識是「新中國」成立之要務，即民眾需要樹立團結、堅實、眾志成城的國家意識。誠然，這個說法如今看來不免有些簡單，但敘述者對現代「新民」的自覺意識卻是難能可貴的。「改良小說社」徵文作爲後起的晚清作家陸士諤，充分認識到國民素質的提高對於國家政體改良的重要性，在他有關烏托邦想像的系列小說中，如《新三國》、《新水滸》、《新上海》等，表達了對改造國民性的思考。在描述梁山社會經濟生活方面的改革的小說《新水滸》序言中，陸士諤自述將國民素質納入「新梁山泊」改革大業的寫作意圖：「朝廷有望治之心，編氓乏自治之力，然吾國民程度之有合於立憲國民與否，我正可於吾書驗之。」在全面展開未來中國藍圖的小說《新中國》中，陸士諤刻畫南洋公學的學生蘇漢民將改造國民的理念付諸實踐，他專門發明醫心藥和催醒術，用以整治心性不正的國人，提高國民的心理素質和文化水平，從而奠定富國強民和世界和平的基石。小說幻想立憲四十年後，即 1951 年時「新中國」的盛世景象：法外治權已經收回，警政、路政皆由地方市政廳主持，「馬路中站崗的英捕、印捕皆已不見外國人也十分謙和」；市政建設、郊區開發已取得顯著成效展，電車在街上飛馳不絕，大鐵橋橫跨黃浦江，浦東地區呈現一片興旺發達的景象。當然，鋪敘立憲四十年大祝典的情景，是最能表現作者對未來「新中國」國力強盛的期望的。此時，全世界二十多國會議設立彌兵會並萬國裁判衙門，中國大皇帝被選舉爲彌兵會會長，中國前任外務部尙書、國際學會法學博士夏永昌則爲萬國裁判衙門正裁判官。陸士諤不禁讚歎道：「這眞是盛極了，文明到這般地步，要再進化，恐怕也不能夠了！」還有的作者在作品中表現出了改良國民不怎麼樂觀的看法，吳趼人所著《新石頭記》第二十二回中，賈寶玉初入文明境，

與老少年探討人性改良，說到可用機器測驗人的性質，「性質是文明的。便晶瑩如冰雪；是野蠻的，便渾如煙霧。視其煙霧之濃淡，以別其野蠻之深淺。其有濃黑如墨的，便是不能改良的了。」

這些小說以未來理想政治和理想社會為目的，敘事上多用幻想手法，凝聚著強烈的理想主義和民族國家意識，使小說具有濃厚的時代精英文化色彩。

以新命名的如《新石頭記》、《新紀元》、《新法螺先生譚》，表現出對權利政治的焦慮。《新石頭記》延續曹雪芹《石頭記》中的神話框架，賈寶玉從舊時代夢中醒來變成感時憂國的知識分子，力圖完成「補天」的政治理想。小說前半部專門揭露晚清社會的各種惡弊並予以猛烈諷刺，後半部則描繪先進而文明的「異鄉」文明村，它其實就是現代版的「桃源」烏托邦。而小說結尾寶玉夢到的中國萬國博覽會和世界大同的景象，也幾乎就是梁啟超在《新中國未來記》中預想的「新中國 2062 年」盛況的翻版。這裡需要注意的是前半部分對現實的批判表達了對同時代下政治權利的不滿和焦慮。對於戰爭的幻想更是對當時清政府腐敗無能在戰事方面屢屢挫敗的反向揭露。在碧荷館主人的《新紀元》中，小說描寫繁榮昌盛的未來中國與白種國聯盟之間的一場世界大戰。戰爭發生於 1999 年，起因是中國政府決定改用黃帝紀年並電告同種諸國，這引起白種諸國的極大恐慌，視其為聯絡黃種諸國而爭霸全球的先聲。於是，黃、白種族之間的爭霸之戰爆發。最後，在黃種諸國同仇敵汽的打擊下，白種聯軍全軍覆沒，被迫與中國簽訂屈辱和約。細察和約內容，由各地賠款、設立租界，到河海航權、傳教（孔教）辦學等條款，簡直就是馬關、甲午、辛丑等帝國主義列強強加給清政府一系列不平等條約的副本。文中彌漫著稱雄爭霸、復仇雪恥的民族主義意識。晚清小說家在世紀初所作的種種未來「新中國」形象的預言，急欲擺脫歷史包袱，卻反而印證了中國過去與現在的陰影，從未消失。還有另一種形式的焦慮表現為對當下社會在面對可能發生事件的負面效應。在徐念慈署名「昭文東海覺我戲撰」的《新法螺先生譚》中作品描述了「余」漫遊月球、火星、金星的奇遇，最後落入地中海，乘艦「由印度洋入中國海而至上海」。法螺先生其人，對今日之科學，僅僅滿足於以研究自然各種現象為對象，深不以為然，遂終日沉溺於思考之中。

弔詭的是，「當晚清作家迫不及待地銘刻他們對未來的欲望與理想時，他們預先『消費』或『消耗』了未來。當那神秘的天啟時刻提早降臨，當那渺遠的不可知成為想像的必然，晚清小說家把未來變成了一種鄉愁。他們的預

言作品不是迎向，而是回到未來」。〔註 23〕在烏托邦書寫中，對未來的敘事方式首先表現在晚清作家力圖復興中華的主題上，小說充溢一種復仇雪恨、稱霸全球的民族主義意識。蔡元培的《新年夢》描述在「水底潛行艇」、「空中飛行艇」等先進的科技力量以及強大的人力保障下，新中國大破諸國海陸空聯軍，「與西曆千八年的聯軍破法，還要熱鬧」，一掃當年鴉片戰爭時落後中國受外國列強的欺凌之辱。在此基礎上，漢語也獲得世界公文的至尊地位，「那時候各國聽中國的話，同天語一樣。又添著俄、美兩國的勢力，沒有敢不從的」，字裏行間充滿自豪和快意。同樣，在吳趼人的《新石頭記》第三十八回中，陸軍都督西門子掌在陪同前來參觀文明村的眾人前誇下海口：「其實我們政府要發下號令來吞併各國，不是我說句大話，不消幾時，都可以平定了。」〔註 24〕在陸士諤的小說《新野史曝言》中，征歐大元帥文枉統率五艘「飛艦」降伏歐洲 72 國的情景更是展現「新」中國之大國神威。這種以中華爲世界中心的政治渴望日益膨脹，有礙於民族自我的清醒認知和長足發展。以至於有關「種戰」的敘事成爲當時小說家熱衷的主題之一。奇思妙想在小說中多有體現，在 1910 年《電世界》一文，通過電氣大王這一人物，描繪了宣統一百零二年後，仰仗於他的各類發明物之被運用，在其治理下，出現的一個全部電氣化了的大同世界；在交通方面，有「空中飛船」、「自然電車」、「電翅」；在教育方面，有「光電教育圖像」、「電筒發音機」，在農業方面，有「電犁」、「電氣肥料」等等，以這些豐富的細節，圍繞著主要人物，穿插於情節間而展開故事。例如，電氣大王親自研製發明了電氣槍」，用以殲滅了企圖稱霸世界的「拿破侖十世」之飛行艦隊。又如，其乘坐「海底電船」在太平洋底進行考察，預言日本帝國將沉沒於海底，並闡明其原理後，居民乃遷往大陸。不久，果然，隨著大地震之大爆發，日本列島猶如海市蜃樓，消失在太平洋內，諸如此類等等。最終，電氣大王坐「宇宙船」，遠離地球而去。

二、發展中的轉變

1、從硬科幻到軟科幻

科學分爲「硬科學」和「軟科學」，簡單地說，「硬科學」是自然科學，

〔註 23〕 王德威：《想像中國的方法：歷史‧小說‧敘事》，三聯書店，2003 年版，第
　　　　58 頁。

〔註 24〕 吳趼人：《新石頭記》，中國古籍全錄，http://guji.artx.cn/article/32541.html。

而「軟科學」則更側重社會科學或者說是社會科學和自然科學相結合的一種科學。發表於八十年代的《小靈通漫遊未來》是當時的硬科幻代表作。文章在發表的時候，是經歷了「文革」的人們渴求知識與科學，希望科技改變現狀，發明出更多的科技新產品，讓我們的生活變得更加美好的時代。「小靈通」不負眾望，帶著小朋友對未來世界的憧憬進入「未來市」，乘坐了水陸兩用的氣墊船、像水滴一樣能在空中飛行的汽車和火箭，使用了微型半導體電視電話機、電視手錶，欣賞了有趣的新型電影，品嘗了珍珠一般的米飯，參觀了五光十色的夜景和魔術般的工廠、農場，還有全自動化的學校，體驗了機器人的服務和令人滿意的氣象預報，還有不可思議的器官移植……這些都是對未來科技的預測，以當前的現實來看，當時作品裏的很多預測現在都已經實現。此後的科幻小說逐漸由科學的「物」到科學的「人」，走向「社會」這一維度。80年代葉永烈的《腐蝕》、金濤的《月光島》等以科技為媒介反映社會歷史，90年代星河的《朝聖》、王晉康的《生命之歌》等也表現社會生活的內容，這時的「科學」帶有更廣泛的含義。而到了韓松的《地鐵》，科學處於極度發展的狀態，在高速發展的科技的帶動下，「地鐵」以更快的速度帶著人們在地球旅行，同時也更多地著墨於人們在科技外衣下的生活，工作狀態、婚姻生活、心理情感，由外到內，均有涉及。而「地鐵」這個意象本身，就是自然科學和社會科學的產物，從某種程度來說，它更是社會的。這樣的作品將「硬」科幻的科技成分不露痕跡的融入到故事中，融入到對人性、道德等方面的思考中。

2、從現代派到後現代主義

現代中國科幻小說從誕生之初就在追求屬於自己的現代性，無論是西方翻譯還是本土創作，都是現代化進程的一部分。文學的現代性是很複雜的一個問題，從內容到形式，從主題到思想，都有一定的標尺來衡量。然而，這個標尺卻不是確定的某一個，它存在也不存在。我們無意在此為「現代」或「現代性」作概念界定，只是想說整個20世紀，中國科幻小說都在走現代之路，而且越走越深。到了新世紀，中國科幻小說開始出現後現代的風格，到了《地鐵》，這種後現代特徵更加突出。韓松的「地鐵」世界是一個神秘、靈異的世界，之所以這麼說是因為我們根本就無法準確地把握這個世界到底是什麼。這裡的人是多疑的，物是多義的，世界是混沌不清的，對於文本，我們可以作多重解讀。這個「多重解讀」，不局限於「一千個讀者有一千個哈姆

雷特」般地多視角解讀，而是基於它極度的不確定性。《地鐵》的朦朧晦澀和冷靜犀利給人一種刺骨的寒冷和恐怖，它打破了人類長久以來一直追逐和引以為榮的秩序，它的秩序在於無秩序，一如小說的結構。韓松所描寫的是整個人類的社會和世界，但在閱讀的過程中，我們卻能夠看到作者個人對生活和生命的觀察、感受和思考，我們甚至可以感受到一個任性的作者在用文字宣泄他內心那種確定或不確定、有序或無序的感情。這種後現代的風格是現代的發展和進步，同時在某種意義上也是對現代的解構。

3、從少兒科普到成人化

建國以來，中國的科幻小說就帶有少兒科普的特點。許多作家因為其創作的少兒科幻作品而家喻戶曉，比如八十年代的出版《小靈通漫遊未來》的葉永烈，他尤其為少兒讀者所熟知。葉永烈又率領著眾多科幻作家為小讀者創作了許多優秀的科幻小說，這是「兒童本位」的科幻小說，然而還有很多科幻小說是「非兒童本位」的，是老少咸宜的。然而自20世紀末以來，尤其是新世紀以來，科幻小說由於所涉及的內容和創作風格，越來越遠離少兒讀者。當今科幻小說的主要讀者集中於大學校園和青年這一現狀也能說明這個問題。雖然還有像楊鵬這樣主要從事兒童科幻小說創作的作家，但這畢竟是為數不多的案例，很難改變這種偏離兒童的現狀。可以明確地說，像《地鐵》這樣晦澀難懂、描寫直露的科幻小說是不適宜兒童閱讀的，當然，它本來的讀者定位就不是兒童。這種發展趨勢說明中國科幻小說朝著縱深的方向發展，是一種進步。

科幻文學在大文學體系中還處於邊緣學科，邊緣發展可能會更利於容納吸收新興特質，但也會缺乏處於中心的厚度。面對日新月異而紛繁複雜的現代社會，科幻小說如何去偽存真，吸收更有利與自身發展的因素，還需要仔細地甄別。另外，目前大眾讀者關於科幻的文體分類還不是特別清晰和明確，有時也與「奇幻文學」、「魔幻文學」、「幻想小說」等「糾纏不清」，在這種認識混沌的狀態下，科幻小說自己更應該保持發展的自主性，爭取明確的「身份」，還要防止「後現代思潮的引入而第二次被壓解、削減，成為新的主體缺乏的零件」〔註25〕。

其次，對於內容還要進行多層次、多角度的深度挖掘。科幻小說是向著

〔註25〕吳岩：《中國科幻發展的四個時期》，《科幻文學入門》，福州：福建少年兒童出版社，第219頁。

縱深的方向發展的，然而內容還是以「人」作爲世界的中心展開。文學是人學，把人作爲文學的主體也無可厚非。但是，科幻文學的主體卻不能僅僅是人，因爲它還是反映科學的文學，有了對人的生活和人類命運的呈現和思考，我們是否也應該思考一下如何對影響人類命運的科學及其產物進行人文關懷和終極關懷，如何與它們更好地對話，軟科幻和硬科幻、現代與後現代，它們又該怎樣對話和共生。

三、藝術與技術的斷裂

對於科幻小説，如何看待其「科學性」與「文學性」呢？鄭文光先生認爲，科幻小説中有一對矛盾，即文學性和科學性的矛盾。處理這對矛盾時要小心，否則就可能「小説歸小説，科學歸科學，科學游離於小説之外，文學只是一個華美的裝飾」。科學要素是很重要的事，但科幻小説的文學性也是同樣重要的事情。很多科幻作品被讀者斥爲「點子文學」，就是因爲那些作者往往只有好的「科學」構思，而其中的文學性就沒法恭維了。鄭文光提出的解決辦法是「把整個小説的情節的發展，建築在科學的構思上。也就是說，科學，是貫穿故事發展的一條內在線索」。出於這種認識，他的作品必然帶有濃厚的「硬科幻」氣息。這在《太平洋人》文中的表現非常明顯。作者詳細介紹了捕獲小行星前後的工作，從各個可以想到的方面指出問題，然後解決。整個故事圍繞研究小行星展開，構成情節的因素是一個接一個的問題和答案。

《太平洋人》文中有大量漂亮的細節，從陸家俊下海前做的準備工作，到太空中岩石表面變幻的色澤，到飛船降落後小汽車微微一跳，無不是在一點點地把讀者罩進故事的氛圍中。想到如今的硬科幻創作，總是讓人覺得有那麼一點兒「不夠味」，恐怕就是精彩的細節太少的原因吧。在科幻小説中，情節的緊湊，曲折固然有必要，哲理的深刻也很引人注目，但最容易打動讀者的，恐怕還是細節。作爲天文學家和長期從事科幻創作的作家，鄭文光先生很清楚如何描寫太空中的奇特景色，如何運用細節。

對於科幻小説來說，人物一直很有問題，不是當作者手上的木偶，就是成爲作者思想的傳聲筒。在國內的科幻創作中，甚少有面貌豐滿的人物，正面形象的主人公更是如此。在《太》文中，我們看到了一個比較眞實的人物——陸家俊。他是一個優秀的宇航員，正值宇航生涯的黃金時代，駕駛飛船捕獲了小行星，看來一切都好得不能再好了。然而作者讓主人公陸家俊背上

了深深的心理負擔：8 年前，他的未婚妻方冰死在一次火星沙暴中。這是大自然對他的一次沉重打擊，在以後的宇航員生涯中，每一次完成任務，都像是他對大自然的一次征服。然而在滿足之餘，他對當初自己的鼓動、自己的張皇失措而悔恨不已，隱隱覺得是自己的幼稚導致了悲劇，這使他更努力地工作，結果又越發反襯出當時自己的幼稚。這種悔恨與自責不時齧咬著他的內心，使他在面對肖之慧這個性格與方冰極為相似的姑娘的柔情時猶豫不決，婆婆媽媽，一直處於被動，直至最後還是放棄了肖之慧。這樣一個內心有傷痕的英雄比那些完美的英雄更親切，也就更令人信服。至於肖之慧這個人物，可以說是鄭文光先生同時期作品的一個典型女性形象：聰明、大方、活潑、堅強。當然，由於她懷有的感情，使她在同陸家俊一起時多少露出些患得患失來。小說中的其他人物雖然著墨不多，但都各盡職守，值得一提的是沈局長這個人物。在今天的科幻作品中已經很少出現這種擔任「領導」角色的人物。這是整部作品中很少幾處有時代烙印的地方之一。

　　科幻小說可以反映和塑造文化內涵和其重要性。當我們談論失去了可以解釋起源的元敘事框架，那我們就可以從科幻小說中獲得。科幻小說提供了許多的微小敘事方式，可以讓我們停下來思考。這就不僅僅是如何來解釋科幻小說中的事件和人物。我們就要問，這些小說中是如何表現我們的生活，信仰，和希望的。科幻小說常常面對一些終極問題的追問，哲學的思考是科幻小說能夠樹立其文學性最好的工具，科幻小說的主角可以沒有人，支撐的中心就是哲學問題，終極問題：人的最終歸途在哪、科學與倫理的道德衝突怎麼解決等等。在這些問題中，具體的科幻作品就給出了自己的答卷。在王晉康《類人》中就探討了科學與倫理道德的衝突這一科幻小說永恒的主題。這一主題也只有科幻可能對其進行深刻描述了，傳統文學在這一領域是力有不逮的。《類人》故事講述了在 21 世紀末，人類開始克隆出自己的贗品「類人」，類人與自然人唯一的區別是沒有指紋。類人工廠的總工程師偷偷製造了一個長指紋的類人（後成為人類警察系統的高級警官），由此引發了自然人與類人之間的糾纏不清的恩怨情仇……人類為保護自身的純潔性，殘忍地銷毀犯規的類人，但在「電腦上帝」的干預下，大批具有指紋的類人流向社會，人類的新時期以此開始。小說情節曲折懸妙，科學幻想中充滿濃厚的人性關懷，為克隆人的前景描述了一種充滿意味的可能性。著重探討了在技術成熟之後，人類在道德與科學的衝突面前做出何種選擇。王晉康在討論衝突時，

建構了一個虛擬世界，在那裏科學高度發達，人類終要面對的嚴酷選擇被提前明晰地展示出來，傳統的倫理道德將接受無情的拷問。而有一些作者在他們的作品中，傳統的倫理道德對科學而言是無效的，他們建立了一種新的世界規範，當然這也表現出了對哲學問題另一方面的思考。劉慈欣就是其典型代表，在《天使時代》中，傳統的生命倫理像一支不合腳的舊鞋子，被不屑地踢到一邊；《吞食者》中，機器般冷酷的恐龍在無情揭露了人類道德的虛偽後說：「我們以後有很長的時間相處，有很多的事要談，但不要再從道德的角度談了，在宇宙中，那東西沒意義。」

第三節　建構與超越

　　本節主要探討科幻小說中科學的因素與科幻的關係、科幻小說的科學精神，並聯繫到科幻小說在文明建構和歷史建設中的努力，及科幻小說的生態責任意識。

一、科學精神

　　在如今新人新作頻出的科幻文壇，當人們把目光集中在奇想，集中在科學理論的先鋒領域，集中在人類慣性思維的空白區時，由於急功近利導致的思考不深刻，使作品普遍呈現科技上底氣不足的現象。讀這類作品，雖然也許不錯，但總感覺缺了什麼。但在我讀《太平洋人》文時，又拾回了科幻小說帶給我的特有的對宇宙、對未來的神往。《太平洋人》講述了一個在未來的故事，人類發現一顆小行星將要撞上地球，根據從電腦獲得的結果，這顆小行星是近兩百萬年前從地球上分裂出的碎片。所以，三名宇航員乘飛船出發，把小行星抓回地球研究。當打通小行星的內部空隙時，原始人生活的洞穴被發現，還有兩個窒息了的原始人。在小說的最後，原始人在現代科技的幫助下蘇醒過來，而研究工作還將繼續下去。小說的作者鄭文光是中國著名的科幻作家，被稱爲中國科幻小說之父。代表作包括《火星建設者》、《飛向人馬座》、《戰神的後裔》等。他於 1954 年發表的短篇小說《從地球到火星》，曾在當時掀起過天文學熱潮。

　　《太平洋人》最初發表於天津《新港》雜誌，後收入《鯊魚偵察兵》一書。該文發表後廣受好評，許多著名評論家都給予高度贊揚。考慮到當時的社會環境，我們驚喜地發現，在文中，找不到充斥當時文壇的國際政治鬥爭

和文革後遺症的影響。這使它在今天讀來仍然不會有「過時」的感覺。

　　小說洋溢著樂觀主義精神，鄭文光先生曾這樣寫道：「《飛向人馬座》和《太平洋人》真實地表達了我創造前 20 年的痛苦追求，刻意地表達宇宙與人性的和諧美。我真誠地相信這種美好可以戰勝世間的一切艱難險阻。」有了這種寫作的出發點，作品中創造的未來世界和諧公平，人們共同和大自然或和人類的私欲鬥爭。在這裡，人類社會是作為一個種群出現，而不是供主人公演出的舞臺，只是在很少的時候才以感情的方式影響人物，但一般不影響故事的發展，比如陸家俊、方冰、肖之慧之間微妙的感情糾葛。在大自然面前，人類心裏明白，大自然的規律不可改變，但大自然本身可以改變，可以利用規律，利用自己的智慧使環境適合自己，滿足自己的好奇心，更深刻地瞭解自然。作品中的人物從未懷疑最後的勝利，所要考慮的只是方法。應該說，這是非常經典的科幻小說主導思想。從凡爾納時代起，到後來的蘇聯主流科幻、甚至到阿西莫夫、到克拉克，都浸透著這種思想。對於國內早期科幻小說作家們來說，這是一條規律，和現在的科幻作品的悲觀主義形成鮮明的對比。

　　這種硬科幻的寫作方式使作品具有經典科幻味道的味道，而鄭文光天文學家的學識使他在太空題材上非常自如，避免了硬科幻中最忌諱的科學「硬傷」。而在今天的硬科幻作品中，由於對某領域不夠瞭解或是創作態度不夠認真，導致硬傷頻繁出現，在很大程度上影響了讀者閱讀的興趣。既然是硬科幻小說，不可避免地要關涉到科技「硬塊」的處理。在一篇硬科幻作品中，如何在儘量保持可讀性的同時，把必須讓讀者明白的科學知識講清楚，是作者在創作時必然要面對的問題。鄭文光先生認為「（科學知識）不能像打補釘一樣依附在小說上，而應當浸透到小說裏面去」。

　　在《太平洋人》中，我們可以看到作者是怎麼處理「硬塊」的。大部分情況下，科學知識是在兩個或兩個以上的人在一起時介紹的。這時，一個人扮演講解員的角色，正面解說；另外一人（往往是陸家俊）則一邊傾聽，一邊在關鍵地方提出反對意見或是指出可能的問題，這樣一來就使科學知識的敘述成為爭論，而人們總是喜歡看別人爭論的。在進行表面上學術爭論的同時，作者不失時機地讓陸家俊慢慢產生對女主人公肖之慧的好感，為雙方的感情歷程做準備。如果我們看看鄭文光先生同時期的其他作品，就會發現，這是他一貫喜歡使用的方法，只是很少的幾處地方，作者採用了直接敘述的方式，而且這些地

方都是背景知識，不影響情節的發展。技術在文學文本當中是一個工具性的東西，人性也是一樣。它們都是裝備，而非小說的重點，小說的重點在故事。還有一點很有意思。人性是可以建構的，可以由闡釋者來完成。而技術則來自文本本身。此外，技術這個東西，並不僅僅存在於科學、工程的範圍。人類知識的所有範疇，都存在技術細節。技術只是一種敘事策略，故事的核心最終還是歸於探討人的生存狀態。科幻終究只是一種陌生化手法，它的主角不是技術。哲學是科幻的一個昇華或者是某種學科到了一個極致後必須思考歸中的一個問題。如果科幻一味的是躺在以物理學爲標準的幻想上構造世界的話，那麼就算世界構造的再龐大很多人也會覺得它缺少東西。

科幻確實必須要與技術發生關係，但存在著「並不是必須要發生關係」的精神。一種是我們的想像限制在已定的範圍內，基於現狀的，比如烏托邦的世界。主要是意識形態的、社會的、心理的各種問題。科幻文學的活躍度與科技發達的程度不成正比。比如德國是老牌的工業大國，可是卻沒有其利益與技術緊密相連。

科幻是科技時代的文學。科技無處不在，科幻是現實文學。重要作用是激發想像力。科學基礎上的想像，並不是眞正的科學。科學幻想是在科學依據基礎上進行的推論，是激發人的創造力；而僞科學是生硬的利用科學術語做外皮，爲某種不良目的服務的理論，是別有用心的騙術。

比如一些不可能付諸實踐去驗證的想法，是可以用小說的方式，利用想像力和已知事實的擴散來呈現這些思想的未來，或者是它的價值。很多科學研究和發明都是從科幻作品中得到靈感，比如美國的科幻發達，其科技也發達。優秀的科幻作品和設想促進了科技文明的發展。

二、文明建構與歷史感

以《三體》爲例來闡釋科幻小說中的文明建構和歷史感的建設。宇宙論家史蒂芬・霍金預測人類未來 40 年內將在火星建立移民地。霍金稱：「假如我們不到其他的星系，我們不會找到類似於地球的星球。如果近 100 年內人類不會滅亡，他們也應該可以尋找到宇宙移民地。」未來還未來臨，在劉慈欣《三體》系列小說中，讀者可以提前感受到移民外星球的那場希冀成眞了。

然而，《三體》的一開始就提醒人們，對外星球的響往，帶來的並不一定都是美好的未來，也許是能讓人類滅絕的敵人。《三體》系列有三部，分爲「地

球往事」三部曲之一、黑暗森林和死神永生。《「地球往事」三部曲之一》中最振聾發聵的話是：「縱觀整個人類歷史也是偶然，從石器時代到今天都沒什麼重大變故，真幸運。但既然是幸運，總有結束的一天；現在我告訴你，結束了。」我們在揮霍一切理所應當的精神和物質時，不會想到，下一秒就是滅亡。這是劉慈欣零度式冷靜的宇宙觀讓我們不得不去反思。

　　作者描述的這段歷史夾雜著他所熟悉的真正發生過的歷史——文革，他以一種亦幻亦真的方式來講述，顯得宏大、驚心動魄，透出無奈感和歷史感。文中有這樣一段：一個大人和一個小孩兒站在死於武鬥的紅衛兵墓前，那孩子問大人：他們是烈士嗎？大人說不是；孩子又問：他們是敵人嗎？大人說也不是；孩子再問：那他們是什麼？大人說：是歷史。無論人類歷史是不是偶然的，從反思的角度來說，回顧歷史還是需要我們認真去做的。

　　《「地球往事」三部曲之一》回到過去，從與科幻毫不搭界的文革開始，主人公葉文潔是典型的知識分子家庭的少女。在這個人性醜惡大爆發的環境中經歷了家庭的毀滅，初戀的背叛，以及人類對地球不可逆的破壞。抱著徹底的絕望，逼使她只能逃避，不只是逃避到與世隔絕的機密軍事基地，也使其精神上逃避出人類社會，使她似乎不再站在人類的角度思考，更多是生命角度的思考。人類世界的問題在葉文潔等高等知識分子的眼中是不可救藥的，非得借助外來力量來改造我們的社會。所以，葉文潔按下了發射鍵，通過太陽向宇宙發射恒星級別的電磁波信息。那一刻，她就改變了整個人類的命運，她歷經滄桑顛覆，走向三體組織統帥之路。三體叛軍是人類在得知三體的存在和三體艦隊正飛向地球後地球上出現的組織。葉文潔由於是這一切的開始而成為了精神領袖，但她失去了對這個組織的控制，三體叛軍分成了三派，「降臨派」是激進和偏執的一批，他們對人類社會和人性徹底絕望，就像他們的口號「我們不知道外星文明是什麼樣子，但知道人類」。「拯救派」更接近於人類的宗教，他們希望三體人像上帝真主或神佛一樣來拯救人類，三體對於人類也真像上帝，看不到摸不著，卻能顯示出各種神跡似的事情。第三種「幸存派」最自私，希望現在為三體服務，將來自己的子孫能夠幸存下來。這些叛軍基本上全是人類的各類科學家，精英。他們的絕望與瘋狂有著各種的理性依據，只是角度不同。這是這部作品超越普通科幻的地方，它沒有一個恒定的哲學或價值觀，沒有對錯好壞，正面反面，一切的戲劇的衝突全部來自於觀察角度和角色角度的變化。

　　在小說中，讀者不僅可以看到由文化大革命的背景帶來的歷史感的重現，也有作者精心安排的《三體》遊戲小說。對三體文明的初步介紹是通過「三體」遊戲進行的，並說為了地球人的易於接受，借用了地球人熟知的形式和科學家形象。作者給所有進入遊戲的玩家起了影響人類社會的思想家和科學家的 ID，如周文王、哥白尼、牛頓、秦始皇、愛因斯坦等，這一個個名字的出現伴隨的是那段歷史，那段思想史，那段人類社會在讀者腦海的翻騰，作者用簡便的手法達到了擴展小說深度的目的。

　　馬克思認為：個人是社會的存在物，應當避免把「社會」當作抽象的東西同個人對立起來；反之，社會又是人們交互作用的產物，是各個人藉以生產的社會關係的總和。如果把這個理論放置在全宇宙範圍來看的話，劉慈欣在《三體》中給出的答案是：宇宙間的各星球和生物共同構成了宇宙社會，無論他們互相之間瞭解不瞭解，起到或者起不到作用，都有著必然的聯繫。人類一直在尋找地球外的文明，劉慈欣的逆向思維的出發點：外來文明也許是對人類是有害。將地球位置向太空中發射的葉文潔，在發射後的幾十年間，她一直在思考，這樣做之後的可能性。在地球三體運動中，她發現了與自己理想相悖的地方，她不像伊文斯那樣想徹底滅絕人類，她幻想三體人的到來可以改造人類文明。一些黑暗的東西在她腦海中出現：三體人的到來可能帶來的不是改造而是傷害。這個想法是否有其可能性，如果有人類應該採取什麼要的抵抗方式。葉文潔本身是從社會學的角度去思考外星人的，所以她希望從社會學的角度來進行，於是有一天非常神秘的把要發展宇宙社會學的想法告訴羅輯，希望有人能把事情做下去。《黑暗森林》講的是現代直到兩個世紀之後危機解除這一段時間內的故事。這時可控核聚變已經實現，能源取之不盡用之不竭；地球已經完全沙漠化，人類的生存空間被迫轉向了太空和地底，在地下數千米建立起了龐大的城市；物種滅絕殆盡，糧食靠人工合成獲得；飛行成為最基本的交通方式。這一部所要揭示的和最大的秘密便是宇宙社會學，它也是人類和三體人要價的唯一籌碼。由兩條宇宙公理外加兩個限制條件（猜疑鏈和技術爆炸）推論出來的黑暗森林理論是宇宙社會學的理論核心。宇宙社會學第一公理：生存是文明的第一需要。宇宙社會學第二公理：文明不斷增長和擴張，但宇宙中的物質總量保持不變。此外還有「猜疑鏈」和「技術爆炸」兩個概念——前者的意思接近囚徒困境，後者則是為了說明一個落後文明可以在一夜之間變成先進文明，從而對先進文明構成威脅。劉

慈欣如阿西莫夫創立了機器人三定律一樣，創造出了宇宙社會學公理。本文不討論這套宇宙社會學公理的合理性。至此，在他的小說世界裏，發生的種種事件都要根據這些定律而產生情節的轉移。可以說是宇宙社會學這一構想的存在，支起了《三體》三部曲的後兩部：《黑暗森林》和《死神永生》。

《黑暗森林》上說：「宇宙也曾經光明過，創世大爆炸後不久，一切物質都以光的形式存在，後來宇宙變成了燃燒後的灰燼，才在黑暗中沉澱出重元素並形成了行星和生命。所以，黑暗是生命和文明之母。」〔註26〕因爲宇宙最高速度光速的限制，各個恒星之間的距離是極其遙遠的，所以宇宙之間的通信很困難。無法交流就會產生誤解，一個文明一旦知道了另一個文明的存在，在無法判斷其善惡的情況下出於自我保護的目的就會把它假設爲惡意的，先下手爲強，毀滅對方。假如已經知道對方很弱小，不必害怕對方，還要毀滅它嗎？第二條定律給出了回答，因爲技術的發展是加速的，所以爲了安全起見還是會出手毀滅對方。按照作者的說法，各星際文明就如行走在黑暗森林中的獵人，一旦發現什麼風吹草動，就會先開一槍。以文明的生存需要和資源有限性出發的黑暗森林理論，使人們對於現實世界更加深刻的理解。在三體的黑暗森林理論裏，宇宙的文明間因爲無法判斷「善惡」而互相陷入猜疑怪圈，所以招致毀滅。如果不能保證彼此獨立發展，由一方去毀滅另一方是必須的——宇宙間文明的交流和學習，是同質化的慢毀滅。三體文明與地球文明的交流雖然讓彼此社會都有了各種進步，但同時意味著如此廣漠與不可知的宇宙間，開始出現了趨同的文明。語言與文字，文化與藝術，還有最關鍵的科技，在宇宙文明間是不能被分享的，劉慈欣給出了他的星際文明設定。

在第三部《死神永生》中，整個宇宙圖卷都展開了。宇宙社會的核心在黑暗森林理論。在其他方面，諸如生物的星際間生存、初級社會群體、宇宙生物心理學、宇宙社會制度等方面在小說中也有一定的呈現。死神永生出現了。原來地球及其強大的敵人三體只不過是飄渺宇宙中的一粒塵埃，那些科技龐然大物如歌者一般的生命體對於地球這種孩子不會有任何仁慈，在黑暗森林法則下，赤裸裸的相互毀滅成爲宇宙標準，任何輝煌的藝術、文化、歷史……在宇宙中抵不過一張「小紙條」。

作家對於人類道德、科學之哲學終極問題進行了探討。三體人在與地球的交流中，學會了戰略欺騙，在劍柄（即發射三體人位置的裝置開關）移交

〔註26〕劉慈欣：《三體2黑暗森林》，重慶出版社，2008年版，第422頁。

後發動突然襲擊，黑暗森林威懾失敗，地球陷入危險。整個人類被自己在短暫的黃金時代的價值觀蒙蔽，放棄了一次又一次的生存機會。期間托馬斯·維德在危機紀元初用極為落後的方式送出的將死之人雲天明的大腦被三體人截獲並重造身體，雲天明在三體艦隊中生存下來。所幸三體人在陰謀和情報方面的素質遠遠不如人類，雲天明用僅有的一次和程心聯絡的機會，以極為隱晦的三個童話向地球揭露了維度打擊，光速飛船和光速減慢區域等的信息，但是因為人類可悲的道德觀和對自己技術力量的過度自信，放棄了大規模開發光速飛船逃離太陽系，而是執行「掩體計劃」，即躲在遠地行星後躲避光粒對太陽的摧毀。《死神永生》中有這樣的情節：宇宙航行中，兩支航空艦隊，因為能源的缺失，只能存活一支。在全體船員們面臨著你死我活的情況下，將死的宇宙飛船上的人類心理髮生了什麼樣的異變，將人類心理做的細緻分析是劉慈欣的嘗試，他甚至提出了在這樣異端的情形發生的時候，人類變成了另外的一種生物了，已經是新的物種了。生存環境的變化，引起了心理上的極端變化，從而也導致了生物體根本的變化，經過這樣的互力，人可以發生難以想像的變化。這樣的細節描寫在另一部科幻小說韓松《地鐵》裏面有近乎於變態性質的描寫。然而劉慈欣適可而止，他讓讀者意識到這種改變，意識到改變的可怕性和合理性。來解析一下人物：有點特工作風的托馬斯·維德最有個性，他的觀察力的確很敏銳，他選程心這個「聖母」，來當執劍人，並且預料到程心會出選執劍人呢。托馬斯·維德是看透了人類文明的最根本的本質，那就是不顧一切生存下去，「失去人性，失去很多，失去獸性，失去一切。」這是他對整個三體危機以來人類社會種種表現的觀感，我不得不承認這是有點道理的，人歸根結底還是一群獸，只是我們的智慧促生了「人性」這種東西，在生存面前，至少要保存的是獸性，這不是作者的悲觀看法，而是面對宇宙大背景，那個浩渺天地的敬畏。

所以我覺得無論是政治學、物理學，還是數學、生物學，歸根到底都是在嘗試解釋這個世界。宇宙社會學解釋了這個虛構的世界。《三體》給了我們仰望星空的高尚理由——讓我們重新對宇宙和文明進行思考。重新審視這個我們熟視無睹的天穹，和天穹下艱難前進的文明，還有人性。

三、生態責任意識

科幻小說中的生態責任意識不是從來就有的，它產生於完全正面的對待

生態問題的背景下，隨著生態環境的惡化轉變爲傳統的生態觀，再發展到生態整體論。傳統生態價值觀認爲人的價值高於生態的價值，而生態整體論從生態整體出發，綜合自然和人的價值來處理生態問題。

　　文學是人類精神領域的重要部分，並反映了人類的發展，不論是遠古時代由甲骨文創造的文字還是在如今用電腦敲擊，形式如何改變，人類與文學的關係從它產生的那一刻起，就與人類的生活、環境，一切的一切密切相關，文學就是人類的過去，現在與未來的表達。在生存環境這方面的特殊關照，是文學的一部分，只是這個重點，在 20 世紀 70 年代才被人們所發現與重視起來。生態主義於二戰後誕生於西方，在六、七十年代開始陞溫、逐漸擴大社會影響。現在已經成爲西方社會中的一隻重要力量。「生態批評」這一術語最早出現在 20 世紀 70 年代。1978 年，威廉‧魯克特在《衣阿華州評論》上發表了《文學與生態學：一項生態批評的實驗》。在論文中，他首次提出了「生態批評」概念，這個概念的含義是：「將生態學與生態學概念應用於文學研究，因爲生態學（作爲一門自然科學、一門學科、一種人類視野的基礎）對我們所居住世界的現在與未來的重要意義在我們近年來所有研究中是最重要的。……嘗試探索文學生態學或者通過將生態學概念應用於文學的閱讀、教學與寫作的方法發展一種生態詩學。」〔註 27〕

　　時至今日，文學方面的生態因素是繞不開的話題。對世界重大改變的焦慮和對戰爭的恐懼，對技術理性和工業化發展的不安。科幻文學比其他的諸如市井文學，小資文學要更有感染力、震撼力，我想就在於科幻文學更多的關注這個地球發生的問題，人類面對的擁擠的空間，有毒的濃煙和嘈雜的世界，科幻小說能夠從容地去表達人類與生俱來的原始生命的律動，它們探尋本眞。幾乎從科幻文藝肇始之際，有關於生態的寫作就貫穿其中，隨著時代的變遷，科幻小說中的生態意識是如何一步步產生，這其中包含怎樣的生態倫理將從以下分析中得出結論。

1、生態意識的產生

　　生態責任意識不是一開始就具有的，在 1961 年劉興詩科幻處女作《地下水電站》裏，小說中尋找地下瀑布建造水電站，這正是他在地質工作中產生的科學構想。體現了他的「科幻是科研的繼續」這一風格，以科幻寫科研的

〔註 27〕 Cheryll Glotfelty, Harold Fromm ed.The Ecocriticism Reader: Landmark in Literary Ecology〔C〕.Athens: The University of Georgia, 1996. P107。

延續的一個有關生態的觀念是：人類可以利用所學習到的知識，對大自然進行利用改造，這在他 1962 年所寫的《北方的雲》中有近一步的體現：「我」是北京地區的天氣調度員，可以控制北京地區的晴雨。這時接到了來自遠方的沙漠中的農業試驗站要雨水的任務。距離很遠，而且又是在沙漠中，可謂情況緊急。這個農業試驗站本來用於灌溉試驗中的亞熱帶作物因爲地震，供水系統癱瘓了，只能依靠天氣調度來把雨下到這兒來解決這些亞熱帶作物的缺水問題。工程師們用了很多方法，發現了將氣流吹向沙漠上空的辦法，「我們就這樣，像牧羊人一樣，在高原上空趕著這群奇怪的『羔羊』——氣流，向著北方不斷前進。」〔註 28〕又經過了幾次失敗，「我們既然改變了自然氣流的水分條件，指揮了它的全部運動過程，爲什麼不能根據需要，完全用人工方法製造出一股新的氣流呢？」〔註 29〕改變了氣流的運動還不夠，甚至可以製造出氣流，用完全的人工方式——開動熱核蒸發器群組。製造並驅趕氣流到沙漠上空，完成了整個降雨的任務。在某種意義上這是一個讓人振奮的小說，我們想像著科學的先進，有需要的時候就可以隨意控制晴或雨，甚至可以在自然條件不允許的情況下，這個故事的假設就是反生態的——在內蒙古沙漠上進行亞熱帶作物的試驗種植。人類在沙漠上建立了農業試驗站，還要將人類全知全能的極致擴張到，我們想要哪裏下雨就可以下雨，那麼人類想要地球的哪個地方長何種生物就可以長出來。本文表現的一種人類對自然的控制。這時期的科幻小說家們對科學有完全的正面的思考，相信科學的運用會對人類產生積極的效應。所以大概沒有注意到反生態常識做出來的，追求科技發達帶來的弊端。這種完全正面地對待科技，嚮往科技改變自然的意識在 70 年代的很多科幻小說中也有體現，比如鄭文光在 1979 年寫作的《太平洋人》。《太平洋人》裏，人類發現有一顆小行星將靠近地球，並想將其俘獲加以研究。於是三名宇航員乘飛船出發，把小行星抓回地球進行研究。當打通小行星的內部空洞時，人們發現了兩百萬年前的人類和洞穴。在小說的最後，原始人在現代科技的幫助下蘇醒過來，而研究工作還將繼續下去。小說中人物之口，發出了這樣的感慨「復活了的太平洋人，復活了的女宇航員！……我們這是一個什麼樣的時代啊！」〔註 30〕小說通篇洋溢著科學樂觀

〔註 28〕 劉興詩：《劉興詩卷：美洲來的哥倫布》，人民郵電出版社，2012 年版，第 237 頁。
〔註 29〕 同上，第 241 頁。
〔註 30〕 鄭文光：《鄭文光卷：古廟奇人》，人民郵電出版社，2012 年版，第 160 頁。

主義精神，相信有序，相信人定勝天，相信未來是美好的。鄭文光先生寫到：
「……《飛向人馬座》和《太平洋人》真實地表達了我創造前 20 年的痛苦追
求，刻意地表達宇宙與人性的和諧美。我真誠地相信這種美好可以戰勝世間
的一切艱難險阻。……」這裡所說的「宇宙與人性的和諧美」，從這篇小說中
可以看出是在未來的世界很大程度上消除了國際間的爭端，消除了人與人之
間的明爭暗鬥，消除了社會地位差異造成的分配不公，人們和諧地生活在一
起，共同和大自然或和人類的欲望鬥爭。

　　當時的科幻小說家對待發展是完全正面的心態，報有國家發展的興奮感。
面對自然的態度上，一種是對自然資源的無情掠奪，因為自然資源看上去使人
覺得是無限的可再生資源，所以人類就感覺不到它的寶貴，而對其進行不加計
劃的大量地掠奪和開發；一種是對自然進行無理由的加工和改造，人們生活水
平較低，盲目樂觀的對待發展問題。例如上面提到的沙漠中養作物。

2、傳統生態價值觀

　　20 世紀 60 年代末，西方的工業化國家環境公害事件頻頻發生，引起了國
際社會的廣泛關注。為此，聯合國於 1972 年 6 月在斯德哥爾摩召開聯合國第
一次環境會議，並向中國發出了與會的邀請。中國派出了由國家計委、燃化
部、衛生部和外交部官員共同組成的代表團與會。通過這次會議，參會人員
開始意識到中國也存在環境問題，並得出了中國城市的環境問題不比西方國
家輕，而且在自然生態方面存在的問題遠在西方國家之上的結論。這次會議
到來了認識上的一大轉變，中國環境保護意識也開始覺醒了。從中央到地方，
各級政府開展了更為積極的環保工作。隨著環保事業的高漲，人類生態環境
意識開始覺醒以來。科幻小說中具體闡述生態問題的作品多了起來。

　　在 1981 年《引力的深淵》（《智慧樹》1981 年第二期）中出現了一個典型
的生態主義者形象。小說塑造的人物伊利鑫，是一名科學家，在掌握了真實
的數據和對多年研究科學史和統計學的資料的基礎上，他提出了：「人類的生
存，就其本身而言就是個極其偶而的情況。在長期的發展中，它的生產力將
愈來愈高，而對自然界平衡的破壞將愈來愈嚴重，直至自焚滅亡。為了使其
悲慘的結局不致出現，今天就應該著手製造一種毀滅性武器，消滅全人類，
使歷史的進程繼續下去，演化出更高等的生命來代替人類。」〔註 31〕他研製

〔註31〕葉永烈主編：《中國科幻小說世紀回眸叢書》第四卷，福建少年兒童出版社，
　　　　第 518 頁。

引力波武器，爲了實現消滅全人類這一目標。這是一個反面人物，同時他也是一個典型的生態主義者，基於對自然界保護的初衷，產生了消滅全人類的想法。這是激進的生態主義者，認爲生態的價值高於人的價值。

而傳統的生態觀認爲人類的價值高於生態的價值。傳統的生態價值觀採取一種單向線性思維方式來思考人類和人類之外事物的關係，在這種簡單的思維方式下，人類與其他事物間的關係被限定在了是否有利用價值這個核心上。主客體的思維方式，忽略了作爲主體的人類和作爲客體的自然生態，之間複雜的主客體關係。特別是傳統人類中心主義的價值觀，在片面強調人的主觀能動性的同時，隨意地宰割自然，最終導致了人與自然的分離。這種對價值理解的錯誤以及人類中心主義的狂妄思想，在一定程度上促使了環境問題和環境危機的產生。這時所謂的人與自然的和諧是建立在對大自然的抗爭或是說對大自然的利用上的。這種思想是早期科幻小說的主導思想。體現的是人類中心主義，並沒有從生態整體出發。隨著近代人本主義思潮的崛起，人類中心主義的傾向日益嚴重。越來越多的人類活動，單純爲了更快速或者更有效的達到某種目的，而完全忽視了人類的發展應符合生態整體發展，否則就要破壞生態整體這樣一個規律。人是一個特殊的群體，它既產生於自然又可以利用自然，人類應該如何發展，人的價值應該如何取向就成爲生態系統能否全面發展的一個關鍵，也就成爲自然價值能否真正體現其意義的一個要點。在現代社會，科學至上主義的陰霾時時籠罩著人類，期盼人文精神的回歸成爲人類的心聲。例如韓松的科幻小說《紅色海洋》，幻想了在遙遠的未來人類遭遇核戰爭，致使陸地生態系統完全毀滅。人類只能把海洋改造成紅色海洋，並利用基因工程把自己變成水棲人。小說用的是科幻的形式，卻有著很強的現實性，它呼喚人類在科技發展的同時應該關注生存環境和人文精神。

3、生態整體論

生態和人的價值究竟誰高誰低，在科幻小說家王晉康的作品中，作者給出了自己的回答。他關懷全人類的命運，不分國界、種族，在《生死平衡》、《西奈噩夢》等作品中，我們都能強烈感受到他對於種族主義的不忿和聲討。也正是因爲這種一視同仁的態度，使得他可以擺脫狹隘的偏見，從更廣的角度探討人類的命運。當有些人還在贊美科學進步帶來的舒適生活時，他卻已經看到了這種進步對人類本身的威脅。科學進步的同時給人類帶來了哪些新

的問題，人類是否迷失眞自我？是否會產生道德倫理的衝突？……這些深刻的思考，甚至從人類社會延續到整個生物界。在《蟻生》中，他將宇宙自然界的生靈分爲好幾個層次，微生物、植物、動物分爲不同的層次，各層次的生物共同生活在地球上。他重點描述的螞蟻世界，有自己的語言，有固定的族群。在這些種群內，個體的行爲微不足道，群體的智慧卻大得驚人。自然界讓這些種群生生不息，源遠流長。但是，自然界從來不是完美無缺的，優勝劣汰的是延續基因、生物進化的機制。人類沒有必要用科學技術去剝奪生物存在的多樣性，應當盡力維護其發展的平衡性。不要試圖用蠻力去改造自然，要和大自然和諧相處。他的這些觀點包含了生態整體的觀念。可以說，王晉康的思想是具有前瞻性的。生態批評家利奧波德指出：「與大地和諧相處久好比與朋友和諧相處，你不能只珍愛他的右手而砍掉他的左手。……大地是一個有機體。」〔註32〕在生態問題中，自然價值和人的價值是平衡的兩個方面。只有綜合兩方面價值進行考慮，才能處理好當今出現的諸多生態問題。在新生態價值觀看來，價值是由多重關係組成的系統，由此形成的生態價值觀是一種系統觀，它最本質的特點就是整體性。雖然說人類是自然界創造出來的具有很高價值的物種之一，我們不能否認人類在整個生物圈的地位，但是人類作爲自然界的組成部分，其價值不能大於生態整體的價值。從人類自身出發：人類的生存和發展都有賴於對生態有機整體的維護，人類的價值只有在自覺維護自然整體的價值和促進自然整體進化的過程中才能得到實現。從整個生態出發：人類作爲較高的智慧生物，完全有責任有能力保護生態，促進生態整體價值的提高。人類不能爲了自身利益去破壞生態價值；相反，人類的利益獲取必須服從或從屬於生態整體價值。因爲生態整體價值是實現人類任何價值的基礎。這樣，我們才能最終克服傳統生態價值觀中對價值的偏頗理解以及人類中心主義的失誤，走向人與自然的和諧，環境問題才能得到根本解決。在不逾越生態承受能力和不危害整個生態系統的發展權的前提下，生態整體主義並不否定人類的生存權；生態整體主義與反人類的生態中心理論不同，生態整體主義關注的是以人類和生活在生態系統中的所有物種和全體，主張它們的和諧相處。

　　還有的作家雖然沒有專門針對生態有特別的處理，但在作品中也滲透了關於環保、生命、地球的思考。《光榮與夢想》、《天使時代》說到非洲的環境

〔註32〕王諾：《歐美生態文學》，北京大學出版社，2005 年，第 208 頁。

惡化和污染問題。《地球大炮》則說到大陸環境的枯竭和環境的惡化,到達了人類無法容忍的地步,最終被迫向宇宙空間遷移。作爲一個科幻小說家,劉慈欣的生態視野更加開闊,他的憂慮超出了地球本身的生態環境問題,而是擴大到了整個宇宙空間。宇宙中是否存在著威脅地球的因素,宇宙各星球間是否有著生存的危機,這都是作者思考的問題。《流浪地球》描繪了人類爲逃避太陽過早衰敗而駕駛地球逃離太陽系的場景;在短篇小說《微紀元》裏,人類要在特定安全罩內的生活,爲了適應這種外部環境的改變,人類不得不通過科技的力量將自己縮小。無論是對地球上的生態還是外空間對地球生存環境的影響作家總是充滿了擔憂,這是一種生態主義者的擔憂。

科幻小說中的生態意識從產生開始,經過了一個發生發展完善的過程,科幻小說對生態的關注或多或少給處在生態危機中的人類以啓迪。

第四節　科幻小說題材

科幻小說本身是一種類型文學。具有通俗化、大眾化、平面化、可複製性和可批量生產等特點。科幻涉及的領域極爲廣泛,正因爲如此,對於科幻小說的題材分類研究一直是科幻研究中的一個十分重要的領域。

中國因有著漫長的歷史和古老的文明,我們積累了獨具特色的中國科幻文學大背景和廣泛材料。不管是神話、志怪小說,英雄史詩等都可以與科幻相結合,形成科幻小說的中國風神話與歷史題材。與此同時,西方的各種經典題材:太空科幻、生物和環境、戰爭和武器、歷史科幻、電腦網絡與虛擬現實、大災難和世界末日、超越時空等都在中國科幻中有所展現,尤其是在新生代作家的作品中。

一、人與社會

社會形態和人類自身是注定要發生變化的,我們的社會是什麼樣,在科幻小說裏可以看到,將來是什麼樣子,更可以在科幻小說中其之所以爲科幻小說的更具意義的一面。社會的形態發展是一種進化,在科幻小說中對社會的描述首先要具有邏輯性,任何小說都要遵循的邏輯性問題在科幻小說上,也是必須要遵從的,就連科幻最初的政治小說形態,這裡說的是梁啓超等人所著的政治科幻小說。政治科幻小說的初衷是開啓民智,這在前面已有說過,在進行社會的描述,或者想像的時候,這類政治型科幻小說暢想在科技進步

之後，中國人實現了國富民強的願望。邏輯基本完備，但是在預見性上就差了很多，像是 1923 年葉勁風的《十年後的中國》描寫了，作者想像自己發明了發光器，戰勝了對中國進犯的入侵者，並在十年之後逐步強大的故事。這樣的想像大多沒有什麼科學的根據，只是拋出了個科學上的術語，實際上要表達的是社會政治理想。當然，如今中國真的強大起來了，與其當時那樣的預見性可以說也不存在對應的關係。社會整體是進化的，社會風俗和社會結構在進化，作為社會的成員人類自身和人類所掌握的知識也處在不斷的進化當中。科幻重點關注的題材是這方面的，他們描述變革，描述變革對生活在現實世界裏的人們所產生的影響。

1、社會

認為現代社會是不合理的存在——甚至是一個災難。從各個層面來看，個人生活的腐化、享樂、娛樂化社會；獨裁、傳媒、階級分化的加深；對進化的恐懼，道德淪喪的社會，這些都引起了作家的憂患意識，從而產生悲觀主義的社會寫作。這裡面有一個分支要特別提出的是專家政治論社會想像。在這類小說裏出現世界性政府，或者兩大集團性質國家的組成形式。總之就是存在著一個工業化極端發展的強有力的政府。它是核心，代表著至高無上的權利。而個人是微不足道的存在，人是社會的動物，人存在著異化或者異化的可能性。與此類似的反烏托邦社會想像，常常與反對唯科學的樂觀主義相結合。反烏托邦社會是與理想的烏托邦社會相對立的黑暗的未來社會，對反烏托邦環境的描寫往往有一個轉折的過程，作者先是描繪了一個看似無比美好的世界，繼而揭露出其黑暗的一面。何夕的《禍害萬年在》、《異域》、《六道眾生》等作品都是典型的例子。他筆下的科技異化型災難就是反烏托邦想像：當人類試圖運用科學技術來拯救未來，創造一個理想社會時，往往會釀造出更大的災難，理想的夭折和破滅是他作品中常出現的。「在何夕看來，科技的日益強大也許會使人類無所不能，但是最終還是不能挽回或改變衰落的命運。這無疑構成了一種『科技悲憫主義』」〔註33〕反烏托邦社會，有個基本的論調是技術導致壓迫，一切技術上的發現都被用來對人類進行組織化、集體化、功能化的改造，最終令其喪失人性。所以其在本質上具備了諷刺性預見的能力。與何夕的科技悲憫主義所截然不同的是劉慈欣的技術樂觀主義。

〔註33〕吳岩主編，《科幻文學理論和學科體系建設》，重慶出版社，2008，第 308 頁。

作為一個瘋狂的技術主義者，劉慈欣堅信技術能解決一切的問題。當然這並不意味著他對於技術可能存在缺陷的否認，劉慈欣只是相信隨著科技的進一步發展，這些缺陷終將被一一克服。以小說《地火》為例，講述一個煤礦工人的兒子劉欣成為科學家後立志用汽化煤技術來轉變煤炭工業的生產方式，改變煤礦工人的命運。劉欣引燃地下煤層並使之同水蒸氣接觸，產生一種類似水煤氣的可燃氣體。這樣的方法既降低了成本又改變了煤炭工人地下開採的作業方式，但有著極高的風險，後來果然災難降臨，地火毀滅了整座城市。秉持著科技樂觀主義，在尾聲，劉慈欣以一個一百二十年後初中生的口吻為讀者描述了一個汽化煤技術完全成熟的理想未來社會。

是樂觀還是悲觀，這是一個值得討論的問題。社會結構在變化，道德同樣也在變化。作為社會生活總體框架的道德，是與一定的時期和已定的社會緊密聯繫起來並以此為參照來進行描寫的。探討道德問題在早期的中國科幻中，鮮少見到，而在新時期成為一些作家無意識的寫作願望。科幻文學在許多方面，尤其是在「道德」話題上有著自己的努力。諸如對封建殘餘思想的破除；釋放人類天性，而不是被社會倫理規範所壓抑；對待死亡的觀點；對待宗教的觀點；如何對待戀愛自由等等。

2、科學和技術

科幻文學的一個基本特徵是關於科學與技術的。科學與技術也構成了科幻文學的重要題材。在新生代之前，科學技術在中國的科幻小說中通常是扮演著正面的形象。

從一開始，科學技術一直是科幻故事的基本主題，我們一般將偏向科學技術的一類說成是硬科幻，而把對科技不放在那麼重要的地位，甚至只是一個背景、一個由頭來構成故事，這樣就是軟科幻作品。有些也並不是對科學不感興趣的，這些故事通常表達的是還沒有實現的某種科學前景的假設。這類作品吸引讀者的地方也許不在科技層面，而是科技樂觀主義。早期科幻文學多作為科學題材來介紹給孩子，對科學技術的樂觀態度還是明顯的。張然的《夢遊太陽系》中夢遊太陽、月亮、火星、天王星的種種經歷，介紹各種天文知識。類似的還有鄭文光《第二個月亮》、遲叔昌《奇妙的「生發油」》、于止《失蹤的哥哥》和肖建亨《布克的奇遇》。科學即使偶爾造成一些麻煩，也多是因為被用心險惡的人所利用，例如顧均正的《在北極底下》、《倫敦奇疫》和童恩正的《珊瑚島上的死光》都是講述邪惡力量利用先進科技策劃陰

謀但最終被挫敗的故事。小說裏面也講述到了科技給人類帶來的災難，帶有一定的批判色彩，但科學的美好與邪惡是取決於使用者的，並且由於時代的局限性，老一輩作者在進行創作時往往具有鮮明的立場，使得作品表現爲一種簡單的正邪對立的故事模式，並未對科技與人之間的雙向異化進行深入刻畫分析，科技在這裡只是作爲正邪角逐間的一個道具。

新時期像劉慈欣、王晉康這樣的作家，他們善於將讀者引向一種深入的思考，在技術背後的人類的走向、世界的走向，這些啓發式的思考。這樣的一個走向，表明了科幻文學工作者的更加深入、合理的創作態度。

3、人

科技發展也帶來了人類社會和人的異化。科幻作家們關注人類變化的各種形式，首先是生物層面的，然後是思維層面的。人類的進化畸形、性和性異常、污染問題帶來的變異等等是關於人這一主題的遐想。

（1）人類突變體

首先是人類突變體。新生代科幻作家中也不乏對於被科技異化的人的關注。這些人類突變體往往具有超能力，是繼人類之後並且高級於人類的一種物種。他們或者有心靈感應術、會分身術、可以長生不老等等情況。他們生活在正常人當中，因爲其自身的高級性而導致了被孤立，就如天才的處境是孤獨的一樣。他們的出現引起了周圍人們的敵對和仇恨，突變體被其他人類左右著命運，恐懼、仇恨充斥著他們。

然後是人的自我改造，科學進步帶來的各方面的變化，使得人類有改造自己並能實現改造自己的願望。還有由於環境的變化迫使人類要改造自我，直接把機械裝置連入人體、將人腦與電腦結合或是人腦與人腦的結合。臺灣作家張系國的《超人列傳》就描寫了未被理解的人機合體。王晉康的《亞當回歸》設想了人類植入了生物元件電腦，獲得了比自然大腦高 100 倍的智力。

（2）神話的人

創造出「神話的人」是對古代神話的英雄和神靈的一種重現，運用中國神話中的幻想進行科幻化，最關鍵的是怎樣處理那些怪力亂神。值得欣賞的是，中國作家們並沒有逃避，而是採取改造的方式，將其中的一些人物改造成具有某種特異功能的科學人，例如劉慈欣在《三體》中寫中國古代的帝王

和能人異士；香蝶《奔月》在小說中后羿射日，嫦娥奔月不是簡單的神話傳說，而是智慧生命在地球上的一場戰爭。有些作家就乾脆討論起中國小說中的那些鬼神的功能，如長鋏在《崑崙》中專門討論神力、科學誰是人類發展的出路，神力很虛，卻有自由意志，科學雖實，卻是自由的束縛。在討論中，作家自覺地堅持著科幻小說的底線，表現出了對科幻小說正統性的努力。人類在文明進程中的選擇走的是科技發展而不是巫術。小說通過偃師之口，說出了作者對於科學發展的樂觀和執著。雖然神是比人類更高級的生物，法術是一種高度發展並超乎人類理解的技術，但是只要人類加以努力就一定會超越他們，偃師在西王母等神的代表面前說：「將來我肯定能像神一樣製造出具有自由意志的機器來。」人定勝天，是小說人物的自信，是作者的價值取向，也是科幻精神的體現。

（3）人的滅亡

人類滅亡是末日來臨的後果。末日題材又可分爲天災和人禍兩類。天災的形式多樣，有冰河紀元的到來，地震，火山爆發或綜合的災難性氣候，還有地球資源耗盡。這些題材多少帶來了警示的效應，也常出經典之作，挖掘在末日時期的人性黑暗，是這類題材的閃光之處。那麼人禍就是指由人類實驗導致的病毒傳播，或是物種危機。

當新生代作家的創作日漸成熟，開始駕馭長篇小說時，災難題材成爲了他們不約而同的選擇。這種對科幻災難題材的鍾情在老一輩作家中是很罕見的，體現出了新生代作家對於傳統科幻書寫模式的超越與強烈的憂患。新生代科幻作家進行災難題材的創作既是現實的需求，同時也是科幻作家們的自覺選擇：一方面現實的災難與隱患爲作家提供書寫的題材；另一方面科幻作家主動地由歌頌光明未來轉向書寫憂患，進一步增強了同社會現實的聯繫。從用短篇小說反思暴露具體的技術問題到用長篇小說展示末日尺度災難下的眾聲喧嘩，新生代作家的災難題材寫作形成了一定的規模，具有較強的社會批判性，代表了中國科幻小說的成熟。從前的作家寫世界上最後幾個人的生存狀態，精神狀態，感知那個時代的人是什麼樣的，基調是發人深省的。現在可以看到新生代作家是寫場面擴大，巨大天體撞擊地球、宇宙微生物感染地球物種、臭氧層消失、地磁極倒轉這些宏大場面。在給王晉康的《逃出母宇宙》作序時，劉慈欣對災難的尺度做了這樣的區分「按照災難規模分類的話，大體可以分爲局部災難、文明災難和末日災難。末日災難是災難的頂峰，

在這樣的災難中沒有人能夠活下來，人類作為一個物種將徹底消失。迄今為止，人類社會所遇到的災難絕大部分都是局部災難。」〔註34〕星河的《殘缺的磁痕》〔註35〕，講述在過去的億萬年間地球磁場發生了對此南北大轉換，每次大轉換都會使大批的生物遭受滅族之災，不遠的將來，地球磁場又要變化，人類不會滅亡，但會失去記憶。小說就描寫了地磁逆轉時的宏大景象。王晉康的《生死平衡》〔註36〕講述了濫用抗生素的結果導致瘟疫流行，刻畫了末日級別的災難。除了這些末日級別的災難，新生代作家的其他自然災難書寫也別具特色。韓松的《艾滋病，一種通過空氣傳播的疾病》〔註37〕假想了艾滋病這一絕症在轉變感染方式後給人類社會帶去的混亂；蘇學軍的《火星塵暴》〔註38〕描繪了火星上的自然風貌與可怕的火星塵暴；王晉康的《臨界》針對地震預報的困難提出了新的解決辦法。

但人類滅亡，或者地球滅亡之後，終結了嗎？沒有，作家們進行了更深層次的思考。韓松在《再生磚》中就對災難和人類的關係展開多元化的思考。他將毀滅與重建，死亡與新生，上升到宇宙的高度。顛覆了科幻小說的規範，實現反諷與怪誕等多種風格的組合。

二、外星球和外星人

關於外星球的描述是科幻小說的重大題材之一。對未知世界的探索是作家創造外星球故事的原動力。

從早期的地底旅行、遠洋旅行開始，人們已經不滿足於地球上的探索，作者們就努力讓人們看到了外星球的故事。旅行是直接發現外星球的方式，當然也有通過外星人視角發現地球的。那些外星球的故事，讓我們信以為真。通常他們詳細描述外星球的狀態，及星球間的關係。地球人在外星球將會遇到怎樣的文明碰撞，碰撞肯定存在，對抗也不可避免。描述與外星球生物間的對抗關係是科幻文學常有的，因為如果沒有對抗關係，那麼和平的外星球

〔註34〕劉慈欣：珍貴的末日體驗，王晉康：逃出母宇宙，四川科學技術出版社，2013。

〔註35〕星河，《殘缺的磁痕》，南京：江蘇少年兒童出版社，1997年。

〔註36〕王晉康，《臨界》，選自《王晉康科幻小說精選（卷一）》，四川科技出版社，2006。

〔註37〕韓松，《艾滋病，一種通過空氣傳播的疾病》，選自董仁威、姚海軍主編，《中國科幻名家名作大系韓松卷：看的恐懼》，人民郵電出版社，2012。

〔註38〕蘇學軍，《火星塵暴》，《科幻世界》，1996年11期。

似乎與地球也沒什麼差別了，也不會產生驚險曲折的故事。在關於外星球旅行的科幻文學中，人類將如何處理地球與外星球關係的問題是存在的。首先有沒有考慮這個問題，其次是怎麼考慮這個問題。我們在《三體》中，就看到了「宇宙社會學」的出現，這正是人類文明在宇宙大環境下處在何種狀態的一種想像。

科幻文學從一開始就提出，人類也許不是宇宙中的唯一生命體。爲什麼要塑造外星人？現代科學的背景下提出了人是否是唯一存在的高級生命體的問題。如果高級生命體存在樂觀積極的觀點是假如發現有生命體的存在，人類依然是優秀的存在。這樣的思想下，關於其他生命體的想像什麼醜陋、野蠻、動物化種種，都是用來突出人類的美麗，和智慧。相反，我們無法接受有比我們強大的生命體的存在，那麼我們的生命會受到威脅，比我們高等的生物會像我們對待低等生物一樣對待我們。

在科幻小說裏，以人類作爲對照的主體，對應的他者指的是具有高等智慧和自我意識的一切非人的生命體和非生命體，包括外星人、克隆人、機器人等。需要特別指出的是，高等智慧和自我意識是定義科幻他者的必要條件。諸如蝗災這樣的生物災害，因爲行動者只是遵循生命本能而缺乏一定的自我意識和高等智慧，而不被列入他者入侵型災害中。外星球經常存在一些外星人，或輕微變種的人類。

新生代科幻作家的筆下誕生了許多邪惡狡詐的外星他者形象。韓松的《保護區》〔註39〕裏，步步爲營的小熊星人先是在月球上建立了基地，進而迫使地球人搬遷到南極，最後小熊星人更是要集體移民到地球上來，地球上將再沒有地球人的容身之處，部分地球人將搬遷至小熊星人建立的保護區。韓松沒有寫到面對外星人的入侵時，人類是如何抗爭的。與其說人類的滅亡是因爲他者的入侵，不如說是人類的劣根性導致了自身的滅亡。在小熊星人將地球人遷往保護區時，被選中的人只是爲自己的中選感到慶幸，全然是自私麻木的看客心理。外星人作爲一種未知的存在，它們的善惡無從定論，也許正是由於人性的自私、好戰、貪婪，所以才屢屢刻畫出侵略地球的外星人形象。外星他者的存在就像是一面鏡子，在類似的作品中，新生代作家們試圖通過這面鏡子來反觀自身，批判與反省人自身的缺陷。

〔註39〕選自董仁威、姚海軍主編，《中國科幻名家名作大系韓松卷：看的恐懼》，人民郵電出版社，2012。

　　作家對外星他者的想像跳出了簡單的善惡評判，而是基於生存與進化的角度來書寫人同外星人的交往。在劉慈欣的設定中，生存是文明的第一需要，物競天擇，適者生存。高等文明基於自身生存的需求對低等文明的入侵不能簡單地以道德準則來進行判定。就像狼吃掉兔子卻並不覺得這是不道德的一樣，在宇宙中，道德是沒有意義的東西。「宇宙就是一座黑暗森林，每個文明都是帶槍的獵人，像幽靈般潛行於林間。他必須小心，因為林中到處都有與他一樣潛行的獵人。如果他發現了別的生命，能做的只有一件事：開槍消滅之。在這片森林中，他人就是地獄，就是永恒的威脅，任何暴露自己存在的生命都將很快被消滅。這就是宇宙文明的圖景」〔註40〕

三、時間

1、預測

　　從時間上來看，非現代世界可以簡單分為未來世界和歷史世界。未來世界，講的就是未來發生的事情，這應該是科幻的主力了，基本上除了其他幾類的，都可以放在這個分類裏面了。歷史世界，就是穿越。虛擬現實類，有平行世界、數字世界、異空間還有夢境。

　　關於未來世界的處理有幾種方式，一是作者在編造的故事中只是暗含著時間上是在未來發生的。有著一段距離的未來，但這個未來並未被想像得很遙遠。或者乾脆是可能發生在我們周圍一樣，但是完全是另外一回事，時間的移動是暗含的，作者沒有明確的表達出來，他為了表現一種故事的真實性。在旅行類故事中，奇遇與力求逼真效果之間的抗衡。

　　二是發生在別處的故事，不是發生在將來，而是在別處。預示了今後的科學和技術狀況的可能性，而假設一些其他人所不具備的能力。

　　三是，作者或者故事的敘述者所處的時間明顯處於閱讀時間之後。即不久後所稱的過去了的時期。無論哪種形式，都暗含了一種預測。

　　從時間的尺度來看，科幻小說的環境描寫同樣具有多樣性的特點。借助時間機器，科幻小說自由地穿梭於過去、未來的時空。以《紅色海洋》〔註41〕為例，這是一部關於中國的歷史、現實和未來的長篇科幻小說。小說分為四部，第一部以「我們的現在」為總標題，實則敘述了在遙遠的未來核戰爭毀

〔註40〕劉慈欣，《三體Ⅱ：黑暗森林》，重慶出版社，2008，第446頁。
〔註41〕韓松，《紅色海洋》，上海科學普及出版社，2004年。

滅了陸地生態系統，人類被迫改造自身移居紅色海洋。小說的第二和第三部以「現在」爲支點，逐步回溯了紅色海洋的由來。而最後一部「我們的未來」講述的卻是中國過往的歷史。過去、現實與未來的交錯，小說以其特殊的視角去詮釋歷史，想像未來，甚至賦予時空的轉換以深刻的象徵意義。

劉興詩短篇小說《霧中山傳奇》講述了考古學教授駕駛外星人留下的時間飛行器回到古代考察南方絲路，並向全世界證實了開始於中國成都的南方絲路是融合中西方文化的最古老通道。故事中使用的回溯歷史的「時間旅行」的方式，其實也是科幻小說最經典的敘事模式之一。

2、時間悖論

科學幻想是置於時間維上被人們所理解的。有些作家將時間當作中心題材，甚至是故事的主題。我們對於幻想的真實性，可能性有疑惑，所以在關於時間的旅行上，科幻首先要解決一個技術難題，那就是時間悖論。

1895 年，科幻小說家威爾斯的著作《時間機器》曾給人們帶來關於時間旅行的大膽猜想。這本書被稱爲利用科學進行時空旅行題材科幻小說的開山鼻祖。在當時及以前都會被別人看作「不切實際的幻想」。而 10 年後也就是1905 年，愛因斯坦的狹義相對論的發表，則從科學上把這些幻想變爲了現實。愛因斯坦的狹義相對論首次提出：時間是相對的。並推斷：如果人以接近光速旅行，那麼時間對他來說就會停滯。狹義相對論的理論是可以飛越未來，但是不能回到過去。因爲當在物體接近或等於光速的時候，時間有可能只很慢或者是靜止的，不可能使時光倒流。又過了 10 年也就是 1915 年，愛因斯坦提出廣義相對論，第一次將時間與空間合併在一起了。廣義相對論提出了蟲洞（愛因斯坦羅森橋）的概念。時空隧道是在一個在引力場下能變化的一個東西，當空間折疊之後，空間折疊的兩點中間打開一個洞相通的話，就可能走一個空間的捷徑——蟲洞，這樣如果說愛因斯坦只是在理論上證明飛越未來是可行的。但隨即而來的疑問則很多，比如如果我們回到過去，自己殺死了自己的母親或外婆，那我從何而來？這種混亂的邏輯在科學界中被稱爲「外祖母悖論」〔註42〕。對於「外祖母悖論」，物理界產生了「平行世界」（也叫「平行宇宙」）的說法。這個時候「外祖母悖論」就有了合理的解釋：一個人可以回到過去殺死自己的外祖母，但這將導致世界進入兩個不同的（歷史；

〔註42〕根據百度百科相關資料。

或者說時間線）軌道，一條中有那個人（原先的軌道），而另一條中沒有那個人。根據平行世界的理論，每當記錄下一個觀測結論或者做出一個決定時，就會出現一個道路分支。

由於時間悖論的存在，通常我們認爲由於時間是單向性的，我們無法回到過去，或者說哪怕能夠回到過去，也不能對歷史有任何干涉。「平行宇宙」理論給與我們探討時間複雜問題的根據。柳文揚《一日囚》就以一個時間囚犯的故事，講了時間悖論。文中被處以「一日無期徒刑」的犯人說到：「據說我是第一批被處以時間囚禁的罪人之一。他們還不能瞭解這一技術的全部內涵，我們算是實驗品。」〔註 43〕文中探討了時間囚禁對人的折磨，如此操作的可能性，及被拋入時間循環方式的集中可能等。

〔註43〕原載《科幻世界》2002 年第 11 期。

第三章　大眾傳播

　　本章在借鑒大眾文化理論、編輯學、出版學、傳播學、社會學等跨學科研究方法的基礎上，結合傳統的文學研究方法，將現當代科幻小說的生產與傳播作爲整體加以考察，把文學與媒介的關係放在文化場進行審視，力圖揭示出特定時代文學的媒介力量，剖析科幻文學的生產、傳播和消費問題。科幻傳播所涉及的科幻文化產業包括科幻小說出版、網絡科幻小說、科幻影視、科幻電視劇、科幻美術、科幻廣告、科幻遊戲等。歷史和現實的多種因素促成了新的科幻生產機制和傳播方式的形成，本章從科幻文化產業的發展概況入手，深入探討科幻期刊、網絡科幻、科幻影視劇等科幻大眾傳播的重要組成部分的製作、消費和市場，並試圖揭示它們在塑造中國科幻文學形象的過程中發揮的重要作用。

第一節　科幻文學大眾傳播

　　本節主要從傳播學的角度對我國科幻文學大眾傳播的進行梳理，從傳播者的創作隊伍、科學素養、創作動機、受眾對科幻文化產品的認知態度，科幻文化傳播內容的主題、題材、風格，傳播環境中的文化氛圍，商業氛圍以及政府的政策支持等諸多方面，進行初步的探討。

　　中國科幻文學傳播萌芽已久。十九世紀末，伴隨第一次科學傳播高潮，外國科幻小說被翻譯進來，清末產生了中國第一批科幻小說。文學期刊是早期科幻小說的承載重心。20 世紀 70 年代末到 80 年代初，我國出現了一系列專門的科幻期刊，但到了 80 年代由於對科幻的批判，只暫存了《科學文藝》

一種期刊。現今國內原創作品的出版，也大多依賴在該期刊上的發表。

一、科幻期刊

中國當代科幻期刊始於 1980 年《科學文藝》的創刊，當時與《科學文藝》較為相似的刊物還有北京的《科幻海洋》、天津的《智慧樹》、黑龍江的《科學時代》和《科幻小說報》，這些被稱為中國科幻的「四刊一報」。《科學文藝》為國內原創科幻小說雜誌，百分之八十為原創小說，每期有一到兩篇譯文科幻小說，百分之十是科普或科普類欄目。《科幻海洋》由海洋出版社主辦，是以叢書形式出版的大型科幻雜誌，曾在 81 到 83 年間出過 6 輯。1985 年《科幻海洋》和《智慧樹》相繼停刊，《科學時代》改名為《家庭生活指南》，改變了辦刊方向。中國大陸剩下了隸屬於四川省科協的《科學文藝》一家。

這些期刊的停刊和轉型是由當時的社會歷史背景所決定的。1979 年，國家政策要求每個省的科協都出版一份科普刊物，於是就出現了「四刊一報」。它們是在計劃經濟的大環境下誕生的。到了 1983 年，關於科幻小說的姓「科」姓「文」之爭是科幻小說界的一大打擊。當時的社會主流思潮是把科幻小說作為「科學啟蒙」工具，把「科幻小說」中的「科學」理解得過於實用和狹窄，變成了科學的教條。科幻小說遭遇了嚴重的「合法性」危機。1983 年下半年，新聞出版署更下發了要求各出版社控制出版的文件。自此，中國科幻創作和傳播活動陷入了低谷，各類期刊、圖書都開始遠離甚至拒絕科幻題材作品。「偽科學」曾被用來當作打擊科幻藝術的藉口，科幻期刊的生存遭遇到了體制問題。文學體制是文學在某種社會制度中的運作慣例，話語規範與實現方式，是文學生產、傳播、接受有組織的機制。「文學體制的形成，是眾多決定因素綜合的結果，是整個社會結構及其歷史範疇演繹的產物，意識形態在其中起到了至關重要的決定性作用」〔註 1〕正如特里·伊格爾頓所指出的那樣「文學生產的模式，必須在它與某一社會的一般生產模式及該社會的一般（即非特殊性的文學）意識形態的關係中來加以分析。」而文學生產這一概念正是強調文學的社會化與體制化特徵。中國大陸剩下了隸屬於四川省科協的《科學文藝》一家。從 1984 年 1 月起，主管部門不願再為連年虧損的《科學文藝》撥款，要求雜誌社自負盈虧。於是，從 1984 年開始，整個 80 年代

〔註 1〕 雷蒙·威廉斯（英）：《關鍵詞：文化與社會的詞彙》，劉建基譯，三聯書店，2005 年，第 242、243 頁。

末是雜誌社的艱難時期。此時的雜誌社內部經過改革，人員精簡，留下了楊瀟、譚楷、莫樹清三位文編和向際純一位美編，推舉了楊瀟任主編。楊瀟團結大家共同編輯了幼兒科普書《晚安故事 365》（四卷）、《中學物理圖冊》等十餘種暢銷書，靠發行圖書的贏利來補貼刊物的鉅額虧損，熬過了最為艱難的歲月。沒有了政府的包辦，為探索市場化道路，《科學文藝》於一九八九年改名為《奇談》，想走通俗科幻文學的道路，這時的《科幻世界》在很長一段時間裏仍與以前的《科學文藝》一樣，將讀者定位為成人。但在不斷的摸索中，雜誌社從市場調查和與讀者交流中發現科幻小說的主力讀者是青少年學生。終於，雜誌在 1991 年正式將刊名改為《科幻世界》並沿用至今。《科幻世界》雜誌在當年迎來了自己發展的契機——承辦世界科幻年會。這次國際化年會的成功舉行為中國科幻事業的再次復蘇造足了勢頭。年會前，四川、福建、安徽、湖北等十餘家出版社出版了多種科幻書籍，多年來銷聲匿跡的科幻類圖書、期刊又出現在圖書市場中。《科幻世界》雜誌與中國科幻事業一起進入了求發展的 90 年代。在 1993 年改為面向中學生和大學低年級學生的刊物，取得了銷量上的突破，從 1992 年的 1.5 萬份每月，一躍到 3.2 萬份每月，並在 2000 年達到每月 40 萬份的卓越銷售成績〔註2〕。後又推出《科幻世界‧譯文版》單元為科幻，雙月為奇幻。考慮到大幻想的融合，無法嚴格鑒定科幻還是奇幻的小說越來越多了。

於 1994 年創刊，以啓迪、豐富和培養廣大青少年的想像力、幻想力和創新能力為辦刊宗旨，主要刊發國內外科幻小說、科幻漫畫及科普知識等內容。曾獲山西省一級期刊獎、全國百家期刊閱覽室活動首選刊物等榮譽的《科幻大王》（SF-king）以其豐富的內容、活潑的形式，贏得了全國廣大青少年讀者的青睞。《科幻大王》是中華人民共和國較早有科幻小說與漫畫結合的雜誌。雜誌社總部位於中華人民共和國山西省太原市。每期定價 5 元，國內外公開發行，每月 1 日出版發行。主要通過郵局發行、學校徵訂及少部分二渠道發行，2008 年發行量為每月 5 萬份左右。雜誌讀者對象是全國廣大的青少年，特別是中學生。從 2011 年起，更名為《新科幻》，孕育兩本子刊，分別為《新科幻‧文摘》和《新科幻‧故事》。後者斃稿的情況越來越少，質量上升，可惜發行成問題，晉外基本只能靠網絡訂購。2013 由《新科幻》雜誌組織的第

〔註 2〕 銷售量如此驚人和迅猛的發展也與九九年某期文章與高考話題作文內容吻合有關。

一屆星河杯全國科幻故事大獎賽。

其他期刊,《九州幻想》月刊(以書代刊),前科幻作家主辦的雜誌,潘海天現在已成功過度爲大幻想雜誌,科幻約占百分之二十到四十的比例;《阿飛幻想》月刊(以書代刊),幻想類雜誌,以奇幻爲主,偶爾有科幻出現,其投資人爲老牌科幻作家蘇學軍;《新幻界》資深科幻迷製作的免費 PDF 電子雜誌,按月發稿,且均爲知名作者首發原創稿。

二、科幻影視

上世紀三十年代,美國科幻片《金剛》、《天外天》等在國內上映。隨後陸續出現了大批科幻小說,還有《十三陵水庫暢想曲》、《小太陽》等科幻片拍攝。文革後,伴隨「科學春天」的到來,中國出現了一波科幻文化高潮。《小靈通漫遊未來》發行過三百萬冊。科幻電影、電視劇和廣播劇等均有面世。到了九十年代,隨著開放的深入,中國受眾已基本同步接受國外科幻產品,新一代消費者已經形成。

說到國外科幻產業就不能不提到美國,美國長期佔據全球科幻文化與科幻產業中心地位。各國受眾尤其是青少年不僅熟讀美國的科幻文學,熟識好萊塢的科幻大片,對其中的人物與故事如數家珍,也熟知科幻周邊的動畫、玩具與遊戲。科幻文化對美國科技乃至整個產業發展的貢獻不言而喻,然而更值得關注的是其對全球文化及經濟發展的影響。中國周邊的幾個國家譬如日本、韓國也在各自發展著科幻產業〔註3〕。

科幻影視劇是當今科幻產業中重要的組成。中國第一部電影誕生於 1908年,第一部國產有聲電影公映於 1931 年,有資料可查的中國第一部科幻電影,是拍於在 1938 年上映的《六十年後上海灘》,應該說中國的科幻電影起步並不算遲,好萊塢最早的科幻電影,也不過是 1910 年開始拍攝的《科學怪人》。這部《六十年後的上海灘》在其後只二十餘年。該片由當時兩大笑星韓蘭根,

〔註 3〕 日本的科幻文化與產業形成於上世紀四十年代末。最初來源於美國佔領軍士兵帶去的科幻小說和卡通畫。五十年代日本開始有自己的科幻作家。星新一、小松左京、光懶龍等人支撐起日本的科幻創作。同時,日本開始拍攝本土科幻片《哥斯拉》系列,並持續到 21 世紀。七十年代《日本沉沒》的小說和電影分別創下暢銷書和電影票房記錄。八十年代後,日本科幻卡通開始領先世界市場。1999 年,韓國原創科幻片《迷失的記憶》打開本國科幻市場;從 2005年開始,其《情愛之城》、《漢江怪物》、《龍之戰》、《蒸汽幻想》等,攜其瞄準好萊塢的高水準特技,相繼進入世界包括中國的科幻片與科幻遊戲市場。

殷秀芹出演。可惜沒有找到片源，只能瞭解到電影的故事梗概：兩位公司職員，睡夢中來到 60 年後的上海，在 1998 年由高科技復活，因對未來世界和現代科技的不熟悉，鬧出一些啼笑皆非的滑稽故事。屬於時空穿梭題材，是完全意義上的科幻片。

1952 年的《小太陽》，它於 1963 年公映，上海科教電影製片廠出品，著名演員陳強扮演科學家。該劇描寫中國人爲了增加農作物產量在太空軌道上建造反射鏡即所謂的衛星太陽能發電站的科學故事。雖然這部影片是少兒科幻，但色彩絢麗，風格清新，但該劇的知名度很低，CCTV 的電影頻道在幾年前曾在不引人注意的時間以不引人注意的方式播出過一次，以後就銷聲匿跡了。

幾年之後，北京電影製片廠攝制的《十三陵水庫暢想曲》的出現代表了中國科幻電影的萌芽，電影拍攝於 1958 年，片頭寫著「爲了慶祝國慶九週年，我們 37 天拍攝了這一部藝術片，向黨獻禮」。該片根據田漢同名話劇改編，具有鮮明的時代特色。講未來的十三陵水庫。裏面有無線上網的筆記本與飛船裏的人視頻通話、四季能結各種水果的果樹、癌症能夠治癒、沒有城鄉之分、月球探索完成、單人飛行器、氣象控制、星際載人航天、核能普遍應用、便攜視頻通訊（片中稱爲「有聲傳聲書信」）等等，能在當時想到這些不簡單。可以說當時的電影工作者結合科技知識所做出非常美妙的科學暢想。這部電影的歌曲也是一大特色，並出版了一本《電影十三陵水庫暢想曲歌曲集》，同時還宣傳了「只有共產黨和毛主席才是人民眞正的救星」，顯示了時代的烙印。該片能在網上找到片源。

1959 年香港出現了最早的華語科幻電影《兩傻大鬧太空》和《大冬瓜》，製作都非常粗糙。《兩傻大鬧太空》拍於距離美國航天員登陸月球前 10 年的 1959 年，海報設計以一個機械人和一支火箭最爲吸引。電影的故事是爆竹廠工人張三元與王丁西偷製雷神火箭，引起爆炸。元、西住院期間夢遊太空，在金星遇上怪獸，又在火星向貌似護士林小珠的外星人示愛，繼而受襲……二人病癒出院，獲爆竹廠老闆相邀試放爆竹，結果再度受傷入院。儘管製作粗糙，但意念上的先進前衛，又教人不得不佩服製片家和生意人的生意和科學頭腦。當時的海報宣傳有「最神奇的攝影技術，拍攝成最新奇的電影」、「具娛樂性，有教育味」這樣的宣傳語。

《兩傻大鬧太空》宣傳海報　圖片來源：http://movie.mtime.com/34792/

　　上世紀 70 年代，科幻電影、科幻電視劇、科幻廣播劇等也都有發展，初步展示出科幻藝術特有的多媒體化的特點。這些作品迎合了十年動亂之後，社會各界迫切渴望思想解放的需求。推動了整個社會形成面向科學、面向未來的氣氛。在這一次高潮中，首次在我國形成了一個穩定的科幻迷群體。大量的中國科幻原創作品、國外科幻名著譯本以及逐漸湧入的科幻電影，使得愛好科幻的人可以進行不間斷地欣賞，而只有不間斷的藝術欣賞才能使人真正深入瞭解一門藝術。這些科幻迷中的不少人成了新一代中國科幻事業的主力軍，並為中國科幻的發展奠定了最堅固的基石。

　　上世紀 70 年代末，中國內地公映美國科幻片《未來世界》。片中機器人揭下面具露出密密麻麻的電路的鏡頭令當時的觀眾心驚肉跳。1977 年上映的香港科幻片《生死搏鬥》中，惟一的特技是富翁迅速地衰老，完全由化妝來實現。電影由美國詹姆斯・岡恩代表作《不朽的人》改編。這部小說還曾在美國被改編為電影（1969 年），之後又被拍成每集一小時的連續劇《長生不老》（1970 年）。

　　另外，在上世紀 80 年代初，科幻小說《小靈通漫遊未來》曾經被當時任北京電影製片廠編劇的梁曉聲改編成劇本，交到導演謝添手裏。但最終沒能拍成電影，主要就是因為當時的技術無法表現「飄行車」。1980 年，上海電影製片廠推出了《珊瑚島上的死光》。該片由原小說作者童恩正親自改編，女導演張鴻眉執導，當時已經嶄露頭角的配音演員喬榛出演主人公陳天虹。由於童恩正親自操刀，這部作品的情節和風格與小說原著相去不遠。整部電影無論是風格、敘事手法，還是特技之嚴謹，都可以說是那個時代中國科幻片的代表作。1986 年之後每年都有科幻電影問世，1986 年的《異想天開》，1987年的《錯位》，1988 年的《霹靂貝貝》是這段時間的經典之作，小時候看該片的記憶仍在。貝貝是一個生下來就帶電的孩子，當時對霹靂貝貝的超自然能力非常羨慕。《霹靂貝貝》拍攝時，斯皮爾伯格也推出了他的名作《E.T》，同樣是兒童與外星人的故事，《E.T》花費了 300 萬美元，而《霹靂貝貝》則只用了 47 萬人民幣。但這並不妨礙霹靂貝貝在票房上的成績，並且在中國觀眾中產生的轟動效應。值得一提的是，在影片中出現了幾次的外星人形象是由該片美工完成的，而這位美工就是後來的導演馮小寧——他擔任導演拍攝的第一部電影，也是科幻題材的《大氣層消失》。

　　1988 年還有一部改編自《王府怪影》的《潛影子》。1989 年出現了第一部恐怖科幻片《凶宅美人頭》。1990 年有兩部科幻片：《大氣層的消失》和《魔表》。《大氣層的消失》還榮獲第十一屆金雞獎（1991 年）特別獎。1991 年《熒屏奇遇》，仍是科幻冒險兒童類題材。主角是兩個孩子，與電視熒幕中出現的壞人鬥智鬥勇，最終脫離險境，回到現實世界的故事。

　　上世紀 90 年代的科幻片有：1992 年《毒吻》，1995 年《再生勇士》，1998年《瘋狂的兔子》，2000 年《拯救愛情》，2004 年《追擊 8 月 15》、《絕對計劃》。2005 年《魔比斯環》、《童夢奇緣》。2008 年《長江七號》、《湍流》、《宇宙棉花糖》。其中《宇宙棉花糖》改編自何夕《傷心者》，全片只有 5 分鐘。2009年《機器俠》、2010 年《未來警察》、《全城戒備》和根據柳文楊《一日囚》改編的《神秘日》、2012 年《爆炸性新聞》、《超時空救兵》。2013 年《壞未來》。

　　除了科幻電視劇和電影之外近年來的科幻話劇也經常上演。只不過話劇受眾少，只在小範圍裏傳播。以 2009 年為例，就有《讓我們結婚吧》（北京）、《滿城全是金字塔》（北京），和大型科幻兒童木偶劇《狗狗神探》（成都）等多部科幻話劇登場。演出場次最多的當屬浙江話劇團、浙江兒童藝術劇團創

作的兒童科幻大片《宇宙蛋》。自 2001 年 11 月首演以來，《宇宙蛋》幾易其稿，經過數次大動作的修改，演出場次已達 450 餘場。它的創作理念和主題十分鮮活，非常具有時代感，該劇的舞臺呈現、表演樣式，在目前國內兒童戲劇舞臺上絕無僅有。因爲這部劇，聚集了一批科幻迷，他們參與了浙江話劇團《宇宙蛋》在杭州天堂劇院組織的觀眾見面會。由於這是一群老星戰迷向《星球大戰》致敬的話劇，見面會上專門播放了《星球大戰》，一些做了父親的老星戰迷帶著孩子來追憶自己的少年。從此可以看出科幻產業的帶動效應。

三、其他科幻產業

　　除了影視戲劇作品之外，還有科幻遊戲。科幻遊戲在這裡包括科幻網絡遊戲，和實體的旅遊產品。國產科幻電子游戲項目在最近幾年紛紛亮相。然而一個像樣的電子游戲至少需要三五年的打磨時間。有些項目的準備時間甚至更長。所以在投資方面，一款遊戲怎麼也要上千萬，投資比較大，見效比較慢。這樣就決定了科幻遊戲業在國內的競爭不如其他產業那麼激烈。對科幻遊戲的需求的加大，使得科幻遊戲市場的份額不可小覷。山東聚豐網絡有限公司花了近 3 年時間，完成了 2D 科幻網遊《黑暗鬥士》，以人類與人造基因人互相戰鬥爲背景。據稱科幻背景十分嚴謹。重慶宏信軟件公司推出 3D 科幻網遊《星球計劃》。玩家可以選擇聯邦和帝國兩個陣營，操作機甲進行戰鬥。受嫦娥飛船奔月的激勵，西安紛騰公司與聯眾世界推出科幻網遊「新星際家園」。新版星際家園將是全國首款太空類科幻遊戲。2010 年科幻網遊大片《俠道金剛 ONLINE》震撼登場，故事背景爲近未來世界，機器人叛亂，生化科技突飛猛進，人類將面臨突飛的進化歷程。此作品由久遊網和上海晟世網絡科技有限公司合作傾力打造，使用自主研發的次世代新一代高性能全 3D 遊戲引擎，動用上百名擁有豐富開發經驗的研發人員，歷時數年打造的一款次世代全 3D 科幻 MMORPG 網絡遊戲。這部遊戲廣受好評在於其科幻場景的逼眞效果，場景宏大，畫面精細，色彩華麗，頗具好萊塢大片的氛圍。玩家穿梭在《俠道金剛》的世界中，無論是三角城的設計，還是高科技的樓宇，無論是懸浮的索橋還是空中樓閣，每種建築都融入了高防震、高耐寒的設計理念，三角形的無堅不摧，空中樓閣的便捷移動，都讓人感受蒙上了金屬的面紗的未來世界。該遊戲不但在不同的場景和副本中設置有種類繁多的機械怪獸，機械大俠和現代城市黑幫，也擁有各類伴隨玩家戰鬥的機械類寵物和傭兵，

　　遊戲中也會出現種類繁多的機械金剛，可實現「由玩家操控機械金剛上天入地」，「機械金剛變形戰鬥」等多個應用變形金剛概念的特色玩法，該款遊戲任務體系完備，各類副本種類繁多，規模龐大，包含各類視覺效果突出，流光飄逸的激光劍、激光刀、車載炮等特色兵器在內的武器系統冷熱兵器相間，遠近攻擊效果兼備，構成遊戲的又一大特色。

　　動漫泛指以動畫、漫畫為主要表現形式的各種文化產品，而尤指基於現代信息傳播技術手段的卡通影視、音像製品、電子游戲等動漫新產品。因此與科幻影視既有聯繫也有區別。

　　這裡主要介紹一下近年比較受大眾歡迎的 3D、4D 動畫大片。已在國內各大主題公園播放的 4D 特種電影《生命之種》，是一部架空歷史的科幻片，通過描繪主人公尋找綠色、尋找拯救地球方法的艱辛歷程，暗示了只有和平的綠色地球才是人類的美好家園。《生命之種》在 3D 立體電影基礎上加入環境特效、模擬仿真，通過給觀眾以電影內容聯動的感官刺激，來增強臨場感的效果。在世博會上亮相的兩部 3D 電影《太空俠》、《飛天》，被稱為中國最好的 3D 動畫。實際上中國原來動畫 3D 很少，或者沒有。在這個影片招標的時候，很多比如水晶石等一些大的電影製片廠都來參加招標，但是後來標落在航天 512 所拍的《太空俠》，該片全場 10 分鐘，主角是一隻可愛的太空小玩偶小皮皮，它在衛星製造廠闖下了大禍使衛星受到故障，後又勇敢排除故障拯救了地球上的城市的故事。原來，我們國家的音效一般是 2.1，但是《阿凡達》的音效是 5.1，這個劇場的音效也達到了 5.1，同時分別率達到 2K，這都是世界的頂級水平，無論從分辨率或者音效來講，都是世界一流的水平。再加上一流的團隊，一流的策劃，所以產生了強大的轟動。同時，這個影片在世博會的兩個半月的時間創造了觀影熱潮，有很多觀眾專門就衝片子來，就要看這兩部片子。有成功的科幻動漫大片也有不成功的，例如遼寧電視藝術中心製作的三十集科幻劇預計在 2010 年底完成，可是截止 2014 年 3 月還未能完成。由於種種原因而導致的流產現象在科幻動漫產業界還是屢見不鮮的。總的來說目前我國動漫產業尚未發展起來，動畫公司製作高水準動畫的成本太大，回報太低，難出精品。

　　科幻旅遊，是以科幻為題材的主題公園，或者臨時性的旅遊項目。這些科幻項目多是參與性的，如進入太空倉體驗飛行，或者放映科幻色彩的立體電影。在科幻旅遊方面，最早於 1996 年就有個叫「科幻宮」的旅遊項目出現

在河南臨潁縣。後來還有大連老虎灘公園科幻宮，揚州、鎮江、北京昌平縣等處的科幻宮。少林寺外面曾經有所科幻宮，與少林寺綁在一起售套票，現已拆除。1998 年深圳建立過高科技體驗主題公園「未來時代」，如今的歡樂谷卡通城也包括科幻內容，方特娛樂公司也擬在深圳建造科幻連鎖樂園。除此之外，最近十幾年全國主要城市紛紛建設科技館，有的就包含科幻項目。廣州市科技館、南京科技館、上海科技館都有這類項目。2006 年，科幻旅遊突然升級換代，不再是名不正言不順的小打小鬧。長春市搞出一個影視城，號稱「國內最為標準的科幻旅遊主題園」，佔地多達 100 萬平方米。該科幻旅遊主題園的投資回報率高，到 2008 年，該影視城的營業額就已經超過兩億元。重慶金源方特科幻公園也於 2008 年完工納客。投資高達 2 點 3 億元，估計年收入也在億元。而且該公園裏面的項目多為自有知識產權。主辦方準備以此為資本，在全國各大城市與當地商家搞連鎖經營。天津已經出現了一個規模較小的方特科幻公園。除了這些固定的主題公園，2007 年暑假成都還舉辦了「國際科幻周」，這是一個嘉年華性質的臨時科幻旅遊項目。廣州長隆歡樂公園曾在十一期間出現了臨時性的科幻旅遊項目：在四維影院裏放映一部叫《恐龍天劫》的短片。南京市 2008 年原本有計劃在浦口珍珠泉風景區打造「海洋太空公園」，總投資高達 4.2 億元。包括海洋科技館、海洋風情街、太空植物園、太空體驗區等項目。不過直至 2014 年初還未開工，如果能建成，將是國內最大的科幻公園。經濟學家曾經預測，最近國內將有第二輪主題公園興建潮。這些科幻公園的投資額或者營業額是什麼概念呢？論投資，每座科幻公園都相當於一部所謂國產大片。論收入，全國所有科幻出版物年銷售只有幾千萬。科幻公園一張門票可以買二十本科幻雜誌。所以，要說科幻旅遊是目前中國最大的科幻市場絕不為過。只不過這個市場還局限於所在城市本地消費，影響力亟待擴大。

　　網上科幻論壇是網絡時代科幻愛好者們集合的天地。出現過和還存在的科幻論壇有飛翔科幻網，百度貼吧的科幻吧，星際之門，科幻中國，幻想在線，迷幻湯，和豆瓣上的科幻小組。這些科幻論壇各具特色。飛翔網收錄科幻相關劇集，將科幻劇集分為：星際之門、遠古入侵、危機邊緣、V 星入侵、星際迷航、梅林傳奇、異星庇護所、吸血鬼日記、科學頻道（Discovery）和其他類劇集。迷幻湯上的文章比較老，偏重學術風。幻想在線是《科幻世界》雜誌社主辦的網站，主要宣傳其出版的圖書、雜誌和數字出版物。豆瓣上關

於科幻的小組有三百多個，學術型和搞怪型兼具。

下面談談兩大科幻產業重鎮：成都和深圳。作為新興的文化產業，科幻產業越來越受到社會的關注。成都的科幻底蘊深厚，科幻產業發展潛力巨大。科幻產業在中國發展迅猛，中國科幻產業的高地絕對在成都。這裡不僅有中國發行量最大的科幻期刊《科幻世界》、有中國科幻文學最高獎科幻銀河也是中國科幻文學界的唯一大獎，該獎始於 1986 年，是代表中國科幻整體水平的最高獎項。20 多年來，「銀河獎」發掘了一大批新型的科幻作家，培養了王晉康、劉慈欣、何宏偉等多名實力派作家，引領了中國幻想文學的發展潮流。更有數以萬計的科幻迷大軍，這本有著 31 年歷史的科幻雜誌培育了眾多科幻作者和科幻迷，一次科幻盛會 3 萬人參加雜誌社著力培育科幻文學後備力量，推廣本土科幻作家，更有動漫影視公司打造科幻題材影視作品。科幻文學、科幻影視、科幻遊戲、科幻主題樂園以及科幻會展等科幻產業正在成都齊頭並進地發展。2010 年，《科幻世界》雜誌社與日本科幻類期刊合作，在日本期刊上推出中國的科幻作家，輸出本土科幻品牌；另一方面，該雜誌還為北京、上海等影視公司輸送科幻劇本，為科幻影視「充電」。每年在成都舉辦一次的科幻「銀河獎」也將有望成為全國重要的科幻會展活動。值得一提的是，成都一影視公司投拍的《幻之城》是中國西部第一部以科幻為主要題材的系列連續劇，其故事風格類似於時下流行的美劇。該劇還獲得了 700 萬元風險投資。成都的動漫公司也將科幻題材的動漫遊戲作為重點開拓的發展領域。此外，成都還將有望建起與歐洲科幻主題樂園「未來世界」類似的科幻主題樂園。

深圳也具備發展科幻文化與產業的優勢。作為國內經濟社會相對發達和居民文化素質較高的城市，深圳有著巨大的潛在文化市場和科幻產品有效需求；作為全國首家經濟特區和改革開放前沿，深圳培養起了一種適合科幻文化和創意產業發展的人文氛圍及制度環境；作為國內高新技術產業和高端服務業發展重鎮，深圳具備科幻文化和產業發展的良好物質技術基礎與條件；尤其是作為一個以科技和文化立市的城市，深圳較早涉足科幻創意文化，已經形成了一定的科幻產業基礎和比較完整的科幻產業鏈。在科幻文學方面，深圳海天出版社彙集了一批國內一流的原創科幻小說。在科幻影視方面，一批深圳科幻動漫業者已經或正在製作《小夫子奇域大冒險》、《夢華傳奇》、《麒麟博士》、《玩轉迷宮》、《神遊天下》等卡通影視產品。在科幻遊戲方面，深

圳南天門擬境科技製作出科幻背景的遊戲《幻境遊學》，深圳數字魚公司製作出手機科幻遊戲《再生俠終極之戰》等。科幻文化甚至已經滲透到各行各業和民間，如深圳市一家名爲「LIPS」的酒吧以宇宙空間站爲內部裝飾，被稱爲科幻酒吧。

當前我國科幻文化傳播的產業特點是有了一定的發展基礎，但是從總體上看，我國科幻產業的成熟度還比較低，仍然處於萌芽狀態。2013 首屆中國科幻產業論壇由中國科協責成中國科技新聞學會主辦、四川省科協承辦的這屆論壇以「走進科幻產業時代」爲主題，邀請 200 餘位來自不同領域的專家學者和相關企業運營者，共同就全球發展態勢和中國科幻產業發展路徑進行探討。專家學者呼籲以產業眼光看待科幻，將中國科幻打造成創意文化產業。中國科幻產業消費市場巨大，但主要被進口科幻產品壟斷。作爲科幻產業基礎的科幻出版還不夠發達，優秀的科幻作品匱乏，科幻創作人才嚴重不足。科幻出版物數量不少，但原創作品不多。中國科幻產業鏈和產業體系還很不完善，科幻產業的不同環節之間缺乏有效的關聯與合作，科幻創意內容在向動漫、影視、遊戲等物質產品的轉化過程中，還未達到可觀的效益和規模。產品形態單調，發育不足。科幻產業的戰略價值在國家層面上尚缺乏充分的認識和重視。科幻產業沒有納入國家的產業發展規劃，也沒有對科幻產業發展有針對性的制度安排和政策設計。對科幻產業的認識模糊，定位不清。

目前我國經濟正面臨轉型壓力，科幻產業能否順利發展壯大，也是轉型成功與否的重要指標。科幻是流行文化的重要組成部分，既具有科學屬性，又具有藝術屬性，從某種意義上說，科幻比科學更精彩、更有魅力。科幻產業的生命力在於想像，也就是創意，所以科幻產業是創意產業的一部分，是文化產業和創意產業的交集。作爲創意產業之一的科幻產業，其發展的空間極爲廣闊，僅以美國科幻大片《阿凡達》爲例，它創造的產值即可達 24 億美元之巨，大大超過了我國本土電影一年的總票房。不僅僅是我們的創意產業需要科幻。美國未來學家阿爾文·托夫勒曾說，一個快速變化的社會，人們必會將目光轉向未來。中國正處於這樣的快速變化中，我們需要科幻小說爲我們提供海量的未來圖景，讓我們做好心理準備，迎接撲面而至的未來。

中國科幻繁榮的希望不在作者身上，而在市場經營者那裏。科幻文學是一種大眾文學，評價一個國家的科幻文學，只從文學角度是不全面的，甚至是捨本求末的，必須看市場的繁榮程度。幾乎所有的世界科幻經典，當初甚至到今

天都是暢銷書，可以說，市場的繁榮是一個國家科幻文學發達的主要標誌。中國與西方科幻的主要差距就在市場方面，而這方面的進步，比文學創作方面要難得多。劉慈欣算是最暢銷的科幻作家了，但是很多科幻圈以外的讀者並不知道他的存在，在科幻圈被奉為經典的劉慈欣《三體》三部曲在書店裏也會買不到。基於這樣的現象，可以看出目前科幻市場還是太小，讀者的圈子也比較封閉。只有發展好了市場，高水平的作家和作品才能自然地出現。市場是包括科幻在內的大眾文學繁榮的唯一途徑。我們現在還缺少以科幻為核心競爭力的企業和致力於科幻事業發展的企業家。目前科幻和商業的結合不夠緊密，中國科幻的長足發展，不能單純依靠幾個雜誌社和出版社，也不能單純依靠幾個科幻小說家，最根本的出路是依靠一批專業做科幻，且具有贏利能力的企業。現在再分析一下當前的科幻文化出版界企業家們的處境。當下的文化出版商人，無法擺脫官員的干擾，他們根本做不到面向市場完全自主經營。眾所周知，以前中國的科幻企業過份依賴國有資本的支撐和投入，然而國有企業的活力低下是有目共睹的。主管部門的領導們也大多只懂官道不懂科幻，更有甚者，主管領導和報刊雜誌社領導走馬燈一般說換就換，所以這些企業的經營發展沒有長遠規劃也談不上任何連續性。在筆者看來，在當前形勢下，如果要改變科幻產業現狀需要大力發展非國有制的科幻企業。

　　目前，國內不少科幻佳作已達世界水平，但由於缺少完善的產業鏈，這些作品影響力依然不大，難以受到其他精品文學一樣的待遇。這也導致國內的科幻小說創作隊伍小而幾乎沒有大腕級作家，劉慈欣和王晉康、韓松被認為是國內目前較出名的科幻作家，除此之外便罕有因科幻文學成名的作家。完善產業鏈，帶動作家、作品發展，是科幻文學發展的主要任務。在推進科幻產業的發展上，重構產業鏈，需要完善現代科幻產業系統的結構框架、運行機制、激勵手段，將各個環節緊密地整合起來。建立科幻產業公共服務平臺。中國科幻產業的公共服務平臺，至少應該包括科幻產業研究基地、科幻產業聯盟、科幻產業交流機制、科幻產業支持機制、科幻產業促進機制等組織機制。通過論壇凝聚眾多專家、學者和企業家的智慧、經驗，推動中國科幻產業的繁榮和發展。

　　中國的科幻產業還處於初級發展階段，但發展迅猛，大有可為。美國的科幻產業鏈條是從科幻期刊、科幻暢銷書到科幻影視、科幻周邊產品一路發展而來，而中國的科幻產業也正在沿著這種模式快速發展，美國的科幻產業

發展模式，值得中國的科幻產業借鑒。加強對科幻產業的理論與政策研究；動員組織更多的科技人員投入到科幻產業發展中來；三要抓緊培養發展科幻產業所需的複合型人才。科幻文學是科幻創意的源泉，也是目前整個科幻產業鏈的薄弱鏈。因此不僅要培養一批有實力的本土科幻作家，還需廣泛聯絡國內外科幻創作大師，形成全國科幻作品的彙集、出版、傳播、轉化的產業鏈。

第二節　網絡科幻小說

我們一般說網絡科幻小說，有很多看起來不僅僅是科幻小說，而是集合了玄幻、魔幻等元素的綜合性小說。實際上挖掘其內核，就可以看出，如果從是否具有建構與讀者所處世界不同的文化話語形式這點出發，網絡科幻小說是科幻小說。網絡科幻小說一般不屬於科普類，主要屬於建構類和推測類。建構類是從現有的科學知識出發描繪與現實世界具有差異性的另外的世界。這種類型作品有我吃西紅柿的《吞噬星空》、貓膩的《間客》等。推測類的作品更多，諸如 zhttty 的《大宇宙時代》、天下飄火的《黑暗血時代》等。

網絡科幻小說作為網絡小說的一個分類，自然具有網絡小說的一般特性。從發生上來說，由於網絡這一傳播媒介所具有的自由化、娛樂化、隱私性、多元化等特點，網絡寫作也具有相應的特點。科幻小說具有想像力豐富的特點，自然成為網絡小說創作的熱門文類。創作網絡科幻小說的作者多為80後、90後，他們的創作動機多為情感的宣泄。作為青少年，他們有一些情感上的需求，諸如在成長中面對周遭環境產生的心理上的反抗和叛逆通過寫作的方式釋放出來：以一個主人公為主體，構建一個想像中的科幻世界，或者在網絡上編織一個科幻的夢境，將自己的願望在科幻世界中實現。網絡給他們實現自我價值的虛擬平臺。紙質小說難做到和讀者的即時的交互性溝通，讀者一般都是在小說完全完成之後，也就是在出版之後才能對小說的好壞進行反饋。網絡小說在創作環節中，就受到了評論和互動的影響，那些編織的科幻境界和主人公人生價值的實現過程每前行一步都與讀者產生了互動，作者獲得心理上的滿足，作品寫得更加神采飛揚。無論是情感實現還是想像空間，網絡都對科幻小說的創作有著很強的適應性，自然也就會催生出更多的網絡科幻小說作品。

一、文本特徵

　　點擊率是網絡小說的生命源，為獲取更高的點擊率首先要吸引讀者眼球，出奇制勝。新奇性正是網絡科幻小說最為特出的特徵。網絡科幻小說的新奇性首先表現在其元素的多樣性。網絡小說有著奇幻、魔幻、玄幻、懸疑等文類，這些文類各有美學上的所長，網絡科幻小說常常將這些文類的美學特徵與科幻元素結合在一起，形成超級的想像空間，充滿著令人匪夷所思的新奇性。比如方想的《師士傳說》，這是一部機甲類網絡科幻小說，是將科幻與玄幻相結合的代表作。故事背景發生在大航天時代，核能、離子、電磁、超導……所有代表當前人類空間軍事技術尖端、以及未來發展趨勢的多種元素被應用其中。主人公是一個偶然擁有了超級智慧光甲的少年。在成長的過程中，主人公的升級與各項戰鬥，帶有玄學因子，也就是建立在玄想基礎上的幻想。我愛吃西紅柿的《吞噬星空》也是一例，它也不同於傳統的科幻小說，實質是網絡玄幻小說升級，只是披上了科幻的外衣。這本書裏的星際世界，其實還是一個修真玄幻世界。還有網絡科幻小說被賦予了神魔色彩，像遠瞳的《異常生物見聞錄》是將科幻與魔幻相結合的例子。小說的人物設定就體現了魔幻的趨勢，南宮八月是混血獵魔人，薇薇安是血族、劉莉莉是狼人，故事講述了關於獵魔人、海妖、異類等不同族類間的鬥爭。網絡科幻小說將科學幻想與其他多種元素合力，出現更為新奇大膽的故事，達到使小說更加吸引人的目的。

　　網絡科幻小說具有烏托邦敘事的特性。網絡科幻小說的烏托邦敘事與現實關係密切，這種「烏托邦衝動的表達已經盡可能接近了現實的世界，而沒有轉入某種有意識的烏托邦構想，也沒有進入另一種我們所說的烏托邦計劃和實現的發展的軌道。」﹝註4﹞網絡科幻小說不是要建立一個有別於現實世界的科幻世界，而是用科幻想像表現出對作者身處其中的現實社會的不滿，是「盡可能接近了的現實世界」。這個特性在一些遊戲升級類型的網絡科幻小說中多有體現，例如我吃西紅柿的《吞噬星空》，作者設置了一個有別於我們現如今的地球生活圈。在書中，人物角色的地位尊卑按照武力高低分為武者、準武者之類。儘管全書的內容完全建立於虛構的基礎之上，但是小說中的虛構場景和社會的構建讀之卻似曾相似，那就是以讀書成績劃分等級的高三小

﹝註 4﹞　《閒客》，http://read.qidian.com/BookReader/LPOxPd7I_NE1.aspx。

社會的變形。在這個虛構的世界裏，主人公仍要爲了家人而奮鬥、與朋友之間進行爭鬥或者合作，這是一個少年努力勤奮堅強成長的勵志故事，最後男女主人公獲得圓滿大結局。與紙質科幻小說常常表現的反烏托邦主題不同，網絡科幻小說似乎由於在幻想上的無拘無束，而容易產生無所不能的假象，實際上小說只是作者對個體生活進行了非同尋常的超越，是自我現實生活的想像再現。網絡科幻小說是個體現實敘事的烏托邦化，故事背景是在似乎將來可以達到的一個科技狀態下的，是現實日常生活給與一定的科學上的升級，然後在一個類似遊戲模式裏開始主人公的故事，這樣的敘事形式是網絡科幻小說一個常見套路。

在處理幻想與科技的關係上，紙質科幻小說有自覺地想像限制，網絡科幻小說由於網絡平臺的自由性，就隨心所欲。基於對科學技術的不同對待方式，網絡科幻小說屬於推測類和建構類。推測類科幻探討的是科學技術的變化給人類帶來的影響，作者往往通過這類作品，在幻想的世界裏面表達自己對現實生活的思考。貓膩的《間客》就是這一類的作品，作者貓膩將複雜的科幻故事編織在哲思的網子裏，傳達出他對康德倫理學觀念的認知，也傳達出他對這個現實世界的看法。《間客》中兩大文明的衝撞，即聯邦與帝國的衝撞，其實是現實的一個縮影。小說裏帝國掌權者不顧底層民眾的生活，傾全國之力研發最強的宇宙空間穿行技術並花費無數經費研究戰艦、武器，只爲滿足皇室虛榮心。這是一個有總統、有議院、有七大世家、有最高大法官的聯邦國家，上層都很腐敗，但是老百姓的生活似乎還不錯。作者在長期、全面的情節鋪墊後，推導出什麼樣的社會更適合人類：「雖然帝國高層的腐敗與七大家的糜爛並無二致，但我還是更喜歡每個人都有尊嚴的世界，哪怕這尊嚴只是表面的，但總比沒有好。」〔註5〕

與推測類所不同，建構類的科幻小說雖然也是處理與我們已知世界所不同的狀態，但它的那些假設是有據可循的。基於現有科技或是合理的科學設想，建構出與一個可以預期存在的世界。這類的作品，需要作者高度的自覺，將幻想收在一個適當的範圍之內，這個適當的範圍基於幻想世界與現有科技之間的關係，因爲超過就成了玄幻、魔幻，而不及就是想像力不夠豐富。如果把有些網絡科幻小說也放在此類的話，我們就要適當擴大這個範圍，像在

〔註5〕〔美〕羅伯特・斯科爾斯，譯者：王逢振，《科幻文學的批評與建構》，安徽文藝出版社，2011 年版，第 123 頁。

天下飄火的《黑暗血時代》中關於宇宙準則相關的設定，紙質科幻小說會根據已有的人類社會所掌握的物理學相關知識來設定宇宙準則，比如在設定上會遇到光速不可超越這樣的問題，紙質科幻小說會對這個問題迴避，或者是利用蟲洞這樣的已知物理學概念解決這個問題。而在《黑暗血時代》中，作者運用了類似哲學式的思考，創造了零維、節點和彩虹橋這樣的概念。零維無大小距離等概念，當零維與多維的物質世界有聯繫，或存在時間軸時零維便存在意義，人的意識就存在與零維。還有節點，存在於最小的時空尺度之間，介於存在與不存在之間，當有人觀察到它，它便存在意義，裏面的世界也就是真實不虛的。當你離開它，它便不存在任何意義。通過這樣的哲學意義上的設定，人們通過零維、彩虹橋和節點，便能無視距離限制進行意識交流，可以入侵他人意識世界實現自我意識的降臨。作者將人的意識體寄託於零維空間，因此得到了超光速的能力，並沒有說過是物質上的超光速，符合狹義相對論。這些設定看起來不可思議，但是有一定的哲學合理性，合乎科學邏輯。網絡科幻小說喜歡走這樣的想像「偏鋒」，看似荒誕不經，細想又言之有理。

　　網絡科幻小說往往主題雷同，但各具特色。在起點中文網上，在「科幻」類目下，還有這幾個子類：星際戰爭、時空穿梭、未來世界、古裝機甲、超級科技、進化變異和末世危機。這裡可以明顯看出網絡科幻小說重要的幾個主題。在主題常常雷同的情況下，要想在其中脫穎而出，要有亮點才行。

　　網絡科幻小說以標籤標誌文本。因為網絡小說題材的融合，使得已有的樹狀結構的類型劃分越來越難以描述新作品的創作特徵，於是以「標籤」為輔助的類型劃分方式應運而生。起點中文網的科幻網絡小說分類系統中目前共有豪門、特工、召喚流、丹藥、變身、勵志等共計幾十個標籤，在使用分類來表達作品整體的故事類型前提下，用一個或數個標籤來注釋作品中出現的特定的元素。這些特別的元素常常是網絡科幻小說模式化創作下的一個最突出的特色。同樣是末世危機題材的小說 zhttty 的《大宇宙時代》和天下飄火的《黑暗血時代》，前者講述的是宇宙中的不同等級的適應者們，將文明從低級宇宙文明逐步升級到高級宇宙文明，不同等級的文明還有與之相對應的宇宙武器和宇宙航行標準，因此加之「升級」的標籤。後者講述的是在太陽消失後的世界，以暗物質暗能量作為基礎的宇宙空間。小說詳細分析了星空戰爭時的類空間隔、類時間隔等概念，和由這些原因導致的時空偏差、信息傳

遞的時差在戰爭中的利弊。作者強調宇宙空間戰爭中技術的重要性，沒有技術就無法闖過暗域，人類就會互相殘殺。它就因此被加之「技術流」的標籤。網絡科幻小說各自的特點，從標籤上就可以迅速地識別出來。

網絡科幻小說在人物的塑造上極具個性。同樣是古裝機甲類的作品，主角個性往往相差很大，方想的《師士傳說》中的主角一開始十分弱小可憐，他慢慢地成長壯大。骷髏精靈的《猛龍過江》的主角從頭到尾就無比強大，他的個性滿足了大部分男生讀者的想像。天下飄火的《黑暗血時代》裏面人物描寫，沒有絕對善惡的臉譜化，裏面哪怕只是一個出現在幾章中的龍套人物，或者最低層的小人物都有自己的思想與個性。許多配角的個性複雜程度遠超主角，甚至更適合做主角。而玄雨的《小兵傳奇》似乎反其道而行之，其人物塑造無論是主角唐龍，還是主要的一些配角，都還沒有足以稱之為人物個性的描寫。淡化人物個性，只關注故事情節發展，也會受到一些讀者的喜歡。網絡科幻小說中的人物個性的設置沒有什麼規範，隨著作者的個性而任性，網絡寫作的自由度在小說寫作中被發揮到極致。

二、產業價值

與世界科幻小說商業化狀態相比，中國目前科幻和商業的關係顯得相當疏遠。中國科幻的長足發展，不能單純依靠幾個雜誌社和出版社的出版，也不能單純依靠幾個科幻小說家的創作，它需要商業這隻大手的推動。

要大力發展和推動網絡科幻小說的創作。網絡科幻創作可以帶動吸引科幻小說讀者。實際上在中國現有的網絡小說平臺上，科幻類小說的點讀率遠低於玄幻、武俠等類。要發展網絡科幻小說創作首先要研究什麼人最喜歡網絡科幻小說。他們也許是遊戲愛好者，也許是從紙質科幻小說那裏被吸引來的讀者，無論如何，喜歡想像又不願意無邊際地胡思亂想，追求新奇又要有邏輯地推進，他們是網絡科幻小說最鐵杆的粉絲。瞭解網絡科幻小說的讀者群的追求，充分發揮網絡科幻小說的特點，就能壯大網絡科幻小說的讀者群。基於網絡科幻小說與玄幻小說、魔幻小說等有相似或者跨界之處，網絡科幻小說還吸引了一部分玄幻小說、魔幻小說等其他類型文學的愛好者們。一種文類的火與不火與跟風的讀者多與不多有很大關係，當代中國的科幻小說最需要的是讀者，網絡科幻小說的發展與壯大是吸引讀者的最佳途徑，這兩方面是相互促進又相互限制的。

　　科幻小說是世界文化產業鏈的先鋒。美國的科幻產業鏈成就突出，從科幻期刊、科幻暢銷書到科幻影視、科幻周邊產品一路發展而來，該發展模式，很值得中國的科幻產業借鑒。中國科幻產業需要公共服務平臺，至少應該包括科幻產業研究基地、科幻產業聯盟、科幻產業交流機制、科幻產業支持機制、科幻產業促進機制等組織機制。通過論壇凝聚眾多專家、學者和企業家的智慧、經驗，推動中國科幻產業的繁榮和發展。建立中國科幻小說產業公共服務平臺，需要重視網絡科幻小說的創作與作品。當下中國有科幻佳作已達世界一流水平，例如劉慈欣的《三體》，有與世界一流科幻小說作家比美的作家，例如劉慈欣、王晉康和韓松。儘管如此，人們在論述中國科幻小說創作時總是認為中國科幻小說的創作隊伍太小。如果我們將視野擴大到網絡科幻小說中去，這樣地認識就會有所改變。網絡科幻小說寫手組成中國科幻小說巨大的作者群，他們的很多作品的水平並不低於那些紙質小說。更為重要的是網絡科幻小說的創作活力極為強盛，它們是中國科幻產業鏈中的最佳資源。問題是中國網絡科幻小說得不到評論界的承認，即使在科幻小說創作的圈子裏也很少有人認可。正因為這樣，與網絡小說其他文類相比，網絡科幻小說很少被出版社篩選出紙質出版，幾乎沒有被改編成影視劇，當然就更談不上那些網絡科幻小說的衍生品了。當下中國紙質科幻小說創作與網絡科幻小說創作互不聯繫，各自努力，各自呈現。網絡科幻小說的寫手基本上處於自生自滅的狀態。對網絡科幻小說視而不見，受傷害的不僅僅是中國的科幻小說創作界，而且是中國文化產業鏈。

第三節　現代科幻期刊運作

　　文學期刊承載著信息傳遞、娛樂審美等功能。在我國科幻的傳播中，期刊作為主要載體，扮演著重要的角色。20世紀70年代末到80年代初，我國出現了一系列專門的科幻期刊，但到了80年代由於對科幻的批判，只暫存了《科學文藝》一種期刊。九十年代後，科幻期刊又重新開始出版，並逐漸向整個文化產業鏈延伸。研究科幻期刊的運作與科幻小說的生產是有重要關係的，能從中發現和解決實際的科幻小說生存的問題。本節從傳媒的研究視域出發，以科幻小說生產、傳播過程為切入口，以《科幻世界》《科幻大王》等科幻雜誌為主要考察對象，深入闡述以下幾個方面的問題：科幻雜誌受眾、

科幻雜誌版面編排、科幻期刊面臨的機遇和挑戰。

一、科幻雜誌受眾

　　以目前銷量第一的《科幻世界》雜誌爲例，《科幻世界》的前任主編阿來曾在一篇文章中寫道：「《科幻世界》這份雜誌的成功，創立了作者與媒介與受眾間的一種新型關係模式，這種模式充分體現了這三者之間的互動關係。」這種互動關係體現在以下幾層：一是雜誌與讀者的互動。雜誌要吸引讀者，首先要確定自己的讀者群。改名之前的《科幻世界》走過一些彎路，對雜誌受眾沒有很好的定位，之後定位在了青年學生上，雜誌的銷量是說明這一精準定位的最好例證；一是作者與雜誌的關係，在雜誌的發展過程中，對科幻愛好者培養的同時也吸引了一些科幻迷走上了拿起筆寫科幻、向雜誌投稿、最終成爲科幻作家的路子；在一個就是作者、雜誌、讀者三方的聯合互動，這體現在開展一系列科幻活動，讀者參與優秀作品比賽投票等，爲全國的科幻愛好者和作者們搭建起了交流的平臺。對於讀者的重視是《科幻世界》的傳統，對雜誌受眾的定位和培養是《科幻世界》在雜誌建設中長期摸索的經驗。具體的活動方面：獨家承辦「銀河獎」，並舉辦科幻世界校園之星「少年凡爾納獎」投票；《科幻世界》每年招開筆會，邀請科幻作者及科幻愛好者參加；發展會員制度，建立科幻迷俱樂部，發行面對全國科幻愛好者的會刊《異度空間》；指導各高校、各地科幻愛好者科幻組織的建立及科幻活動的開展；通過世界科幻大會的舉辦、邀請科幻迷參加，加強與讀者的交流互動。在網絡迅速興起，全面進入生活的時候，《科幻世界》還率先建立了專門的網站，每次雜誌一出，編輯在論壇上進行本期的讀者調查，科幻愛好者們在「天空之城」論壇上展開熱烈的討論，交流作品的審美體驗。《科幻世界》雜誌社堅持做針對讀者市場的市場調查。近幾年來的調查表明，《科幻世界》的讀者文化層次在不斷提高。爲此，雜誌社多次派人去北師大、北航、西南交大、電子科大、四川大學、成都大學、川師大、成都七中、金堂中學等大中學校辦科幻講座。在北師大舉辦了「96 北京科幻節」，與電子科大合辦了「科幻活動月」，在川大舉辦了「98 成都校園科幻節」，在長沙與湖南經濟廣播電臺《科幻時空》節目組合辦了科幻迷聯誼活動。這些活動，不僅鞏固和擴大了讀者群，還從校園中發掘了一批新作者。此外，雜誌社十分重視在高校中借助幻想文學社團來擴大雜誌的影響力，在 2007 年三月發佈了「社團募集令」，推動高

校科幻協會的建設，並積極承擔顧問工作，合作組織社團活動。2011 年開展了一系列《科幻世界》進校園的活動。通過對於受眾群體堅持不懈的關注，科幻雜誌培養了整整一代的中國科幻讀者。作為雜誌，它不僅是發表小說的地方，還是一個「準媒體」。它介紹了一定數量的科幻基礎知識，宣傳了科幻文學作為一種小眾文化形式的內涵。由它培養起的這些讀者中，最早的一批人已經邁上工作崗位。其中更有一些人任職編輯、記者等文化傳播領域。他們編輯科幻小說、報導科幻新聞，為中國科幻「可持續發展」做出直接貢獻。

　　一些優秀的科幻作家是由科幻迷中產生。《科幻世界》培養了中國目前最出色的一批科幻作者。由於發行量巨大，影響面廣。在《科幻世界》上發表過作品的作者後來開始給其他刊物和出版社供稿。而在其他渠道發表科幻小說的作者則很難有這樣的成功。由於讀者面廣，該刊的作者得以有機會經常與廣大科幻迷接觸，並提高自己的水平。如劉慈欣，就是典型的例子。劉慈欣出生於 1963 年，大學期間學習計算機專業，後來在山西河北交界處的娘子關電廠任職。劉慈欣從 80 年代中期就利用業餘時間從事科幻創作，由於大環境的不利，多次投稿始終未獲發表。直到 1999 年才在《科幻世界》上發表第一個短篇《鯨歌》。此後一發不可收拾，發表了十幾個短篇，成為當今中國科幻的主力作者。其短篇代表作有《地火》、《流浪地球》、《帶上她的眼睛》、《鄉村教師》、《朝聞道》、《全頻道阻塞干擾》、《微紀元》等等。由於他是從科幻迷中走出來的科幻作家，所以在對科幻有著高度的認同感的同時，也有成熟的創作理念。他認為，嚴謹的科學體系本身就存在著宏偉、博大、深邃之美，是傳統文學無法體會和表現的。這便抓住了科幻文學最本質的美學基礎：展現科學中的美學因素。在「後新生代」科幻世界作家群中，如遲卉是在 2006 年左右加入科幻世界編輯部後先後擔任科幻世界校園之星的主持人、回聲主持人、不可信詞典主持人。2010 年 7 月從《科幻世界》離職。2006 年到 2010 年在《科幻世界》編輯部工作期間在《科幻世界》發表幾十篇科幻短篇小說，並有三篇〔註 6〕獲得銀河獎讀者提名。又如現任的文字編輯劉維佳，他是湖北的科幻作者，1995 年開始從事科幻創作，並在 2000 年夏進入科幻世界編輯部，曾經二次獲得銀河獎一等獎，在讀者群眾有著較高的知名度。其他作者夏笳、程婧波、陳楸帆、飛氘、七月、長鋏等人，雖然沒有直接在《科幻世界》雜誌

〔註 6〕　《歸者無路》、《蟲巢》、《偽人算法》分別獲 2006 年、2008 年及 2010 年銀河獎讀者提名。

社工作，但都是伴隨著《科幻世界》成長起來的 80 後。他們最初都在《科幻世界》上發表科幻小說，完全出於對科幻的熱愛，從讀科幻發展為寫科幻、向《科幻世界》投稿。他們的作品雖然在思想深度上難以企及王晉康、劉慈欣等作家，但是也深刻地打下了《科幻世界》風格的烙印，並有自己獨特的風格，大多文風清新自然，追求作品語言、結構的獨特性，文學性突出。從長遠來看，他們作為 80 後，有著國際化的視野和優良的教育背景，從而使他們的發展空間更為廣闊。劉慈欣在採訪中曾經說：過去是有許多職業科幻作家，但他們的生活也是靠體制內的工資而不是靠版稅或稿費。在目前的市場情況下，靠寫科幻生活是比較困難的，必須不停地寫，而且沒有保障，這顯然不是一種讓人羨慕的生活。另外，業餘做是對一件事保持熱情的最好方式。可以說，這些從科幻迷成長起來的科幻作家是最具有激情，最具有想像力的科幻文學創作者，他們為形成《科幻世界》乃至整個中國的科幻創作風格都做出了自己的貢獻。

二、科幻雜誌版面編排

　　成功的科幻期刊版面編排首先仍以《科幻世界》為例。在《科幻世界》雜誌上科幻小說、科學短文和科幻信息是構成雜誌內容的三大部分。其中，科幻小說的主體在「銀河獎徵文」、「世界科幻」欄目，科學短文體現在雜誌的封二的「科學」和「躍遷層」兩個小欄目中，最新科學信息刊登在「前沿」欄目中，其他的與科幻有關的信息則散見於雜誌頁面間，如「科幻寫作講堂」、「寫作的真相」（2009 年之前的科幻界動態信息統一刊登在「幻聞」欄目中）。通過對於雜誌頁面內容的統計，科普內容頁數與總頁數的比例在 16%～18% 之間，科幻小說的比例約在 65%左右，其餘的是關於科幻文學周邊的介紹和編讀之間的互動欄目等。從統計結果來看，《科幻世界》雜誌不是純粹的科幻文學雜誌，它承擔著傳播國內與國外科幻文學以及除此之外的多種功能，如科學普及、世界科幻動態發佈、科幻周邊產業（科幻電影、遊戲等）的介紹等等。這也是《科幻世界》雜誌經過三十年的不斷調整和適應形成的較為穩定的內容設置。一九七九年創刊，初為叢刊，後為雙月刊，94 年以後改為月刊。《科幻世界》，原名《科學文藝》。在《科學文藝》時代，該刊與那時的其他科幻報刊一樣，採用一種今天已基本不存在的編輯方法，就是將科幻小說作為「科學文藝」大概念下的小品種。「科學文藝」是中國科普界使用了幾十年的一個老概念，指的是用文藝的手法來宣傳科學的一系列作品，其內涵包

括「科學小品」、「科學詩」、「科學散文」、「科學家傳記」、「科學童話」等。科幻小說被包含在其中。這個分類方法儘管存在了幾十年，並且至今還在科普創作中有影響，但從未受到廣大讀者承認。除科幻小說外，其他那些「科學文藝」品種也從未流行開來並產生社會影響。《科學文藝》的初創時期，其宗旨是「以文藝的形式普及科學」。因此，早期的雜誌內容中科幻文學的比例是較小的。欄目設置有：「報告文學」、「傳記小說」、「科幻小說」、「科學童話」、「科幻電影劇本」、「科學詩」、「隨筆」、「科學家故事」、「文藝理論」、「科學史話」等，科幻小說僅是其中的一個欄目。在雜誌發展的過程中，以童恩正為代表的科幻作家開始自覺探尋科幻文學的獨立價值，試圖把科幻文學從「科普」的功利主義中解放出來，發表了一系列關於科幻小說的理論探索文章。另一方面，《科學文藝》的讀者反映雜誌「版面死板」、「缺少畫作」等問題也得到了編輯的重視。因此，在這種情況下，雜誌開始了從內容到形式的調整之路。從內容和欄目設置的變化上來看，《科學文藝》的主體內容經歷了由科普轉向科幻文學的過程。1983 年，《科學文藝》開設了「校園科幻」欄目，刊登中學生的科幻作品；1988 年，港臺科幻小說開始經由雜誌向讀者推介；1993年，雜誌改名之後的新版本開始策劃推出，在內容設置上實現了根本性的轉變。新版《科幻世界》雜誌的主要欄目包括：「科幻小說」、「校園科幻大獎賽」、「星光點點」、「奇思錄」、「科幻之窗」、「外國 SF 教程」等，並可根據讀者的反饋意見及時調整雜誌的封面、欄目和版式。1998 年，雜誌開始推行欄目主持人制度，這一舉措使雜誌欄目的策劃性更好地得以體現，欄目的系統性、連貫性和個性化不斷彰顯。此後，《科幻世界》雜誌不斷探索新的欄目形式，如策劃推出國內名家的科幻小說專輯、邀請科幻學者吳岩開設專欄「幻想的疆界」，專門介紹國外科幻文學的發展、開設「幻想在線」欄目，選取網上流行的風格前衛的科幻小說進行刊登介紹，著名作家阿來入主《科幻世界》之後，開設的「科學美文」欄目使雜誌的文學味道得到了很大提升。這些欄目都是《科幻世界》在雜誌內容設置方面的有益探索，是不斷適應受眾口味變化的積極響應。現在，《科幻世界》的欄目設置和整體內容以刊登國內外中短篇科幻小說為土，同時穿插著科幻界信息與科普性質的科學短文，處於較為穩定，局部微調的狀態中。《科幻世界》的封面繪圖也很有特色，屬於科幻畫範疇，以前科幻世界有個欄目叫「封面故事」可惜後來那個欄目停辦了，至於中插，往往刊出的時候會配首中文詩歌。

2011 年 6 月《科幻世界》封面
http://tupian.baike.com/a2_33_07_013000000142651221156079689034_jpg.html

　　另一份出版量較高的《科幻大王》雜誌，在創辦之初的 1994 年到 1996 年是雙月刊。內容大多從科幻名著、科幻影視改編而來，沒有太多的原創性和新意。同時，作爲卡通畫刊，其繪畫作者卻大多是原本從事傳統漫畫創作的，對新型卡通漫畫的繪畫經驗不足，仿日本漫畫的痕跡非常嚴重。此外，很多作品中都無科幻意識，導致整本雜誌科幻意境不夠，與刊名不符。在卡通漫畫雜誌市場激烈競爭的態勢下，《科幻大王》聽取讀者的反饋意見，開始適當地調整其雜誌定位，慢慢地由卡通刊物轉向科幻文學刊物。爲了增加科幻分量，1996 年《科幻大王》開設了「迷你科幻」一欄，並從同年下半年開始，連續發了吳岩、星河、楊鵬、劉維佳等著名科幻作家質量較高的作品。

同時，爲了加強與讀者的聯繫互動，雜誌還開設了讀者交流板塊「SF 大都市」，鼓勵讀者的參與意識。到了 1997 年，《科幻大王》改爲月刊，並作了大量的內容調整，應廣大漫畫迷的要求開設了「漫畫教室」，由卡通畫名家主講，並開始逐漸走向半文半畫。同時，增加了「幻海泛舟」欄目用於介紹國內外科幻文學作品，「科幻論壇」刊登由吳岩、姚海軍、鄭軍等著名科幻作家、理論家、活動家撰寫的科幻評論，「異域采風」刊登國外譯作。同時爲了提供畫作的質量，凸顯科幻色彩，許多漫畫作者與知名科幻作家合作，根據文學腳本繪畫，例如：金濤、趙海虹、鄭軍等人的文字腳本被改編成畫作也培養出了一批受到廣大漫畫迷喜歡的繪畫作者。1999 年，高考作文題爲「假如記憶可以移植」，這一帶有濃厚科幻色彩的作文題一出，開始在全國範圍內帶出一個「科幻熱」的小高潮。順應這個潮流，《科幻大王》中文、畫的比例進一步調整，從 2001 年開始，漫畫從原來的 30 頁減少至 12 頁。欄目上有：「佳作世界」、「特稿點評」、「異想天開」、「異域采風」、「校園擷英」、「科技博覽」、「SF 大都市」、「漫園聯畫」等，整體趨於穩定。

三、科幻期刊面臨的機遇和挑戰

　　近十年來，科幻文學呈現一片大好形勢。2013 年第三期《人民文學》雜誌以特選形式刊發了作家劉慈欣的四篇科幻小說。並在人民日報海外版刊登關於科幻的採訪，專訪了劉慈欣。這是劉慈欣的小說第一次在主流文學刊物上刊登，也是時隔 30 年後，主流文學界再次把目光對準了科幻作家。〔註 7〕2013 年 3 月人民日報海外版再次刊登題爲《中國科幻文學走向興盛》的文章。如今，科幻小說逐漸升溫：更多的雜誌願意發表科幻小說，更多的出版社願意出版科幻小說。人民文學出版社和《當代》雜誌社把「《當代》長篇小說論壇 2011 年度五佳獎」頒給了《三體 3：死神永生》，與之一起獲獎的還有王安憶的《天香》、格非的《春盡江南》等主流文學作品。著名科幻作家韓松表示，他去年共出版了兩部長篇小說、發表了 9 篇短篇小說，「我的作品都發表在《新世紀周刊》、《天南》等銷量大的雜誌上，以往科幻小說根本不會進入這些雜誌編輯的視野。現在，他們開始重視科幻小說」。同時，一群「80 後」作家的作品也受到了類似待遇。這讓主流文學界意識到，科幻小說是可以擁有更廣

〔註 7〕 三十年前，《人民文學》曾刊登過《珊瑚島上的死光》並開啓新時期文學中的
　　　　 科幻潮流。

大的讀者群，可以受到更多的關注。

科幻文學原創和翻譯圖書大規模湧現。除了《科幻世界》繼續出版「大師叢書」和「基石叢書」外，更多的出版社、文化公司開始涉足科幻出版。比如，讀客出版了阿西莫夫的「基地」系列以及「海伯利安」系列，在市場上十分成功。百花文藝出版社出了一系列科幻書、清華大學推出了「水木科幻」系列討論、希望出版社推出了奇點科幻叢書、人民郵電出版社出版了 10 卷本的中國科幻名家名作大系、世紀文景、電子工業出版社、新星出版社出版了、接力出版社等也出版了科幻書。中國郵電、新星、重慶、希望、讀客、果殼等多家出版社或民營圖書公司公佈了自己規模可觀的科幻出版計劃；而最早系統引進西方科幻經典名作的《科幻世界》雜誌社，其旗下的品牌叢書「世界科幻大師叢書」則已經出版到第 110 本，成為迄今為止中國規模最大的一套科幻叢書。為進一步深耕科幻圖書市場，《科幻世界》還專門成立了科幻圖書事業部，甚至開始籌劃中國科幻產業園。對於科幻這一類型文學來說，這樣大範圍的興盛景象，只在上世紀 80 年代初有過曇花一現。

2013 年，世界科幻行業中權威的理論雜誌、美國德寶大學出版的《科幻研究》出版了中國專輯，集中刊發了吳岩、宋明煒、劉慈欣、飛氘、韓松等 10 位作者的文章，向西方全面介紹了中國科幻文學的發展。目前，對於中國科幻文學進行如此規模的譯介還較為少見。

在過去的一年中，科幻作家吳岩等人參加了芝加哥的世界科幻大會，劉慈欣和韓松赴英國參加了那裏的文學和科幻活動。2012 年「全球華語科幻星雲獎」和「科幻銀河獎」兩個獎項的參與範圍與規模都超過以往，多家出版社涉足科幻出版。2013 年創刊的《天南》雜誌 4 月 1 日出版了創刊號，並在短短幾天時間內就創造了不俗的銷售成績。《天南》第二期主打內容是科幻文學，請來四個英語作家、四個中文作家〔註8〕，用一種嶄新奇異的時空觀講故事。活動中，主編歐寧按年代順序，為觀眾梳理中外科幻文學的簡單編年史。

但中國科幻期刊仍然面臨著一些問題《科幻世界》雜誌社前主編阿來曾經這樣形容中國科幻：「雖然在中國也有了相當的歷史，但呈現出的面貌，還

〔註 8〕 這些作品分別是：韓松《最後一響》；飛氘《滄浪之水》；馬伯庸《大衝運》；楊平《山民紀事》；威廉‧吉布森《斯金納的房間》（黃秀銘譯）；尼爾‧斯蒂芬森《吉珮和偏執狂芯片》（畢建國譯）；保羅‧巴茨加洛皮《六號泵》（姚向輝譯）；傑夫‧努恩《馬賽克臉》（朱績崧譯）。

是任何事物在初創時期那種典型的情形：富於激情又幼稚單薄，才情勃發卻
沒有最好的表達，準備承擔發展的責任，卻又患得患失。這非常像一個處於
變聲期的男孩子。」〔註9〕這段內容也可以拿來形容中國科幻期刊。目前中國
的科幻期刊還存在著很多問題，主要在於以下兩點：一、科幻期刊種類少，
風格單一。當下的科幻期刊市場中，僅存兩家科幻期刊出版機構，一是四川
的《科幻世界》雜誌社、二是山西的《科幻大王》雜誌社。科幻文學作為個
體，是通過媒體進行整合傳播之後發揮其社會效應的。從作品層面來說，它
們對於思維的引導和想像力的釋放是具體生動的；而作為科幻期刊這個傳播
媒體來說，它對於科幻文學是要進行整體性把握的。因此，在科幻作品的具
體選擇偏向也影響了整個科幻文化的最終形成。特別是在目前《科幻世界》
一家獨大的現實中，由於傳播平臺的相對缺乏，這種偏向性將更加明顯；一
份刊物也很難打造差異化的多種風格。因此，中國科幻期刊在風格表現上是
較為單一，缺少在相互競爭中出現的具有衝擊力和強烈革新度的風格效果。
二、期刊傳播的中國特色不明顯。從科幻期刊的傳播內容來看，科幻文學本
來就是「舶來品」。進入新時期以來，隨著外國科幻作品大量的系統的譯介，
現代世界科幻文學對中國科幻創作產生了更深的影響。這一點在《科幻世界》
雜誌中有著明顯的表現，一直以來，國外科幻作品在雜誌中都佔據著一席之
地。在《科幻世界》雜誌群中，《科幻世界（譯文版）》更是一份以譯介國外
科幻、奇幻作品為內容的雜誌。於是，在日益國際化的文化交流和多元化的
科幻創作中，中國科幻也正在失去自己的曾經有過的鮮明特點——科幻的科
普類型化特色。新時期以來，大量湧現的是與科普型科幻相反的文學型科幻，
這是科幻小說新浪潮運動在國內的回響。「在文學型科幻中，科學和技術的地
位進一步被削弱，幻想不再具有邏輯上的自洽，而是常常與晦澀的象徵聯繫
在一起。這一類科幻中還有許多華麗清新的作品，它們常常從中國古代歷史
和神話中尋找題材，在賦予這些歷史神話以技術外形的同時，卻仍舊保留其
超自然的內核。這類作品也使得科幻與其他形式的幻想文學的界限日益模
糊。」〔註10〕從中國科幻文學的發展過程來看，中國科幻文學一直是隨著西
方科幻文學的深入傳播而不斷地與之交匯融合的。就目前來講，雖然有很多

〔註 9〕 阿來：《走進科幻》，科幻世界，1998 年，第 7 期。
〔註10〕 劉慈欣：《2007 中國（成都）國際科幻、奇幻大會文集》，《科幻世界》，2007
年。

作家在嘗試著從中國古代歷史與神話中尋找靈感，在科幻作品中添加中國元素，但是大多數的中國科幻文學在內容中仍舊沒有擺脫西方科幻文學的深刻影響。

第三節　科幻影視發展問題

「當科學觀念、藝術想像和電影手段三者結合時，科幻電影隨之產生。」〔註11〕科幻電影以其構思奇特、情節曲折、場面生動取勝。科幻電影的水平也反映著一個國家的科技發展水平和國民的科學文化素質。中國的科幻影視作品數量比較少，質量也參差不齊，本段簡要論述中國科幻影視作品的歷史、主題、發展狀況，和中國科幻電影出現的問題，並提出了解決這些問題的策略。

一、科幻影視劇類型

文革結束後百廢待興，80 年代正值改革開放的初期，除了當時製造不少萬人空巷景象的引進影視劇，國產電視劇也剛剛起步，一切探索性實驗性的影視劇紛至沓來，那一時期的創作熱潮猶如潮水勢不可擋，只可惜當時通訊、信息傳播、電器普及還很落後。被譽為 80 年代科幻影視劇代表作的《珊瑚島上的死光》電影版比起原版小說在情節上與小說略有更動，更臻完美。以死光為科學幻想的科學幻想小說，從托爾斯泰的長篇《加林工程師的雙曲線》以來，屢見不鮮，但所構思的死光原理不盡相同，《珊瑚島上的死光》在這個人們熟悉的幻想主題中注入了新的構思，設想出用原子電池作為高能激光器的能源，使觀眾有新鮮的感覺。作者是一位有經驗的科幻小說作家，他以嫻熟的創作手法，成功地將科學幻想構思和文學小說構思，全部放到動態中描述，從而收到了相互推進、有機結合的藝術效果，一個接一個激烈而驚險的場面——使故事情節跌宕起伏。它圍繞具有科幻色彩的中心事件——保衛和掠奪「高效激光科技成果"而展開，用重彩濃筆描繪了科學領域內正義與邪惡的鬥爭，塑造了趙謙和馬太兩位華裔科學家的形象，既歌頌了他們熱愛祖國、熱愛科學事業的獻身精神，同時也揭露了一夥騙子竊取他人科學發明成果的卑劣行徑。影片設計了一些富有科幻色彩的情節和場景，既增添了驚險、緊

〔註11〕 王志敏：《現代電影美學基礎》，北京中國電影出版社，1996 年版，第 309 頁。

張的氣氛，又給人一定的科技知識，並做到使之具有科學性和合理性。用今人的眼光回過頭來看這部電影，似乎不應該評論它的藝術水平，而應該評論它的「努力水平」。當時不僅中國電影科技水平非常落後，整個社會的科技氛圍也十分低下。影片中有一個今天看來十分平常的自動開啓的鐵柵式院門，當時卻不得不安排人隱蔽起來，用手工去推拉。《珊瑚島上的死光》的故事背景完全發生在國外，由於中國電影當時還沒有開放，只能生造異域風光，並且不得不用漢族演員化裝出演其中的白人角色。在這樣的條件下製作必需有科技含量的科幻影片，體現更多的恐怕是製作者們的勇氣。製作者們使用了許多土辦法，盡可能爲影片製造富於科技色彩的背景。用今天的眼光看，這部電影的模式化、臉譜化比較嚴重，善惡忠奸一望便知。但那是當時大陸電影普遍存在的現象。在內地推出《珊瑚島上的死光》那年，香港邵氏公司已經完成了耗資甚巨的《星際鈍胎》。他們從日本請來特技專家幫助拍攝，首度引入「前景放映」特技拍攝飛碟降落。這樣的以科學技術爲中心推動情節發展的電影，對我國電影藝術創作實踐來說，是一種新的嘗試和探索，我將這類稱爲科學中心型影視作品。

首部國產兒童科幻電視劇《神奇的貝貝》於 80 年代出現。在中央一套電視節目中播放的，一共有 12 集，於每天上午十點十五分開始播出。必須要提到的是，當時只有中央一套和二套兩套電視節目，在非暑假的時間，兩套節目白天的時間幾乎全是知識講座，而且每逢周二下午，電視臺還要檢修不放送節目。平時只有十點十五分至十點三十分期間才會播放一個動畫片。而《神奇的貝貝》，正是取代了動畫片的地位而在那個時間段播放的兒童片。播放這部電視劇的時候，很多學生甚至是大人都喜歡看。那個年齡段的孩子，可能會有很多人對這部電視劇有很深的印象。《神奇的貝貝》是導演姜樹森遠涉重洋，與美國王安電腦公司接洽，並監製了這部 12 集的兒童電腦系列片，可以說較早地在影視領域有了與外資合作的開始。《神奇的貝貝》中的主角「貝貝」是一個機器人，會飛翔，同超人一樣也穿著個披風，並且還具有很多不凡的超能力，由於拍攝水平不高加上當時環境較爲封閉，讓很多那個年代的小朋友，對科學有了似是而非的認識。對神奇的貝貝，甚至留下了一種帶有魔幻色彩的回憶。而現在重新再去細細地回憶《神奇的貝貝》，則會感到其實它更像《鐵臂阿童木》的眞人版。作爲科普作家協會秘書長的張士立是《神奇的貝貝》的創作人員之一，他回憶了《神奇的貝貝》的出爐過程。「當時咱們省

一位副省長說我們也要創作一個科幻的兒童作品，創作出中國的阿童木。後來，遼寧電視臺的一位女導演蘇琳正好來鞍山找題材，我就把做兒童科幻片的想法說了一下。結果選題就這麼定下來了。這部有代表性的電視劇在當年拍攝的時候只用了 11 萬元，央視、遼寧等 20 餘家電視臺開始播放，並且在美國、日本、匈牙利等 12 個國家電視臺譯製並播放。」這部電視劇是咱們國家第一部非動畫、木偶形式的科幻電視劇。在兒童科幻電視劇中開了先河。

之後出現的《霹靂貝貝》。故事主角貝貝，生來就和常人不一樣，因爲他的雙手竟然帶電和能隨意操控電器。爲了怕發生意外，貝貝的雙手總是戴著手套，總是被大人關在家裏。貝貝慢慢長大了，終於到了上學的年齡。學校裏、生活中，貝貝帶電的雙手和他的超能力既帶給了他很多歡樂，亦爲他帶來了不少煩惱。

1990 的《大氣層的消失》，講述了一對情侶爲了錢財搶劫火車，只是一輛運送劇毒藥品的罐裝車毒氣泄漏，最終燒穿了臭氧層。與此同時，正因病在家休息的男孩突然發現能夠聽懂好朋友大白貓的語言。大白貓告訴他這起嚴重的事故，如不及時加以制止，地球上的生物最終都將滅亡。然而大人們爲了金錢忙碌奔波，根本不會相信男孩和動物說的話。萬般無奈之下，男孩只能和其他動物聯合起來尋找污染源，以一己之力拯救全人類。男孩和動物們是該劇的主角。電影裏的諸多動物演員都很可愛，尤其是那條會說話的魚。電影最後似乎也是動物幫助人類拯救了地球和所有生命，這樣的電影現在看可能也很有趣。這也算是我國少有的科幻題材的電影了，似乎那時流行過一陣拍攝這樣的半兒童半科教半科幻的電影風潮，現在這風潮早已經銷聲匿跡。

除了占主要科幻片市場的兒童科幻型，還有恐怖科幻型。比如《凶宅美人頭》故事講述醫學教授柯克恩和他老師一起從事人頭復活和人體移植的實驗。老師病故，柯克恩復活了老師的頭顱，並利用老師的智慧，把兩個死者羅美娜的頭再植到周曼麗的身體上獲得成功。「合成人」逃出實驗室跑到社會上，引起了一場曲折的偵破。最後柯克恩的助手尚華勇敢地揭穿了柯克恩剽竊老師科研成果的醜惡行徑。這部影片的賣點主要不是在科幻而是在恐怖了。與該片同樣類型的還有 1992 年的《毒吻》，這也是一部關於環境保護的電影。講述的是受環境污染生下的一個怪胎的故事。該片在當時的觀眾看來已經是相當恐怖和驚悚了。故事除了恐怖之外還貫穿了人性的掙扎和愛情元

素，只是影片情節漏洞百出，有多處硬傷，使得該片也只是一部勉強能看的 B
級片而已了。

二、中國科幻電影存在的問題

電影是科幻小說潛在的最好的表現形式。在一些優秀的科幻電影中令人
驚歎的時刻，即使是文學也無法描述。所以就算是在中國科幻電影現狀如此
慘淡的時刻，還是希望電影能發揮出強大的潛力，爲科幻進行熒幕上的展示。
學者江曉原在《西方科幻電影主題分析》中，將一百餘部美國科幻電影作爲
研究對象，歸納出了七種主題，分別是：星際文明、時空旅行、機器人、生
物工程、專制社會、生存環境和超自然能力。細看中國科幻電影這些主題都
或多或少的存在，那麼就可以看出我們電影主題這方面並不是我們的短板所
在。而我們的問題是什麼呢？中國大陸爲什麼沒有出現優秀的科幻電影呢？
我們的現狀是不僅沒有質量上說得過去的科幻電影，我們在數量上也呈現出
弱勢。

首先從電影從業者方面來說。中國電影人創作藝術風格的單一，缺乏科
學的基礎訓練。中國在科幻電影上，具備科幻電影素質的導演較少，大部分
導演雖然對於文字和情感表達很精通，但對於科學知識在影片當中的運用欠
佳。很多具有深遠影響力的科幻影片都來是從著名的科幻小說改編而來的。
進入 21 世紀後，中國科幻小說經過近 20 年的積累，已經有了足夠的佳作可
以爲電影創作提供素材。但是，「中國卻沒有出現相應的優秀科幻電影佳作，
這其中一個重要的原因就是中國的科幻作家無法參與到中國電影的創作中
去。也就是說，科幻作品與科幻電影之間『脫節』了，究其原因還是因爲電
影從業人員的科幻素質低下所造成的。」〔註 12〕中國的多數導演和影評人認
爲中國的特效水準達不到要求，其實，這個問題還不是中國科幻電影最薄弱
的環節，我們完全有能力和財力形成自己的特效技術產業模式。深圳環球數
碼公司做的《魔比斯環》，在第 58 屆戛納電影節上一經上映，便引起了國內
外的討論，引起國際片商廣泛注意的原因便是，這是中國動畫史上首部純三
維高清動畫電影。除了影片的原創作者之外，《魔比斯環》幕後還彙集了一大
批 3D 電影界的頂尖高手。影片導演格倫是著名動畫片導演，作品包括《大拇
指歷險記》、《花木蘭 2》等影片；模型監製韋恩‧肯尼迪是好萊塢首屈一指的

〔註 12〕張翔宇：《中國科幻電影的現狀及其思考》，《電影評介》，2011 年。

模型師，曾擔任《隱形人》、《星球大戰》、《龍捲風》、《黑衣人》以及《木乃伊》等多部影片的模型師；動畫監製是曾擔任《玩具總動員》、《精靈鼠小弟》等影片的動畫師；特效指導則擔任過《後天》的特效總監，並參與製作了《狂蟒之災》以及《星河艦隊》等影片。整部影片的創作班底，包括原創者、導演、技術人員等，都是來自不同國家的精英，這種創作模式之於國內動畫電影領域，也是具有開創性意義的。《魔比斯環》製作團隊表示，之所以選擇這樣的創作班底，是因爲該片從策劃伊始，就瞄準歐美國際市場，要把影片拿到國際市場上競爭，必須考慮創作組合的最優化。所以說，我們在其他影片中如果沒能解決特效的問題是科幻產業鏈出現的問題而不是技術本身。國外科幻電影中宏大的特效場面一般是由幾十家公司通力合作的。而在這種合作中，工作任務被逐級細化，從而達到最優效果。國內電影業並未形成眞正的特效製作行業，沒有形成一種產業化的生產鏈條。因此，中國科幻電影產業鏈條的缺失，應該引起中國科幻電影人的高度關注與重視。

要完成激動人心的科幻電影首要的因素是——創造出一個不同於現實世界，基於科技發展而能想像出的「新世界」。比如，在全球範圍都受到關注的卡梅隆電影《阿凡達》。這裡不談論它是奇幻多點還是科幻多點的問題。「新世界」是成功的關鍵所在。

任何一部電影都會將人帶入一個獨特的世界，這話在一定意義上是正確的，問題在於人們對這個世界的理解各不相同。有人認爲好的藝術並不展示，它只激發人的想像，這個獨特的世界只存在於觀眾的頭腦中；而像詹姆斯‧卡麥隆這樣的好萊塢導演則認爲，這個世界必定主要是視覺上的，視覺上的逼眞性和畫面的奇觀賦予了電影中的潘多拉星眞實的存在。在此，卡麥隆只是沿著好萊塢的舊路又推進了一步，當《星球大戰》系列出來時，人們認爲那是一個極致，《魔戒》出來時，又是一個極致，而《阿凡達》再次刷新了這種視覺體驗的極致。此處，我不想評判這兩個世界的好壞，因爲它們同屬於電影觀眾。我對《阿凡達》的喜愛是影迷式的，它是一個電影視覺體驗的傳奇。像《阿凡達》這樣的電影，直接爲你開啓了一個世界——這是一個你不需要想像也能直接進入的世界。當電影院的燈光熄滅，擁坐在 IMAX 屏幕前的現代觀眾戴上立體眼鏡，他便脫離了眞身，成爲阿凡達，進入到那個叫潘多拉的星球。100 多年前，當盧米埃爾的觀眾們被火車進站的畫面嚇得逃出電影院時，他們混淆了現實世界和電影圖像的區別。《阿凡達》則利用先進的現

代 3D 技術再次激活了這種寶貴的原初電影體驗。畫面和視覺效果讓「新世界」更加逼眞和賦予意味，挑動更多觀眾的神經，但「新世界」的核心還是創意和構思。科幻電影構思設計的好壞，往往是影響著成敗的重要因素，一個再好的科幻構思，如果不是通過好的電影構思體現出來，電影就會顯得蒼白而乏味，缺少藝術感染力。

「新世界」是依靠自身力量而非超驗力量的支持或介入建構起來的，是另外的世界，但同時也內在於人類的世界，或者是內在於一種假設性可能，而非一種宗教意義上的超驗性。區別於同樣發生在歷史之外的神話，童話和奇幻小說。並非未來學，不是一般性的烏托邦方案。逃離現實世界，這是大部分人走向電影院可以獲得的暫時性神經麻痺。電影的幻想引領觀影者，在聲光電的配合下，進入電影世界。大部分奇幻作品的成功之處就是架空歷史，架空現實世界，敘事背景的陌生化，這也正是奇幻作品大受歡迎的重要原因所在。

從市場角度分析，老式的科幻電影種種類型人們已經看厭了，再扎入這樣的題材上面一是沒有市場了，二是我們在短期內不可能趕上美國的製作水平。而我們如果能創作出東方特色的「新世界」無疑是我們能在科幻電影產業中獲得提高的優勢所在。中國能作爲科幻電影劇本的好作品不勝枚舉，看慣了歐美科幻的外國人肯定對東方科幻有興趣。我們應該揚長避短將在奇幻方面的優勢可以運用在科幻中來，但是表意的，太意識形態化的東西要儘量避免，如今人們欣賞的科幻電影的方向還是以硬科幻，大場面爲主的，視覺的震懾效果也是不容小覷的，我們大陸在 3D、4D 短片上表現出來的一些閃光點，說明我們還是有潛力追趕上世界一流科幻片的。

當下中國科幻要面對的問題，比起百年前要複雜和尖銳得多。科幻是工業文明的產物，是中國傳統文學中所沒有過的文學類型。魯迅曾說過，「導中國人群以進行，必自科學小說始」，如今，百年科技的發展之後，許多想像中的事物已經出現在現實生活中了，那麼這句話還有沒有現實意義呢？

當今人類最直接面對的是科技焦慮。傳統文學中很少接觸到這樣的議題。當代科技的飛速發展創造除了無處不在的奇觀。航天技術、生物技術、網絡化、基因工程……這些科技在我們身邊，影響著我們的生活，也在改造著我們的內心，給人類帶來大量的困惑。出於對中國創新匱乏的焦慮，新生代的科幻作家試圖虛構一個擁有強大技術的中國。劉慈欣的《贍養人類》虛

構了一個未來社會，那時人們的大腦中會被植入一臺超級計算機，可將人的思維提升到一個極高的層次。這時，知識、智力、深刻的思想，甚至完美的心理和性格、藝術審美能力等等，都可以在市場上購買到，完成超等教育的人的智力比普通人高出很大一個層次，這些超級知識分子階層形成了自己的文化，而其餘的人對這種文化完全不可理解。於是，一件事就自然而然地發生了——富人和窮人已經不是同一個物種，就像人和狗不是同一個物種。新的權力架構形成了，以此邏輯發展下去，整個地球權力最終只集中到一個人身上。而在這種背景下，資本和市場的控制也可能會是極端化的。比如遲卉在《卡勒米安墓場》中，設想社會組織以及愛情關係若要穩固，只能通過基因契約的方式來達成。一代代人只效忠於 DNA 中的人造宿命。若要想改變命運，不是改變心靈而只能改變肉身，但這意味著你不再是人類一員。

　　而另一個更刺激的變化是全球化。全球化帶來了物質和精神產品的流動，衝破區域和國界的束縛。文學怎麼面對這一切，王晉康的《蟻生》，寫的是「文革」中，面對人性的泯滅、異化和瘋狂，下放到農場的青年科學家發現螞蟻種群的利他性，並從螞蟻身上提取「利他素」，使原本利己主義為人生價值觀的人群表現出了極大的利他性，在科學主義加集體主義的新光輝下，「文革」的邪惡在一個局部的層面完全瓦解了。但在討論利他主義的時候，無可避免地要界定「我」的範圍。螞蟻在種群內部奉行絕對的利他主義，但遭遇其他蟻群照樣殘忍廝殺不會有任何猶疑。所以這個世界上從沒有所謂的利他主義，只有不同程度的自私而已。螞蟻大腦中的「我」是自己的種群，而人類社會中的「我」就是真實的自我。這是考慮到物種能力的懸殊所呈現的進化局面，雖然人類社會遠沒有螞蟻社會的穩定和諧及美好。陳楸帆的作品《荒潮》，書中他用尖銳的視角提出時代面臨的種種問題：技術、勞動關係、社會結構甚至人的異化。劉慈欣對該作毫不吝惜贊美之詞：「陳楸帆的《荒潮》以罕見力度刻畫出一個我們在有生之年就可能身處其中的近未來時代。資本入侵對生態的破壞、人機融合、族群衝突，這些現已開始的進程將塑造一個超出想像的世界，在這個世界中，人類和機器同時開始昇華與墮落，創造出邪惡與希望並存的史詩。複雜而充滿張力的故事、真實而富有質感的細節、密集的信息量和精準的技術描寫，彙聚為一體，如颶風般旋轉升騰，帶來前所未有的驚悚和迷茫，盡顯科幻現實主義的震撼。」韓松的《天涯共此時》，從時間上探討這個問題：央視春節聯歡晚會，每年除夕晚上八點準時開始，

為了維持這個傳統節目，在數百年後，依然要在那個特定的時間開始歌舞昇平，甚至不顧國際日期變更線來凝聚世界各地華人。但隨著中國人擴張到宇宙中，在愛因斯坦相對論作用下，這個時間問題變得荒謬，如果再要用一個固定的「北京時間」把分佈在各大星系的華人凝聚起來，就需要發明一種時間政治工程學來平衡相對論。但無論北京空間還是北京時間，都不再是一個簡單的問題。這時人們的失落感也與以往不同了。「新時期中國科幻更多地關注了個體經驗，特別是有著作者自身烙印的小人物的命運，以及他們在虛構世界中的生活細節。作者們不再滿足於生硬地介紹某個科技發明如何給人類帶來幸福，或者簡單去外星球探險獲得的興奮和刺激。」〔註13〕今何在的《中國式青春》借用了超人這樣的經典英雄形象。超人來自氪星球，降落在美國，到處行俠仗義，扮演救苦救難的現代耶穌。但今何在卻設想，由於時間的誤差，超人降落在了改革開放前的中國農村，於是上演一幕幕可笑可歎可悲的劇情。

當下中國科幻體現出了對現實和未來的批判性，使它顯得或許有些灰色，並且難以進入主流。雖然在主流文學研究領域，科幻文學比以往被更多地談論。文學評論家王德威就曾盛讚劉慈欣的科幻小說。而對《微紀元》等四部劉慈欣作品以專題形式被《人民文學》刊登，雜誌主編李敬澤表示：「科幻是現代想像力的重要方向，許多主流文學家會大量徵用科幻資源，主流文學與科幻並不衝突。」他認為，劉慈欣絢爛、原創性強的想像力，已經滿足了文學標準中最基本、最重要的原則。不過，中國科幻文學還未真正「脫困」。劉慈欣坦言，《人民文學》此次能刊登他的專題，是抱了一種很寬容的心態。科幻文學要真正「脫困」，既要有好的市場環境，也需要名家名作。實際上，制約中國科幻發展的問題是很多的。比如它被長期認為是兒童文學。近年出版科幻小說的出版社主要是少兒出版社，在人們的觀念中科幻小說與兒童文學離得更近。但是，兒童文學理論界從來沒有仔細考察過90年代後的科幻小說，兒童文學理論家們對中國科幻小說的記憶仍然停留在對80年代初的記憶中（這一點可以從近年出版的兒童文學史和理論家們的理論著作中看出），他們能夠依稀地道出鄭文光、葉永烈、金濤的名字和代表作，卻很少能說得出同樣得到科幻讀者群認可的90年代以來介入科幻小說寫作的中青年科幻作家的名字和作品。中國唯一的兒童文學理論刊物《兒童文學研究》現與《兒童

〔註13〕韓松：《當下中國科幻的現實焦慮》，南方文壇，2010年6月刊。

文學選刊》合併爲《中國兒童文學》。幾乎將科幻小說這一重要領域給忽略，很少有評論科幻小說和介紹當前創作勢頭較好的科幻作家的文章。科幻小說在兒童文學領域裏事實上也是缺席的。

　　科幻仍然是小眾的、邊緣的，因爲中國不是一個擁有成熟科學文化的社會；另外，想像力不受到鼓勵，任何涉及未來的看法都被要求謹愼，在一個現實功利、向歷史和向權威索要答案的氛圍中，科幻的存在是尷尬的，連發表和出版都很困難。科幻項目企業在市場中缺乏獨立自主性，贏利能力不強。創新不足，策劃不足，大型科幻文化交流活動太少。在電影方面的問題更多，沒有強大的資金支持，沒有高科技技術的支持，沒有這方面的經驗，美國科幻電影給我們造成巨大的壓力，科幻電影不是電影的主流等。科幻作者基本只能在業餘時間艱難創作，有的因爲生活等原因而放棄了書寫，有的作品則轉向了遠離現實、庸俗娛樂的小情調等等。但不管怎樣，面對時代，科幻仍做出了眞誠的思考和回應，提出的問題具有普遍性，並塑造了一批感人而特異的文學形象，在年輕人中引起了越來越多的共鳴。

主要參考文獻

1. D.佛克馬、E.蟻布思（荷蘭）；俞國強譯：《文學研究與文化參與》，北京：北京大學出版社，1996 年版。

2. W.C.丹皮爾（英）；李珩譯，張今校：《科學史：及其與哲學和宗教的關係》，南寧：廣西師範大學出版社，2009 年版。

3. 阿英：《晚晴小說史》，北京：東方出版社，1996 年版。

4. 艾薩克·阿西莫夫（美）；涂明求等譯：《阿西莫夫論科幻小說》，合肥：安徽文藝出版社，2011 年版。

5. 安德烈·巴贊著（法）；崔君衍譯《電影是什麼》，北京：文化藝術出版社，2008 年版。

6. 布里安·奧爾迪斯（英），戴維·溫格羅夫：《億萬年大狂歡：西方科幻小說史》；舒偉，孫丹丁譯，合肥：安徽文藝出版社，2011 年版。

7. 曹榮湘主編：《後人類文化》，上海：三聯書店，2004 年版。

8. 查明建、謝天振：《中國 20 世紀外國文學翻譯史》，武漢：湖北教育出版社，2002 年版。

9. 陳建華：《從革命到共和：清末至民國時期文學、電影與文化的轉型》，桂林：廣西師範大學出版社，2009 年版。

10. 陳潔：《親歷中國科幻——鄭文光評傳》，福州：福建少年兒童出版社，2006 年版。

11. 陳平原，山口守編：《大眾傳媒與現代文學》，北京：新世界出版社，2003 年版。

12. 陳平原、夏曉虹：《二十世紀中國小說理論資料（第一卷）》，北京：北京大學出版社，1997 年版。

13. 陳平原：《20 世紀中國小說史（第一卷）》，北京：北京大學出版社，1997

年版。

14. 陳平原：《中國現代小説的起點——清末民初小説研究》，北京：北京大學出版社，2005 年版。

15. 陳平原：《中國小説敘事模式的轉變》，北京：北京大學出版社，2010 年版。

16. 陳永國：《翻譯與後現代性》，北京：中國人民大學出版社，2005 年版。

17. 達科・蘇恩文（加）；丁素萍等譯：《科幻小説變形記》，合肥：安徽文藝出版社，2011 年版。

18. 達科・蘇恩文（加）；郝琳等譯：《科幻小説面面觀》，合肥：安徽文藝出版社，2011 年版。

19. 戴安娜・克蘭（美）；趙國新譯：《文化生產：媒體與都市藝術》，南京：譯林出版社，2001 年版。

20. 戴維・莫利、凱文・羅賓斯（英）；司艷譯：《認同的空間——全球媒介、電子世界景觀和文化邊界》，南京大學出版社，2001 年版。

21. 丁文江、趙豐田：《梁啓超年譜長編》，上海：上海人民出版社，1983 年版。

22. 范伯群、孔慶東：《通俗文學十五講》，北京：北京大學出版社，2003 年版。

23. 范伯群、湯哲聲、孔慶東：《20 世紀中國通俗文學史》，北京：高等教育出版社，2006 年版。

24. 范伯群、朱棟霖：《中外文學比較史（1898～1949）》，南京：江蘇教育出版社，1993 年版。

25. 范伯群：《中國近現代通俗文學史（上、下冊）》，南京：江蘇教育出版社，2010 年版。

26. 范伯群：《中國現代通俗文學史（插圖本）》，北京：北京大學出版社，2007 年版。

27. 范煙橋：《民國舊派小説史略》，載魏紹昌編《鴛鴦蝴蝶派研究資料》：上海：上海文藝出版社，1984 年版。

28. 方漢奇：《中國近代報刊史》，太原：山西教育出版社，1981 年版。

29. 方漢奇：《中國新聞事業通史》（第 1 卷），北京：中國人民大學出版社，1992 年版。

30. 方曉紅：《報刊・市場・小説：晚清期刊與晚清小説發展關係研究》，南京：南京師範大學出版社，2000 年版。

31. 郭國昌：《20 世紀中國文學的大眾化之爭》，南昌：百花洲文藝出版社，2006 年版。

32. 郭延禮：《中國近代文學發展史（第 3 卷）》，濟南：山東教育出版社，1993 年版。

33. 胡從經：《晚清兒童文學鉤沉》，上海：少年兒童出版社，1982 年版。

34. 胡適等編著：《中國新文學大系》，上海：上海文藝出版社，2003 年版。

35. 姜倩：《幻想與現實：二十世紀科幻小說在中國的譯介》，上海，復旦大學出版社，2010 年版。

36. 孔慶東：《超越雅俗——抗戰時期的通俗小說》，北京：北京大學出版社，1998 年版。

37. 李歐梵：《世紀末的反思》，杭州：浙江人民出版社，2000 年版。

38. 李歐梵：《現代性的追求》，北京：生活·讀書·新知三聯書店，2000 年。

39. 梁啓超：《譯印政治小說序》，《清議報》第一冊，1898 年 12 月。

40. 梁啓超：《飲冰室合集（全 12 冊）》，上海：中華書局，1989 年版。

41. 林健群主編：《在經典和人類的旁邊》，福州：福建少年兒童出版社，2006 年版。

42. 劉運峰：《中國新文學大系導言集》，天津：天津人民出版社，2009 年版。

43. 魯迅：《中國小說史略（插圖本）》，上海：上海古籍出版社，2004 年。

44. 樂梅健：《通俗小說之王包天笑》，上海：上海書店出版社，1999 年版。

45. 樂梅健：《二十世紀中國文學發生論》，桂林：廣西師範大學出版社，2006 年版。

46. 樂梅健：《前工業文明與中國文學》，上海：復旦大學出版社，2008 年版。

47. 羅鋼、劉象愚主編：《文化研究讀本》，北京：中國社會科學出版社，2000 年版。

48. 米列娜：《從傳統到現代～19 至 20 世紀轉折時期的中國小說》，北京：北京大學出版社，1991 年版。

49. 歐陽健：《晚清小說史》，杭州：浙江古籍出版社，1997 年版。

50. 錢鍾書：《七綴集》，上海：上海古籍出版社，1996 年版。

51. 讓·加泰尼奧（法）：《我知道什麼？》，石小璞譯，北京：商務印書館，1998 年版。

52. 沈雁冰：《自然主義與中國現代小說》，載《小說月報》1922 年 7 月第 13 卷第 7 號。

53. 施蟄存：《中國近代文學大系 翻譯文學集》導言，上海：上海書店，1990 年版。

54. 時萌：《中國近代文學論稿》，上海：上海古籍出版社，1986 年版。

55. 史雲豔：《梁啓超與日本》，天津：天津人民出版社，2005 年版。

56. 孫伏園：《魯迅先生二三事》，長沙：湖南人民出版社，1980 年版。

57. 湯哲聲：《流行百年——中國流行小說經典》，北京：文化藝術出版社，2004 年版。

58. 湯哲聲：《中國文學現代化的轉型》，南京：南京大學出版社，1995 年版。

59. 湯哲聲：《中國現代通俗小說流變史》，重慶：重慶出版社，1999 年版。

60. 湯哲聲：《中國現代通俗小說思辨錄》，北京：北京大學出版社，2008 年版。

61. 唐納德‧A‧舍恩著（美）；夏林清譯：《反映的實踐者：專業工作者如何在行動中思考》，北京：教育科學出版社，2007 年版。

62. 王德威著，宋偉傑譯：《被壓抑的現代性——晚清小說新論》，北京：北京大學出版社，2005 年版。

63. 王逢振主編：《外國科幻論文精選》，重慶：重慶出版社，2008 年版。

64. 王建元、陳潔詩主編：《科幻‧後現代‧後人類——香港科幻論文精選》，福州：福建少年兒童出版社，2006 年版。

65. 王立新：《美國傳教士與晚清中國現代化》，天津：天津人民出版社，1997 年版。

66. 王泉根主編：《現代中國科幻文學主潮》，重慶：重慶出版社出版，2011 年 4 月版。

67. 魏紹昌：《吳趼人研究資料》，上海：上海古籍出版社，1980 年版。

68. 溫儒敏：《中國現代文學批評史》，北京：北京大學出版社，2002 年版。

69. 吳岩：《科幻文學論綱》，重慶：重慶出版社，2011 年版。

70. 吳岩主編：《科幻文學理論和學科體系建設叢書》，重慶：重慶出版社，2008 年版。

71. 武潤婷：《中國近代小說演變史》，濟南：山東人民出版社，2000 年版。

72. 夏曉虹、王風等《文學語言與文章體式——從晚清到「五四」》，合肥：安徽教育出版社，2006 年版。

73. 夏曉虹：《覺世與傳世——梁啓超的文學道路》，北京：中華書局，2006 年版。

74. 蕭星寒：《世界科幻小說簡史：星空的旋律》，蘇州：古吳軒出版社，2011 年版。

75. 熊月之：《都市空間、社群與市民生活》，上海：上海社會科學院出版社，2008 年版。

76. 亞當‧羅伯茨（英）著，馬小悟譯：《科幻小說史》，北京：北京大學出版社，2010 年版。

77. 嚴家炎：《中國現代小說流變史》，北京：人民文學出版社，1989 年版。

78. 楊春時：《現代性與中國文學思潮》，北京：三聯書店，2009 年版。

79. 葉再生：《中國現代出版通史（全 4 卷）》，北京：華文出版社，2002 年版。

80. 袁進：《中國文學的近代變革》，南寧：廣西師範大學出版社，2010 年版。

81. 約翰‧克盧特：《彩圖科幻百科》，上海：上海科技教育出版社，2003 年版。

82. 張治等：《現代性與中國科幻文學》，福州：福建少年兒童出版社，2006 年版。

後　記

　　把科幻小說作爲研究對象來完成論文，確實不是一件偶然的事兒。從大學時代開始，科幻小說一直是我的床頭讀物。那時候看小說的激情，逐漸在研究中消逝了。不是因爲科幻小說的魅力消逝了，而是因爲不敢做夢了。在我讀科幻小說的時候，我認爲科幻是關於夢想的文學，在我研究科幻的時候我發現它承載了太多太多，夢想的翅膀因此沉重。在科幻史中可以看到，初期長時間有各種原因的桎梏，導致其不能自由的發展；在成長期，又因爲道路的選擇而步履艱難；在黃金期，希望這個黃金期更長點，優秀的作品更多一點，然而，這個願望需要時間去實現。

　　拙作是在博士論文《中國現當代科幻小說的發展歷程、本土特點及大眾傳播》的基礎上完成的。這篇論文停留在科幻史的梳理上，結合了科幻三要素（幻想、文學、科學）來討論本土的特點，並對科幻產業及大眾傳播方面進行了淺層的概述，提出了自己的一些想法。這是一個基礎性的工作，但是這個基礎性的工作是必須要做的，我在開篇提到了中國科幻小說研究尚處在起步階段，這是一個不爭的事實。如今，文學發展日新月異，因爲有了網絡這樣的高效、快速的溝通和傳播方式，當然也因此直接產生了網絡科幻小說。我也認識到，對於科幻的研究不能長期止步於基礎階段，所以在博士論文的基礎上又增加了科幻小說題材和網絡科幻小說等內容。原來博士論文的研究對象不包括港臺科幻，後增加了港臺科幻的概述，並引用了臺灣的碩士論文內容。值得一提的是，在看臺灣的博碩士論文的時候，眞心欽佩他們嚴謹的、紮實的工作，大陸文學院同學應該學習。

　　本書能夠付印，首先感謝湯哲聲先生。在我的學術研究中，導師湯哲聲

先生給了我最大的影響。我從事科幻研究的選題和思路自始至終得到他的細心指導，沒有他的學術造詣、眞知灼見還有對學生的循循善誘，我就不可能完成拙作。

感謝湯哲聲先生門下同門、陳子平先生門下同門及南京信息工程大學文學院同事對拙作提出的寶貴意見。你們認眞的研究態度，著實對我也是一種鞭策。

感謝「靠譜科幻群」，群裏聚集了許多知名科幻作家和科幻研究專家。在這裏我受益匪淺，尤其是得到三豐老師、蕭星寒老師的不吝賜教。

感謝出版社，扶持拙作出版，令我非常感動。感謝編輯們爲本書的出版付出的心血。